国家出版基金项目

华北抗日根据地及解放区文艺大系

陈晋 郑恩兵 主编

《晋察冀日报》文艺文献全编

文艺史料

第八卷

向回 梁晓晓 编

河北出版传媒集团

河北教育出版社

图书在版编目（CIP）数据

《晋察冀日报》文艺文献全编. 文艺史料. 第八卷 / 向回，梁晓晓编. —— 石家庄：河北教育出版社，2023.12

（华北抗日根据地及解放区文艺大系 / 陈晋，郑恩兵主编）

ISBN 978-7-5545-7657-1

Ⅰ. ①晋… Ⅱ. ①向… ②梁… Ⅲ. ①文艺-作品综合集-世界-现代②晋察冀抗日根据地-文学史-史料③晋察冀抗日根据地-艺术史-史料 Ⅳ. ① I11 ② I209.92

中国国家版本馆CIP数据核字（2023）第064053号

书　　名	《晋察冀日报》文艺文献全编·文艺史料·第八卷
	JINCHAJI RIBAO WENYI WENXIAN QUANBIAN WENYI SHILIAO DI-BA JUAN
编　　者	向　回　梁晓晓
责任编辑	乔　珊　贾鑫薇
装帧设计	郝　旭
出　　版	河北出版传媒集团
	河北教育出版社　http://www.hbep.com
	（石家庄市联盟路705号，050061）
印　　制	石家庄众旺彩印有限公司
开　　本	787毫米×1092毫米　1/16
印　　张	18.5
字　　数	237千字
版　　次	2023年12月第1版
印　　次	2023年12月第1次印刷
书　　号	ISBN 978-7-5545-7657-1
定　　价	110.00元

版权所有，侵权必究

丛书编委会

顾　问
陈平原　刘跃进　王长华　李　扬

编委会主任
吕新斌

编委会副主任
彭建强　孟庆凯　刘　月

主　编
陈　晋　郑恩兵

副主编
董素山　向　回　汪雅瑛

编　委（按姓氏笔画排序）
马春香　王少军　田浩军　包来军　吉　喆　刘书芳　刘贵廷
关小彬　杨　程　杨春生　宋少净　张　辉　张川平　赵　华
高露洋　郭义强　阎晓宏　梁晓晓

编纂说明

在中国共产党百年发展历程中，文艺始终是党领导人民开展进步事业的有机组成部分，是党在各个历史时期的中心工作的实时反映和重要推动力量。"华北抗日根据地及解放区文艺大系"，是一部全面展示抗日战争和解放战争时期华北地区党的历史创造、奋斗风采和形象建构的大型革命历史文艺文献丛书，对于深入研究华北地区革命文艺史、红色新闻史，弘扬伟大建党精神、梳理中国共产党人精神谱系，是必不可少的第一手资料，是我们在新时代坚定树立文化自信的重要思想资源。

一、编纂缘起

抗日战争及解放战争时期，华北地处各方政治与文化力量激烈博弈的前沿，这种特殊政治、军事、文化、地理环境中产生的革命文艺，具有鲜明的地域性特征，是五四新文化运动以来的革命文艺发展史上的突出标识。

但一直以来，由于史料文献整理不足，对华北抗日根据地及解放区文艺的研究，始终未能深入，其独特的地域性实践价值和蕴含的文化创新意义被严重遮蔽。这些史料文献主要以党报党刊的形式呈现，梳理汇编这些党报党刊中的革命文艺史料，借之以探索华北革命文艺的发展路径、发展方向、创造机制和创新经验，是深入贯彻习近平总书记关于"把红色资源利用好、把红色传统发扬好、把红色基因传承好"，"用好红色资源、赓续红色血脉"等系列重要讲话精神的有力举措，也是新时代文艺研究者不可推卸的责任。

2017年6月左右，我们去中国社科院文学所拜访时任所长刘跃进先生，协商合作研究事宜，寻求中国社科院文学所的帮助。请教过程中，刘先生建议我们结合地方特色，做好地方红色文艺文献的搜集整理与编纂出版工作。经过一段时间筹备，2017年底，我们以"河北红色经典系列丛书"为名，正式申报"2018年度河北省省级宣传文化发展专项资金"项目并成功立项，旨在通过选定刊行河北红色经典作品、梳理汇编河北红色经典研究资料、系统阐述河北红色经典发展历史等基础性工作，打造一个集大成式的河北红色经典文献资料库。

项目最初设计共二十四卷，包括六大板块：《河北红色经典史》一卷、《河北红色文艺作品选》六卷、《河北红色经典作家作品索引》三卷、《河北红色经典研究资料汇编》四卷、《〈晋察冀日报〉副刊文学作品全编》六卷、《晋冀鲁豫抗日根据地文艺作品及〈新华日报〉太行版文艺作品汇编》四卷。但在项目实施过程中，我们充分吸收专家意见，认为网络时代和大数据背景下的科研活动有了很大变化，《河北红色经典作家作品索引》与《河北红色经典研究资料汇编》的编纂工作，在当前学术生态中价值不大，并予以取消。同时，在项目实施过程中我们发现，《晋察冀日报》《人民日报》等党报除刊发大量文艺作品外，还有大量记录边区文艺工作者行迹，反映边区戏剧、音乐、文学、美术、舞蹈、曲艺活动与报刊书籍出版发行等各方面情况的文艺史料，以及体现我党文艺方向、方针变化的政策文件与重要领导讲话，是华北地域党和人民对敌作战的重要宣传武器，更是飘扬在华北地区军民心中一面旗帜。这些史料是华北地域革命文艺发生、发展与壮大的真实记录，对我们正确认识革命文艺的特点与历史地位有重要的决定性作用。

为此，我们精心整理了《〈晋察冀日报〉文艺文献全编》《晋冀鲁豫〈人民日报〉文艺文献全编》《〈晋察冀画报〉文艺文献全编》《晋察冀日报社人物志》（共五十一卷），同时收入全国抗战时期和解放战争时期与河北地域相关且被广大群众所喜爱并广泛传唱的红色文艺作品，结集为《河北红色文艺作品选》（共六卷），至此形成丛书目前的五大板块，而且将名称由"河北红色经典系列丛书"改为"华北抗日根据地及解放区文艺大系"，方便以后在此基础上做进一步拓展。

二、地域范围及文艺特质

华北抗日根据地包括当时山东、河北、山西、察哈尔、绥远、热河全部及豫北、苏北、皖北部分地区，分晋绥、晋察冀、晋冀豫、冀鲁豫、山东五大块。1941年，冀鲁豫合并到晋冀豫，称晋冀鲁豫。其中晋察冀抗日根据地作为开辟最早、地域最大、人口最众的模范抗日根据地，是华北抗日根据地的坚强堡垒，牵制和抗击了三分之一以上的华北日军和二分之一的伪军。

在河北及其邻省周边地区开辟与创建华北抗日根据地，是红军长征到达陕北之后党中央迅速做出的重大战略决策。这些根据地地处对日武装斗争最前线，不仅打开了抗战的新局面，成为华北敌后抗战的主战场，而且进行了新民主主义社会的实践探索，对解放战争的历史进程产生了巨大影响，成为我党开辟东北解放区的前进基地和逐鹿中原的战略后方。随着抗日根据地的开辟，延安文艺工作团、西北战地服务团、东北促进纵队干部队、八路军总政治部前线记者团等大批文艺工作者，随同党政干部一道陆续抵达华北，东北、平津的青年学生也纷纷冒着生命危险来到边区。他们一手拿枪，一手拿笔，深入农村与抗战前线，切身体会工农兵的生活，深刻了解工农兵的需求，从而根本上克服了艺术至上主义思想倾向。所以，华北抗日根据地及解放区文艺，既响应了伟大的民族抗战对文学艺术提出的时代要求，亦充分兼顾到广大人民群众的接受习惯和欣赏水平，真实地反映了华北人民火热的战斗与生产生活。很多作者本身就是农民、战士或基层工作者，他们把自己的经历和熟悉的人和事，通过小说、戏剧、诗歌、报告文学、歌曲、绘画、舞蹈等文艺样式记录下来，语言通俗平实，富有生活气息。由于产生于特定时代、特定区域而又适应特定需要，故而无论是题材、语言还是风格，在体现革命大众文艺共性的同时，又具有强烈的华北地域特性。

华北抗日根据地及解放区文艺的繁荣发展，是专业文艺工作者与工农兵群众共同创造的结果。人民群众不仅是革命文艺运动的主导主体、推进主体、受益主体，还是一切成败得失的评判主体。华北抗日根据地及解放区文艺，归根结底，是"以人民为中心"的文艺。

三、学术价值

今天的河北在抗日战争、解放战争时期是晋察冀、晋冀鲁豫两大根据地的中心区域，有着悠久的革命历史传统和丰厚的红色文化底蕴。据不完全统计，抗日战争和解放战争期间，仅晋察冀边区专区以上就办有报刊四百余种，编印图书五百余万册。如果将这种统计扩大到环绕河北的整个华北抗日根据地及解放区，时间扩展至从中国共产党成立到中华人民共和国成立，数据更为可观。这些红色图书、报刊的出版发行，团结了一大批来自全国各地的著名革命文艺家和专业文艺工作者，其中有大量文艺相关信息，是研究近现代中国革命文艺的重要史料。但因受当时物质条件及复杂局势影响，它们传播范围有限，保存困难，如今已普遍出现老化或损毁现象，面临着消失、断层的危险。

长期以来，由于对抢救、整理和利用红色文艺文献的意义认识不足，现行的科研评价、出版机制亦难以有效刺激科研工作者积极从事老旧报刊等红色文艺文献的系统整理，大量有待整理的红色文艺文献尚未进入学界的视野。特别是华北抗日根据地及解放区的文艺文献，有很多甚至还是学术盲区。如《冀中导报》《救国报》《边政导报》《冀南日报》《团结报》《前进报》《新察哈尔报》《冀热察导报》等各类党报，以及《冀热辽画报》《冀中画报》《北方文化》《五十年代》《新长城》《新群众》《诗建设》《诗战线》等期刊，虽有部分学者对其办报（刊）历程、思想以及传播等方面予以研究，但均无系统的文艺文献整理本。"华北抗日根据地及解放区文艺大系"整理的《晋察冀日报》、晋冀鲁豫《人民日报》、《晋察冀画报》，是当时华北抗日根据地及解放区党报党刊的典型代表，是党的理论和实践同文艺结合的主要媒介和载体，是华北革命文艺重要的传播平台。这些报刊，既客观记录了华北革命文艺的传播与发展，也完整展现了华北革命文艺的特殊使命与风格特征，具有极其重要的史料价值。在此基础上，我们还会将视角延伸到《晋绥日报》《新华日报·太行版》《新华日报·太岳版》等党报，不断地充实这套大型文献史料丛书，以此来系统建构华北抗日根据地及解放区的"文艺史料学"。

四、丛书特色

这套丛书的编纂,主要以抗日战争及解放战争期间华北境内各根据地、解放区出版、发行、制作之图书、期刊、报纸等红色文献中的文艺资料为内容。编纂特色主要包括:

(一)抢救珍贵历史文献,弘扬伟大建党精神。

华北抗日根据地及解放区的红色文献发行于条件艰苦的战争年代,数量少,印制质量粗糙,历经岁月的洗礼,留存下来的品相完好者已经很少,有些到今天已成孤本。这些文献作为特定历史时期和区域的产物,见证了中国共产党领导华北人民争取民族独立和人民解放的伟大历程,反映了华北近代社会的巨大变化,蕴含着珍贵的史料价值和鉴往知来的现实意义,是中国共产党领导的文艺事业、新闻出版事业与意识形态建设发展的历史见证。它们诠释了党的初心和使命,蕴含着坚定的理想信念与崇高的革命精神,到今天仍然具有强大的感染力与说服力,是陶冶情操、磨炼意志,走好新时代长征路的有效精神资源。抢救性搜集、整理与研究这些珍贵历史文献,有利于增强党政干部政治信仰,弘扬伟大建党精神和践行社会主义核心价值观。

(二)文艺与党史密切融合,拓展革命文艺与党史研究的新视野。

革命文艺作品的创作、发表和传播,和党的历史任务和奋斗实践是分不开的。在艰苦卓绝的革命岁月,奋斗前行的中国共产党始终强调,既要拿"枪杆子",也要拿"笔杆子"。革命的文艺工作者,一手拿枪,一手拿笔,深入农村与抗战前线,以人民大众易于接受和欣赏的形式,宣传党的政策,推行党的方针,为中国共产党顺利完成不同历史阶段的中心任务和伟大使命发挥了独特而重要的作用。本套丛书收入的文献史料，主要是抗日战争与解放战争时期党报党刊中的文艺作品与文艺史料，它们鲜明生动地体现了党的历史，党领导人民争取民族独立、人民解放的奋斗历程和精神面貌，从而为学界从文艺角度研究党史和从党史角度研究文艺提供了有力支撑。

（三）作品汇编与史料梳理并行，还原革命文艺的历史场域。

"华北抗日根据地及解放区文艺大系"的编纂，全面辑录华北抗日根据地及解放区党报党刊上刊登的诗歌、小说、戏剧、报告文学、散文、歌曲、版画等文艺作品，并系统梳理当时文艺发生、发展、传播以及社会各界文艺活动的各类消息和报导，同时选编了大量的河北红色文艺作品作为补充。这种文艺史料与文艺作品的配合整理，还原了革命文艺的历史场域，有利于构建对革命文艺的科学认识。

五、丛书内容

（一）《〈晋察冀日报〉文艺文献全编》共三十八卷：

诗歌三卷

戏剧一卷

小说二卷

文艺评论三卷

文艺史料九卷

外国文艺二卷

散文报告文学十七卷

歌曲版画一卷

（二）《晋冀鲁豫〈人民日报〉文艺文献全编》共十一卷：

诗歌一卷

戏剧、小说、文艺评论一卷

散文报告文学五卷

文艺史料四卷

（三）《〈晋察冀画报〉文艺文献全编》一卷

（四）《晋察冀日报社人物志》一卷

（五）《河北红色文艺作品选》共六卷：

诗歌一卷

戏剧一卷

散文一卷

小说三卷

六、编纂体例

（一）整套丛书题材丰富、门类众多，在体裁上不做强行统一。

（二）丛书中所录作品均为当年报刊发表的原文。为确保丛书的文献性、学术性、专业性和资料性，丛书编辑加工的总原则为保持文献原貌，内容上不做改动。

（三）文字的使用

1. 丛书中文字的使用以2013年教育部、国家语言文字工作委员会公布的《通用规范汉字表》为准。

2. 丛书中的古体字、通假字、俗体字，以及所涉及姓名字号、职官地理等专用字，均予保留。

3. 丛书原文字迹模糊残损，但仍可辨认或可依上下文校正，以字外加方框"□"表示；原文缺字或无法辨识，且无法校补，每字以一个方框"□"表示；如无法统计所缺字数，则以"☒"表示。

4. 丛书中数字的使用，保持原貌。

（四）标点符号及其他符号的使用

1. 丛书在不改变原文意义的情况下，将旧式标点改作现行标点符号。

2. 丛书原文中出现代表文字的符号，如"×""△""○""▲"等，保持原貌。

3. 丛书原文中的着重号、专名号等不再保留。

（五）其他

1. 丛书原文中的注释，保持原貌；编者亦出部分注释，供读者参考。

2. 因为原始文献本身产生于战争年代，保存不易，漫漶不清处较多，丛书疏误之处在所难免，希望专家读者批评指正。

七、鸣谢

本套丛书得以顺利面世，要特别感谢中共河北省委宣传部、河北省社会科学院、河北教育出版社的资金支持，以及北京大学陈平原教授、中国社科院文学所刘跃进研究员、南开大学文学院李扬教授、河北师范大学文学院王长华教授等，为丛书编纂提供了多方面的学术支撑；晋察冀日报社老报人及报史研究会诸位老师，中国社科院文学所现代室、中国丁玲研究会、中国现代文学馆各位专家，也在丛书编纂过程中提出了许多建设性意见；院内外的数十位年轻科研工作者，在原文录入和校对方面付出了艰辛劳动，确保了项目的顺利进行。在此一并致谢。

把艺术交给大众（代序）
——祝贺"华北抗日根据地及解放区文艺大系"结集问世

中国社会科学院　刘跃进

由河北省社会科学院文学研究所编纂、河北教育出版社出版的"华北抗日根据地及解放区文艺大系"结集问世，值得庆贺。

文艺是时代前进的号角。1937年7月7日，卢沟桥事变爆发，全面抗战由此而起。广大的爱国知识分子和青年学生，表现出同仇敌忾的民族气节，走出书斋，走出校园，用知识，用智慧，用不屈的精神力量唤醒民众，用实际行动担负起抗日救亡的历史重任。在此后的岁月里，延安文艺和华北抗日根据地及解放区文艺，是中国共产党领导下的两大主体，双峰并峙，展示着那个时代的风貌，引领了那个时代的风气。

随着抗日根据地的开辟，延安文艺工作团、西北战地服务团、东北促进纵队干部队、八路军总政治部前线记者团等大批文艺工作者，随同党政干部一道陆续抵达华北，东北、平津的青年学生也纷纷冒着生命危险来到边区。他们一方面积极创作大量街头剧、活报剧、街头诗、墙头小说、木刻版画、歌曲、舞蹈等革命文艺，开展抗日救亡宣传运动；一方面也通过开办文艺干训班，开展各行业、各阶层甚至全民的文艺创作与评选活动，吸引工农兵群众加入文艺队伍，掀起了"晋察冀一周""冀中一日"等具有深化性质的群众写作运动，以及"创造模范村剧团""穷人乐"等群众戏剧运动，为晋察冀文艺史添上了浓墨重彩的一笔。

说到这里，我想起2009年参加《北平学生移动剧团团体日记》捐赠仪式的一段往事。从1937年到1938年，在中国抗战史上唯一以大学生组成的"北平学生移动剧团"在长达一年半的时间里，历尽艰难，转辗于国民党第五战区的各个战场，演出话剧，创办报纸，宣传抗日，鼓舞斗志，谱写出响彻云霄的时代赞歌。移动剧团的成员每人一周轮流记述，用日记形式记录了那段不平凡的岁月，《北平学生移动剧团团体日记》就是这部历史的记录。它不是写给个人看的私密记录，也不是为将来面世扬名。作者完全出于一种历史责任，真实客观地记录了那段鲜为人知的历史，体现出强烈的史家意识。日记封面上有这样一段题记，"北平学生移动剧团·愿我永恒·中华民国二十七年二月二十三日始·璧华"。孤立地看这部日记，也许没有什么轰轰烈烈的战斗业绩，也没有什么感人肺腑的情感纠结。客观、平实是它的本色，正是这种本色，为那个历史年代留下一段真实。"北平学生移动剧团"的抗日活动，是文艺工作者投身抗日洪流中的一个历史缩影。

随着抗战的胜利，察哈尔省会张家口解放，晋察冀文协、晋察冀剧协、晋察冀音协、晋察冀美协、晋察冀通讯社、晋察冀边区剧社、晋察冀日报社、晋察冀画报社等文化团体随中共晋察冀中央局和军区领导先后开赴华北根据地，一大批文艺工作者也随之来到华北，开展丰富多彩的文艺活动。他们坚持毛泽东《在延安文艺座谈会上的讲话》中指出的方向，一手拿枪，一手拿笔，深入农村与抗战前线，既为切身体会工农兵的生活，也为深刻了解工农兵的需求，从而在根本上克服了自身相当普遍和严重的艺术至上主义思想倾向，为工农兵而创作，为工农兵所利用，以人民大众易于接受和欣赏的形式，普遍写人民大众的生产战斗故事。譬如左翼作家邵子南，于1938年10月随西战团到晋察冀，主持战地社日常工作，主编《诗建设》；1943年整风运动后，他到阜平任小学教员，在反"扫荡"中与群众、民兵一起转移、战斗，还直接在五丈湾跟随李勇的游击组对日寇展开地雷战；1944年5月随团回延安，在鲁艺任教，后调陕甘宁文协搞专业创作，开始大量创作反映晋察冀边区生活的小说。他以亲身体验为基础创作的短篇小说《李勇大摆地雷阵》（后改为《地雷阵》），运用阜平农民群众的语言，以口语化方式讲述了爆炸英雄李勇的抗日故事，明显吸取了民间说唱文学的优点，特别是在白话叙述中还插入不少快板式的韵白，更适合群众的喜好，因而在当时广为流传，家喻户晓，起到了很大的宣传鼓动作用。其他作品，如《荷花淀》《太阳照在桑干河上》《漳河水》《赶车传》《王九诉苦》《孟祥英翻身》《新儿女英雄传》《白求恩大夫》《我的两家房东》《穷人乐》《李殿冰》《戎冠秀》《没有共产党就没有中国》《团结就是力量》《没有土地的人们》《白毛女》等，都是成功的文艺典范，在现代中国文学史上占据比较重要的位置。

在华北抗日根据地及解放区的文艺创作成果中，还有数以万计的文艺作品和极具研究价值的文艺史料刊发在根据地及解放区所办的报刊上。很多作者，本身就是农民、战士或基层工作者。他们把自己的经历和熟悉的人和事，通过小说、戏剧、诗歌、报告文学、歌曲、绘画、舞蹈等文艺样式记录下来，语言通俗，富有生活气息。人民既是历史的创造者，也是历史的见证者；既是历史的"剧中人"，也是历史的"剧作者"。让故事中的人物自己编词、自己表演的创作方式，很好地反映出人民的心声，并让人民群众从生动活泼的艺术作品中得到教育，这确实是一个成功的尝试。

配合党的中心工作，"把艺术交给大众"，通过文艺唤醒大众，这已成为华北文艺工作者的自觉意识。他们积极响应伟大的民族抗战对文学艺术提出的时代要求，充分兼顾到广大人民群众的接受习惯和欣赏水平，创作了大量的作品，真实地反映了燕赵儿女火热的战斗与生产生活，起到了良好的宣传教育与鼓动激励效果。刘萧无编排新闻报道剧《李殿冰》，编剧与演员一起住到李殿冰家里，以便于熟悉主人公的生活，搜集真实生动的群众语言，还模仿他们的动作，理解他们的心理，甚至还让主人公李殿冰等直接参与剧本的修改和编排。描写群众的生活，邀请群众参与创作，这是当时文艺工作者走群众路线的生动体现。该剧演出后获得当地老百姓的极大赞赏，鲁中实验剧团还专门学习该剧的创作方法，创编了三幕五场话剧《过关》。艾思奇《前方文艺运动的新范例》更是誉其开创了前方文艺的新范例。抗敌剧社的《王老三减租小唱》、冀中火线剧社的话剧《我们的母亲》，也都具有这种特色。

这些文艺作品，可能略显仓促，有的甚至急就于战火中，所以在素材提炼、人物形象塑造以及语言的使用、细节的刻画等方面还有很多不足。但是，这不是一般意义上的创作，而是燕赵大地为争取民族独立、人民解放的集体记忆和行动号角，是中国革命事业的重要组成部分。华北抗日根据地及解放区的文艺，有很多这样未经沉淀的纪实作品，不管其艺术性如何，但在发动群众、组织群众、铸就抗击日寇和国民党反动派铜墙铁壁方面，发挥了无可替代的作用。20世纪五六十年代，河北地区涌现出大量的红色经典，便是华北抗日根据地及解放区文艺的传承和发展。

2017年6月，河北省社科院文学所郑恩兵所长来京与我们协商合作研究事宜。我根据所了解的信息，建议他们结合地方特色，做好地方红色文艺文献的搜集整理与编纂出版工作。"华北抗日根据地及解放区文艺大系"就是那次商讨的成果。全书由五个部分组成：第一部分为《晋察冀日报》文艺文献全编，第二部分为晋冀鲁豫《人民日报》文艺文献全编，第三部分为《晋察冀画报》文艺文献全编，第四部分为晋察冀日报社人物志，第五部分为河北红色文艺作品选。全书收录各种文体的作品六千余种，包括小说、诗歌、文艺评论、戏剧、报告文学、散文、文艺通讯、美术、书法和音乐、文艺史料，还有文艺信息、文艺广告，基本涵盖了华北抗日根据地及解放区的文艺创作情况，具有很高的研究价值。

  时值中华人民共和国成立七十五周年之际，我们有机会阅读这部皇皇五十余册的"华北抗日根据地及解放区文艺大系"，更加深切地感受到新中国的建立真是来之不易，她是无数条战线的可歌可泣的人们不懈奋斗的结果。在这样一个特殊的日子里，我们感念当年那些有名无名的作者，感谢参与整理工作的学者，当然，更要感激我们这个伟大的时代。

目 录

黎玉主席派张厅长等参预圣地祭孔盛典 ······ 1

名歌手感慨话乐坛 ······ 2

东北新华广播电台开始广播 ······ 2

沪各界开会追悼李、闻 ······ 3

中共晋察冀中央局宣传部关于出版《自卫前线》的决定 ······ 3

怀来涿鹿出版《自卫》《前线》报 ······ 4

庆丰戏院再劳军 一日所得全部捐输 ······ 4

张市旧剧界筹演佳剧纪念双十 ······ 5

怀来妇女儿童火线上慰劳保卫者 ······ 5

本报启事 ······ 7

冲破国民党百般阻挠 上海万人追悼李、闻 ······ 7

本报副刊征稿启事 ······ 9

沪各党派公祭李、闻 ······ 10

哈尔滨文化界欢迎英美记者 ······ 11

沪学联发表告同胞书 ······ 12

恢复容城战斗中新闻报导组织周密 ······ 12

冀中文协正式成立 ······ 14

通讯小组与读报鼓励群众情绪 ······ 14

阜平六区各村大力开展冬学运动 ······ 15

沪杂志联谊会抗议蒋贼摧残言论 ······ 16

冀晋盂县四区通讯工作做得好 ······ 17

部队新闻工作者的作风 ······ 18

阜平五区三十一处冬学开课 …………………………………… 20
边区文化消息 …………………………………………………… 21
获鹿县开展乡艺运动　村剧团自编自演日渐活跃 ………… 22
曲阳召开戏剧研究座谈会 ……………………………………… 23
边区文讯 ………………………………………………………… 24
平沪文化界纪念闻一多　编辑闻氏全集出版 ……………… 25
今年的冬学运动要帮助群众翻心 …………………………… 26
《晋察冀日报》《冀晋群众报》改订发行办法启事 ………… 27
定县订出今年冬学办法 ………………………………………… 27
建屏七区合河口"连接广播"人人爱听 …………………… 28
冀中乡艺活动 …………………………………………………… 28
十二分区冬学开课 ……………………………………………… 30
晋县卅一个村剧团参加文艺训练班 ………………………… 30
晋冀鲁豫文化劳军　孙副司令员号召"写兵" …………… 31
陶孟和教授著文评蒋政府　独裁专制断丧国家生机 …… 31
新乐劳英领导办冬学 …………………………………………… 32
冀东出版发行委员会决定改进工作办法 …………………… 32
文艺为自卫战争服务　剧作家阿英新作两种 ……………… 33
冀晋乡艺创作八十余件获奖 …………………………………… 33
应苏对外文化协会之邀茅盾赴苏游历 ……………………… 34
盂县中岔口通讯组今年写稿三百多件 ……………………… 35
冀中机关干部男女学生带领群众涌入主力兵团 ………… 36
盂县中岔口全村妇女入冬学 …………………………………… 37
十二个村剧团昼夜演剧劳军 …………………………………… 37
《时代青年》杂志明年一月初复刊 …………………………… 38
边区群众剧社集体创作成绩良好 …………………………… 39

蒋政府严厉统制新闻 …………………………………… 39

本报记者田雨同志平汉前线光荣牺牲 …………………… 40

北平教育崩溃　学校四壁皆无 …………………………… 41

田雨同志追悼会筹委会启事 ……………………………… 42

阜平县委发出指示　开展新年乡艺活动 ………………… 42

冀鲁豫文工队演出六场歌剧《王克勤》 ………………… 44

抗议蒋家扼杀文化 ………………………………………… 44

抗敌剧社在前方出演 ……………………………………… 45

延安新华广播电台元旦播音节目 ………………………… 46

仓夷同志传略 ……………………………………………… 46

本报启事 …………………………………………………… 47

苏批评界对茅盾称誉备至　《子夜》译本极博好评 …… 48

冀晋区直属机关部队准备春节文娱活动 ………………… 48

晋察冀野战军的文化生活 ………………………………… 49

井陉各村剧团展开乡艺竞赛 ……………………………… 52

本报副刊征稿启事 ………………………………………… 53

《晋察冀画刊》出版 ……………………………………… 53

抗敌剧社新年画展 ………………………………………… 54

冀中发起文化劳军 ………………………………………… 55

各地农民组织剧团　演戏庆祝翻身 ……………………… 55

摄影工作在前线 …………………………………………… 56

冀中文化简讯 ……………………………………………… 58

各种文艺活动活跃华中前线 ……………………………… 59

文艺短讯 …………………………………………………… 60

茅盾夫妇游览乔治亚名胜　拜访斯大林故居 …………… 61

冀中出版发行业年来大有成绩 …………………………… 61

部队秧歌到口泉 ... 62

《新察哈尔报》改为《察哈尔日报》 ... 63

沂南十四岁诗人苗得雨 ... 63

今年春节冀晋乡艺活跃 ... 64

金沟官庄文化大翻身 ... 65

冀晋剧社演出《白毛女》 ... 66

全党办报农村办报 ... 67

涟水战役报导经验初步总结 ... 68

大生产开始了 文艺活动应取小型 ... 73

介绍柴庄剧团 ... 74

四地委宣传部对通讯工作意见 ... 75

唐县监所犯人组织"反省剧团" ... 76

东北制片厂首次出品 ... 76

抗敌剧社响应立功 ... 77

冀中行署颁发文化奖金 ... 77

名文学家阿英长子钱毅同志被俘就义 ... 78

联中文工团动态 ... 79

本报增刊征稿启事 ... 79

联中文工团为兵服务 备受前方将士欢迎 ... 80

《边区工人报》改为半月刊"五一"出版 ... 80

广灵望狐村剧团一面宣传一面打游击 ... 81

冀热辽胜利剧社在蒋后坚持工作 ... 81

新华社前线分社成立 ... 82

关于目前采访报导重点及应注意的几个问题 ... 82

新华社晋察冀前线野战分社组织条例 ... 86

邯郸广播电台节目预告 ... 87

中央局宣传部召开边区文艺座谈会 …………………………… 88
中共晋察冀中央局关于文艺工作的三个决定 …………………… 91
《长城》复刊征稿 ……………………………………………… 96
冀热辽文艺工作的纪念碑《苦尽甜来》演出 …………………… 97
繁峙看守所犯人组织"自新剧团" ……………………………… 98
苏联作家联盟电贺中国文艺节 ………………………………… 98
联中文工团到井陉演剧慰劳矿区工友 ………………………… 99
前线摄影记者拍制战斗活动 某地战地照片展览观众踊跃 …… 99
晋察冀日报社新华总分社启事 ………………………………… 101
苏联纪念出版节 ………………………………………………… 101
栾城新区宣传工作初步经验 …………………………………… 103
联大文艺学院研究室通讯指导股启事 ………………………… 104
火线剧社入伍同志全力为兵服务 ……………………………… 104
沪《文汇》等三大报被蒋党勒令停刊 ………………………… 105
冀中文化界协会召开文艺座谈会 ……………………………… 106
《冀热察导报》创刊 …………………………………………… 107
西北前线文艺宣传活跃 ………………………………………… 108
正太战役中的宣传活动 ………………………………………… 109
解放区文艺作品风行沪上 ……………………………………… 111
一地委开展"写苦水报喜讯"活动 …………………………… 112
捷保签订文化合作协定 ………………………………………… 112
美两大学学生致电中国学联 支援中国学生运动 …………… 113
战争新闻录音影片创制成功首次放映 ………………………… 114
黄河岸上的广播台 ……………………………………………… 114
娱乐用具图书劳军 ……………………………………………… 115
《真理报》书评盛赞小罗斯福新著 …………………………… 116

米脂儿童组织少年先锋队放哨送信慰劳宣传 …………………… 117
"写苦水、报喜讯"运动的初步经验 …………………………… 117
晋察冀边区行政干部学校招生启事 …………………………… 119
新华印刷局立功运动成效显著 ………………………………… 120
复查和通讯工作结合 …………………………………………… 121
纽约民主学联声援中国学生运动 ……………………………… 122
关于土地报导问题 ……………………………………………… 123
关于稿费的通知 ………………………………………………… 125
北平民主人士追悼闻一多先生 ………………………………… 126
我怎样接近群众 ………………………………………………… 127
之江等大中学大批学生被退学开除 …………………………… 129
昆明青年凭吊民族歌手聂耳 …………………………………… 130
暨大学生抗议蒋党解聘教授 …………………………………… 130
宋家营随军剧社演出新编剧本《母亲》 ……………………… 130
冀晋区党委宣传部、新华社冀晋分社号召学习白泉报导方法 …… 132
学术自由毫无保障 蒋党续解聘大批教授 …………………… 133
晋冀鲁豫中央局奖励新闻与创作 ……………………………… 134
全国学联致函世界青年大会 …………………………………… 135
郭沫若辟谣 ……………………………………………………… 136
苏联文化消息 …………………………………………………… 137
东北解放区各地出版事业日趋发达 …………………………… 139
就魏德迈来华事全国学联发表宣言 …………………………… 140
东北文讯 ………………………………………………………… 141
东南欧新民主各国文化大步发展 ……………………………… 142
蒋党统制纸张 自由书刊全停刊 ……………………………… 143
全国学联复致魏德迈以备忘录 ………………………………… 143

迎接"九一"记者节	144
一条和事实不符的新闻	144
《自卫战争新闻第一号》介绍	146
又一条新闻和事实不符	149
北大教育系纪念陶行知	150
学习《晋绥日报》的自我批评	150
晋绥新闻界彻底整顿阵容 发动群众揭发失实新闻	153
晋冀鲁豫开展思想检查 从土改中改造新闻工作	155
沪港文化界抨击蒋摧残文化事业	155
锻炼我们的立场与作风	157
蒋党治下生活逼人 郭沫若被迫卖字	160
保证新闻的真实性	160
不真实新闻与"客里空"之揭露	162
怀着争功夺利的思想写了说谎骗人的稿子	172
东北解放区新闻事业	173
《冀晋日报》开始检查工作	174
东北新闻界热烈纪念"九一"	175
失实新闻	176
平津学生灾难重重	177
《晋绥日报》"九一"社论	178
陕甘宁新闻工作者决检查思想提高业务	179
研究写稿就是研究本职工作	180
晋冀鲁豫边区首次文教奖金揭晓	182
陕甘宁新闻工作者战争环境中坚持奋斗	182
察省新闻界开座谈会 讨论为人民服务方针	183
平津沈学生包围下朱家骅窘态百出	184

平津学生展开自救助学运动 …………………………………… 185
美术为战士服务　曹振峰立大功 …………………………… 186
察新闻界检查工作 ……………………………………………… 189
关于表扬功臣和办文艺刊物 …………………………………… 189
经济、文化建设年来长足进步 ………………………………… 190
北平教授要求改善待遇 ………………………………………… 191
边区简讯 ………………………………………………………… 192
群众剧社小型宣传队几点经验 ………………………………… 192
蒋管区：人吃人、人压迫人、人欺骗人　解放区：
　人爱人、人帮助人、人教育人 ……………………………… 195
唐县县委怎样领导通讯工作 …………………………………… 196
平教授生活缩影 ………………………………………………… 199
冀晋剧社到火线去 ……………………………………………… 200
制匾立碑编剧上演　人民功臣蔡春吉不朽 …………………… 200
阜平贫雇农文化未翻身 ………………………………………… 201
鲁迅逝世十一周年平津学生集会纪念 ………………………… 202
本报启事 ………………………………………………………… 203
陕甘宁文化兵活跃前线 ………………………………………… 203
蒋匪出卖教育主权 ……………………………………………… 204
部队阶级教育新方式 …………………………………………… 205
摄影记者孟振江、宋谦二同志光荣殉职 ……………………… 206
各地同志注意 …………………………………………………… 206
石家庄新华分社业已成立正式发稿 …………………………… 207
火线拍照 ………………………………………………………… 207
新华社总社电唁孟振江、宋谦同志 …………………………… 208
本报启事 ………………………………………………………… 208

阜平县群众读报的反映 208
蒋区学运波澜壮阔 209
东北文化零讯 210
华中土地复查中　文教事业发达 210
石庄演出《白毛女》等剧 211
在"中美亲善"幌子下美积极进行文化侵略 212
老母猪半天还乡梦 213
晋冀鲁豫文化短讯 215
《晋绥日报》、新华总分社反"客里空"运动继续推进 216
《晋察冀日报》一年来错误报导的检举 218
曲阳东关贫农团检举不真实的报导 222
《冀中导报》检查不真实和失掉立场的新闻 225
我对"客里空"报导的反省 227
《察哈尔日报》初步检查"客里空" 228
雇贫农办黑板报　说出自己心里话 229
晋绥翻身农民积极为自己报纸写稿 230
"枪杆诗" 231
向文艺工作同志征稿 233
晋察冀中央局宣传部关于成立边区出版局的决定 234
河间有些村庄真人真事宣传平分 234
任河县委检查"客里空"　加强汇报真实性 236
冀中新闻机关讨论重视培养工农通讯员 237
工人宣传队下乡演戏　教育农民也教育自己 238
不堪蒋匪压迫　郭沫若茅盾到香港 239
加强通讯工作　反对"客里空" 239
为征集与保管文物古迹通告 241

向部队文艺工作同志征稿 …………………………………… 242

获鹿县委决定开展"一篇稿运动" ……………………… 243

检查不真实的新闻 …………………………………………… 244

晋绥土改中收集古物珍品很多 …………………………… 245

石庄旧艺人解放前后的生活 ……………………………… 246

浑源张庄小区创办流动小报 ……………………………… 248

苏联各地纪念高尔基八十诞辰 …………………………… 249

阳高城内秩序良好　商店已经开始营业 ……………… 250

火光剧社在前线 ……………………………………………… 251

苏联科学院讨论中国革命文学 …………………………… 253

《新洛阳报》创刊 …………………………………………… 254

前进部文工团战时鼓动生动活泼 ………………………… 254

西北中央局召开文艺工作座谈会 ………………………… 255

民众剧团等即将随军出击蒋管区 ………………………… 257

洛阳文化教育动态 …………………………………………… 258

苏联庆祝出版节 ……………………………………………… 259

鄂豫皖野战分社副社长谢文耀同志光荣殉职 ………… 260

东北文化拾锦 ………………………………………………… 261

木刻剪纸展览 ………………………………………………… 262

本报终刊启事 ………………………………………………… 263

黎玉主席派张厅长等参预圣地祭孔盛典

张氏阐述孔子民为邦本学说

【新华社滕县二十九日电】旧历八月二十七日（九月二十二日）为孔子诞辰，山东民主省政府特派司法厅长张伯秋、高级参议匡亚明，携省主席黎玉亲笔函前赴圣地参与祭典。是日晨，曲阜党政军民各界代表五百余人在孔府执事人孔令煜、孔耀卿引导下首向尼山孔子生地举行隆重遥祭。上午十时复在大成殿举行纪念大会，会场四周遍贴"民为邦本，本固邦宁""微管仲则吾其被发左衽矣"等名言。仪式于庄严肃穆中开始，全体向孔子遗像行三鞠躬礼，并摄影留念。继而列队至杏坛，张厅长、匡参议、周专员等相继讲话，阐述孔子学说，引证孔孟学说来说明孔子学说中的优秀部分。但孔子生于二千余年以前，受了时代限制，因此继承这份民族文化遗产就必须对封建部分加以正确的批判。继由孔府代表孔耀卿致答词谓："国民党当权者的祭礼与历代帝王的祭礼如出一辙，是少数官僚关起门来祭的。今天各界人民代表与省府大员一道来纪念孔子诞辰，实为孔子与孔门的光荣。因为孔子是中华民族的孔子、民众的孔子，而不是少数当权者的孔子。"并对自去冬八路军解放圣地后，民主政府及群众团体周密保护孔庙、孔林之措施，深表谢意。礼毕，张厅长、匡参议及记者等一行在孔耀卿陪同下参观圣迹，孔庙建筑巍峨，苍松古柏耸立庭院，房舍及礼乐祭器均保存如故。张厅长、匡参议在接见孔令煜、孔耀卿两氏时言谈中，两氏认为解放区之各种政治设施与孔子民为邦本的政治思想的精神甚相融洽，而一向高唱"尊孔"的国民党反动派却处处与民为敌。孔令煜氏并列举过去国民党政府祭孔时唯重仪式之冠冕堂皇，而对孔子之思想精神则置若罔闻，言下极为愤慨。孔耀卿氏并语记者称，中央社十日所云"孔庙之祭器、古乐等均被共军没收"云云，纯系无稽之谈，小人之言，不值一驳。

(《晋察冀日报》1946年10月2日)

名歌手感慨话乐坛

正派音乐不能立足，靡靡之音，风靡一时，这就是上海文化！

【本报上海讯】中国著名声乐家斯义桂，谈及内地与上海音乐状况之比较称，内地设备简陋，乐器诸多不备，故声乐乃骎骎驾乎管弦乐之上，此实为一不正常之现象。但反观上海，乐坛前途实较内地尤为悲观，人民习于放荡淫逸，行歌一曲甫出，人皆趋之若鹜。有此不懂吕律之大批听众，浅薄之流行曲复从而鼓动之，乃造成一片混乱状态，上海空负高度文化之虚名，古典音乐在此竟不能立足，言之实堪痛心。斯氏谓内地情形不同，群众对音乐之反应甚为热烈而真诚，不仅轻音乐，即古典大师亨德尔及莫扎特等人之作品，亦能同受欢迎。

(《晋察冀日报》1946年10月4日)

东北新华广播电台开始广播

【新华社哈尔滨四日电】东北新华广播电台已于九月廿三日开始正式播音。该台之呼号为XNML，波长二八五公尺，周率一零五五千周。播音时间为早晨七时至八时半，中午十二时至下午二时，晚七时至十一时。广播节目为地方新闻、国际国内新闻、政治及青年等讲座、人民呼声、各地人民翻身报导、时事述评、解放区介绍、人物介绍、名人演讲、小说、诗歌、各种知识及广播剧等。

(《晋察冀日报》1946年10月5日)

沪各界开会追悼李、闻

【新华社延安五日电】沪讯：此间各界追悼李、闻大会，四日九时假天蟾舞台举行。各党派均派代表参加，大会由沈钧儒①主祭，史良、楚图南分别报告李、闻生平事迹，末由李夫人张曼筠代表家属致谢词后散会。

(《晋察冀日报》1946年10月7日)

中共晋察冀中央局宣传部
关于出版《自卫前线》的决定

一周来平绥东线与平汉北线我军连战连捷，人心振奋，但更艰苦的斗争还在前面。为了进一步提高士气，鼓动群众情绪，表扬前线与后方的英雄模范，及时满足战士民兵工人和战地群众在战争中必不可少的精神食粮，本部决定出版临时性的《自卫前线》铅印小报。因此，各参战部队、各战地党委、各地战委会、各铁路工会，立即组织通讯报导工作，并建立迅速有效的战地发行工作，兹规定：

（1）来稿以战争动员中各种生动的英雄模范事迹、揭露敌军暴行等为主要内容。文字必须口语化，通俗简短，与《晋察冀日报》

---

① 按，"沈钧儒"原作"段碉偯"。1946年10月4日《新夜报》《大晚报》与1946年10月17日《人民日报》刊发相关消息时，主祭者均作"沈钧儒"，据改。

内容与形式均有不同。

（2）各野战部队宣传部门，子弟兵报原有通讯网应与该报社直接取得联系，经常供给材料，并将前方出版各种油印报纸等及时寄来。

（3）来稿寄中央局转自卫前线报社，一经刊载，按《晋察冀日报》标准，酌予稿费。

（4）不收报费，按组织系统发到连队、参战民兵队、战地区村、铁路各站。

一九四六年十月六日

（《晋察冀日报》1946年10月7日）

怀来涿鹿出版《自卫》《前线》报

【新华社宣化七日讯】为有力地配合战争动员工作，五专区自卫战争委员会出版了油印小型报纸《前线报》，每日一版（有时出两版）。涿鹿县战委会也出版了《自卫报》，内容主要是反映群众支援前线，民兵参战和运输中的模范例子和热烈情况，交流工作经验，并报导前方战况及国内消息，成为第一线人民进行自卫战的号筒，对人民战斗情绪的鼓舞起着很大的作用。

（《晋察冀日报》1946年10月9日）

庆丰戏院再劳军　一日所得全部捐输

胡振华

【本市讯】本市庆丰戏院全体人员，感于前线连战连捷，心中十分振奋，遂将一日收入共二十五万零五百元，不留分文，全部交区公所转前方。

（《晋察冀日报》1946年10月9日）

张市旧剧界筹演佳剧纪念双十

羽山

【本市八日讯】为了庆祝十月节，张市旧剧界昨晚集会，旧剧研究会王斐然主任亲临指导，经讨论后各剧院决定十日均演出新内容的剧本，以示纪念。庆丰戏院将演《中秋之夜》，平剧团演出《三打祝家庄》，裕民戏院演出《血泪仇》，同德戏院演出《人民大翻身》。这些戏里大多为暴露国民党占领区的专制暴政，贪官污吏横行，致使民不聊生。有的是正面写出，有的是以历史事实影射蒋占区现实，而《人民大翻身》则以新解放区人民对汉奸恶霸清算复仇为内容，这些戏的演出在保卫张家口的自卫战争中都有其重要意义。

（《晋察冀日报》1946年10月9日）

人民战争的动人场面

怀来妇女儿童火线上慰劳保卫者

孩子们的歌声和战士们激昂口号，交织一片：我们永远在一起！

赵卜

【新华社宣化六日讯】在五天的保卫战争中，怀来城厢、新保安、火烧营等地，妇女儿童组织的慰劳队，到前线慰劳收到良好效果。四日新保安妇女儿童二十余人的慰劳队，携带各种慰劳品，赴前方慰劳，行至怀来城西十里处，遇见负了伤的王排长被担架抬下来。慰劳队看见，齐集担架前说："同志！哪里负伤了，先吃几个鸡子吧。"随着鸡子、果子、烟堆在王排长的头前，左臂负伤的王排长，得到了他们这样热情的安慰，好像忘记了伤口的疼痛，脸上显出笑容，激奋地说："伤不厉害，几天就可养好，好了我马上就回前线去。"他用左手拉住十二三岁的女孩，笑着说："不要紧，我们准把反动派打退。"担架走了，他们也向着前线走去，不到一里地远，遇到蒋机扫射，他们因无防空经验，紧紧抱在一起，十岁的小姑娘手指着飞机，一面说，一面骂着："我们死就死在一起，蒋介石，你用美国飞机炸我们，反正死不了就得和你干。"飞机过去后，他们集在一起，检查了一下，一个妇女的衣服穿了些孔，但他们却毫无惧色，她说："没关系，走吧！"到了战壕，炮弹和飞机的扫射，更是厉害，但他们在战壕里，却镇静地给战士们发着慰劳品，孩子们拿着葡萄、果子，塞到战士的嘴里，连叫着"大哥！大叔！吃吧！"妇女们把纸烟分给战士们，还说"换着吃，换着打"，战士们感激地说："你们这样关心我们，使我们永不会忘记，我们要坚决保卫边区，放心吧，总会把反动派打倒！"火烧营和怀来城厢妇女儿童慰劳队，在前线×营阵地上慰劳时，一个炮弹落在他们面前，灰土掷摔了他们满脸，营长亲切地说："炮这样激烈，你们早些回去吧！"他们的回答是："远哩！没关系。"儿童们还爬在战壕边上，齐唱着《谁种的庄稼谁收割》和《蒋介石一团糟》等歌。他们的热情和歌声，鼓励着战斗中的勇士们，使他们越战越勇。×在火线上，刚刚换下来的×连，刚到城郊就被慰劳队围起来，茶水、果子一齐送到他们跟前，儿童们见到战士们，个个手拿着一把纸烟，给他们分，战士们的疲累也被他们弄得打消了。孩子们去慰劳时，一个女孩子，还笑嚷着给他们打敬礼，连长深深地被感动了,他转过头来向着战士们说:"老乡们这样关心着我们,还有什么说的!"他向战士们发问道:"咱们是谁的军队?""老百姓的!"战士们响亮地回答着。连长又问:"那么我们该怎么办?""坚决保卫老百姓!"当慰劳队离开他们时,战士们齐说:"放心吧,我们永远在一起!"

(《晋察冀日报》1946年10月10日)

本 报 启 事

本报从张家口转移途中,曾于本月十一日起至十四日,停止发刊四日,自今日起继续出版。此启。

(《晋察冀日报》1946年10月15日)

冲破国民党百般阻挠　上海万人追悼李、闻

【新华社延安十四日电】上海航讯:上海各界追悼李、闻二烈士大会冲破国民党当局百般阻挠,终于在四日上午九时假天蟾舞台如期举行。到会群众逾万,会场内外挤得水泄不通,扎满松枝的大门两旁贴着"为万民丧命,与日月争光"的对联。会场正中"民主之本"的横额更使与会者触目惊心。四壁悬挂挽联,悼词有宋庆龄、李济深、陈铭枢、中共毛主席、朱总司令等及各界闻人所挽者。民盟挽联为:"取义成仁之民主也。青天白日人可杀乎?"中共代表团之挽联为:"继两公精神再接再厉争民主,汇万众悲愤一心一德反独裁。"一群职工挽:"谁说政治不民主?请看暗杀亦自由!"另一群妇女挽:"杀不尽李公朴,死不完闻一多。"均道出广大人民对两先生景仰与

对特务暴行独裁政治之愤恨。

　　对于此次大会,国民党当局曾予多方破坏,事前吴国桢曾对民盟方面表示:"此会应缓开。"随着又要求大会主席团及主祭,均应由国民党方面负责,以后又提出所有讲话稿事先均须交由国民党"审查批准"。后几经交涉,最后才决定,共同主持由上海市长吴国桢及李济深、沈钧儒、罗隆基、郭沫若、蔡廷锴、马叙伦、李维汉、邓颖超、潘梓年等合组主席团,决定在会上互不攻击。但是当日国民党当局一早就在会场四周密布军警,严厉检查到会群众的入门证。七时许又开来几辆大卡车,载来灰布短衣装束的"群众"数百人抢先占了前面几十排的座位。

　　会议开始,"朋友!千万颗心带着千万个愤来痛悼你!……我们将带着胜利之花来慰劳你!"的哀歌紧紧地抓住了与会人们的心。会场穆肃而庄严。继由沈钧儒老先生主祭,史良、楚图南分别报告李、闻二先生生平事迹,此时坐在前后的"特殊人物"不断口嚼瓜子,嬉笑喧哗捣乱会场秩序。吴国桢、潘公展讲话,他们竟利用大会大做国民党的宣传,吴在致辞中口口声声赞扬国民党当局在上海的"民主",强调人民要"守法";潘则竟用"说话要有分寸,要负责任"等语调来公开吓唬民主人士。这时特务尽情高呼鼓掌捧场。

　　然而反动派的哓舌与叫嚣在万人充满对法西斯统治的悲愤气氛中,只不过出丑而已。在群众的掌声将郭沫若欢迎上台后,郭氏以充满悲愤的语调说:"每遇时代转换时,必有悲剧发生,两先生的死就是悲剧发生的信号。这是光明与黑暗的斗争,真理与丑恶的斗争,而真理终于将要胜利的!"邓颖超女士代表周恩来氏宣读他的祭文,群众不断地热烈鼓掌,当读到"我谨以最虔诚的信念向殉难者宣誓心不死,志不绝,和平有期,民主有望,杀人者终必覆灭!"雷鸣般的掌声淹没了话语。罗隆基氏于悲愤之下,对反动派的叫嚣给予有力的回击。他说:"吴市长说,上海已有了民主,有了自由,说李、闻两先生如在上海，大概不会被杀死，但云南也是中国的地方呀！……潘公展先生问我们究竟要英、美民主，还是苏联民主，这个我可以代表我们同志答复他，要的民主是要老百姓能活能做人，老百姓不能活的国家是不民主的。"他有力地说："内战并不能产生民主呀！"罗氏结语高呼："人可杀，民主不可杀！百年的历史就是这样：相信民主可杀者必被民主杀死，一个人倒下了，千百个人会站起来的！"最后李夫人张曼筠女士致答词，泣不成声，她连说："他们实在不该死呀！不该死呀！"但她最后抑压着感情有力地说："我们应该化悲痛为力量，大家团结起来才能争取到民主！"会议历二小时许始散。

（《晋察冀日报》1946年10月18日）

本报副刊征稿启事

（一）本报为适应目前环境，副刊暂不开专栏而分插于一、二版发表。每天约自二千字至三千字之谱。

（二）内容包括短论、文艺、通讯、资料及读者信箱、批评与建议等。来稿以联系实际、短小精悍为主，字数以千字左右为适合，最长不得超过两千字。特殊情形者例外。

（三）来稿编者有删改权，并请自留底稿，采用与否概不退还。

（四）来稿务请缮写清楚，为便于计算字数，最好能用有格稿纸写。

（五）来稿（除读者信箱、批评与建议外）一经发表，当酌奉薄酬。

（六）来稿请写明投寄《副刊》，以免与其他稿件混淆。

（《晋察冀日报》1946年10月21日）

凄风苦雨忆先烈

沪各党派公祭李、闻

陈嘉庚痛斥蒋介石反动派　号召海外同胞为民主奋斗

【新华社延安二十三日电】沪讯：沪市各界于四日举行李、闻追悼大会后，六日又于凄风苦雨中在静安寺举行公祭，至千余人。民盟由黄炎培、章伯钧、罗隆基、史良等代表致祭。中共由周恩来亲率代表团，新华日报、新华通讯社、群众周刊社代表公祭，第三党、民主建国会、民社党、金融界、民主促进会、妇女联合会等数十团体，均亲临祭奠。生物学家高士其也扶病伫立灵前吊奠，参加公祭之各团体及个人，均自动捐款慰问遗族。

【新华社延安二十三日电】南京讯：民盟政协代表梁漱溟、沈钧儒等八人，上月二十八日联名致函蒋方代表团请转蒋介石，对李闻案提出第三次抗议。并要求：（一）李案与闻案本为一事，现只揭出闻案，而对于李案则拖至数月之久，不但对于逃犯尚未缉获，即对于当场捕获之凶犯李成业亦迄无下文。应请政府严令主管机关限期破案，连同李成业押解来京公审。（二）闻案逃犯徐占坦应请政府严令主管机关限期缉获，移交公审。该函谴责前此民盟曾于七月二十八日及八月二十三日两度致函抗议，但蒋介石竟拒绝答复。

【新华社延安二十三日电】新加坡讯：九月十五日此间举行追悼李公朴、闻一多、陶行知三先生大会，到一百余社团代表及群众一千余人。大会为星洲侨领陈嘉庚等六十余人，及学校社团四十三单位所发起。主席薛永泰说："李、闻、陶三先生为了主张和平民主而牺牲了自己的生命，这是目前中国莫大的损失。"陈嘉庚指出中国自民国成立至二十五年均无民主可言。至西安事变来了一个团结统一，到

"七七"以后，说的是民主，行的是独裁，排斥异己，遍设集中营，逮捕抗日青年志士。胜利后，高唱"还政于民"广布特务戕杀文化界先进及知识青年，为非作恶，无所不用其极。陈氏强调说明："我认为这种独裁政治必然消灭，民主一定会成功。我们一定可以建立一民主富强的新中国，希望海内外同胞一致努力，完成这历史任务。"张殊群氏抨击美国目前帮助国民党政府打内战的政策，号召大家起来反对美国干涉中国内政，要求美军立即退出中国。大会于民盟星洲办事处主任胡愈之氏报告三先生家属状况后散会。

【新华社延安二十三日电】新加坡讯：南洋侨领陈嘉庚氏十日在此间群众大会上发表演说称，要使祖国获得真正的民主，我们必须把各党各派联合起来。中国老百姓对真正民主政体的需要日益迫切，现在的独裁政体，等不了多少年就会消灭的。所谓共和就是民主，并非专制或者自私，如果一国的政府不好，人民就有权利来攻击。

（《晋察冀日报》1946年10月24日）

哈尔滨文化界欢迎英美记者

【新华社东北二十四日电】访问哈尔滨市之英《新闻纪事报》记者萨博生已于前日赴齐齐哈尔。二十一日夜哈市文化新闻界特招待萨氏举行座谈，当日抵哈之美《生活》《时代》两杂志记者波塞尔及李伯悌（女华人）亦被邀参加。席间对中英文化交流及当前中国时局问题交换意见甚多，萨博生盛赞解放区实行土地改革及劳资合作分红制、分配敌产房屋予贫民等设施。关于时局问题，波塞尔认为中共主张实现一月十日停战令及政协决议是有理由的，美国只有在这个基础上头援助中国才是合理的。作家萧军在回答萨博生询问对"和平"

的看法时说："中国人民需要真正的民主的和平，而非奴隶式的和平。"各作家短短向李伯悌女士询问上海作家生活状况，据称该地物价高涨，作家及家属住房已成问题，史学家翦伯赞亦在贫病交加中。与会人士均表同情，座谈会至深夜十一时许始毕。

（《晋察冀日报》1946年10月26日）

沪学联发表告同胞书

猛烈抨击国民党的卖国政策

【新华社延安二十五日电】沪讯：上海学生团体联合会十日发表告全国同胞书，猛烈抨击国民党当局的卖国内战政策，反对美国政府一面调解，一面援蒋助长中国内战。该书指出美军在华帮蒋介石运输打内战的军队，守卫运兵运军火的铁路，正直接参加屠杀中国老百姓的内战，阴谋把中国变成菲律宾第二。

（《晋察冀日报》1946年10月26日）

恢复容城战斗中新闻报导组织周密

【新华社冀中二十五日电】十分区恢复容城战斗中，新闻报导工作的组织很周密，当新闻通讯任务下达后，部队和地方在领导上即抓紧了这一工作。×团政治处侯副主任决心从这次行动中把通讯工作带动起来，他先在干部思想上做酝酿，并邀请政治处干事、分区政治部宣传科钟副科长、十支社召开通讯会议，决议事项有聘请干部战士二十一人为战时特约通讯员，组织报导，不会写稿的可写个纸条或口述，供给专业记者材料，出版一油印的《战地小报》，制备"战地记者"胸章，发给各专业记者，以便于出入采访。并在全团中进行布置与动员，发动全体指战员注意此工作，更特别指出见佩有"战地记者"胸章的，应尽量供给材料和给以工作上的便利。容城县委于布置备战工作时，即在全县干部中布置通讯工作，发出写稿重点。县委宣传部又发出通知号召通讯员为完成目前紧急任务开展三日一稿运动，并望骨干通讯员做到一日一稿，着重报导典型，要求迅速确实具体，出版《战争动员报》直接为当前战争服务。在全县战时组织战委会宣传部下，设一通讯股，固定五人为战时专业记者，由通干任股长。

前线记者不离火线　后勤记者辛勤采访

我军围攻容城的前一天，在地委的指导下，由支社在部队与地方原有的组织基础上统一组织为"战地记者团"由支社领导。战斗中，记者胡苏与高励明同志，从九月二十九日晚随军进入阵地到十月三日恢复容城止，没有离开火线一步，与指挥员的动作与策划息息相关，参加一定会议和听取指挥部汇报，多方面寻找机会，深入各营连及各个战斗中去观察访问，连夜不眠不休，因此这次报导不曾遗漏任何一个战斗动作。战委会的后勤记者每天早晨计划当天工作，分工采访，有的随宣传队到火线到城关附近去活动，有的就地采访，并曾到东部去采访拥军模范官大妈、耿大妈的战时行动，到后方运输线去了解情况，白天分头采访，晚上集合汇集材料，分工写稿。

战时通讯工作与宣教工作相结合

专业记者采访的材料，除向分社寄稿外，并帮助《战地小报》《战争动员小报》的出版，两种小报所登载的材料又可作为组织综合报导的材料。记者更随时把搜集的材料充实政攻内容，曾帮助编写对伪匪喊话补充材料、写宣传品、写信等，以动摇敌军士气，从多方面进击敌人。

(《晋察冀日报》1946 年 10 月 28 日)

冀中文协正式成立

【新华社冀中二十六日电】冀中文协正式成立，冀中文协于十五日假火线剧社召开成立大会，到有文、音、美、剧会员共六十四名，并有冀中各机关来宾参加。王林同志报告筹备经过后，接着通过文协工作纲领与简章，大会进入隆重的选举，以不记名投票选出王林、孙犁等五人为执委，孙犁、崔嵬、郭维、傅铎、秦兆阳、鹿一夫、田涯、赵占一、王林为常委，王林、崔嵬为正副主任，并建立以下专门委员会：(1) 旧剧改造委员会，执委会推定崔嵬负责组织。(2) 民间艺术，推定赵占一、郭维、傅铎负责。(3) 年画改进委员会，秦兆阳负责。最后通过大会成立宣言，在清秋的太阳下，全体摄影纪念。今后冀中的文艺工作将有一翻新气象。

(《晋察冀日报》1946 年 10 月 29 日)

通讯小组与读报鼓励群众情绪

东长店通讯小组　王贵儒 杨长云

东长店村的通讯小组，除写通讯外，还经常向群众读报，群众很爱听，特别是读本村的事，情绪更是高涨。如上民校听读了本村的民办民校时，群众都说这事咱们知道得清楚，一点也不差，和咱们实际做的完全一样。老乡们很欢喜地说："报上登可不是白登的，以后咱们可得更使劲学习。"青年学习模范王新顺担任着本村财政委员，见报纸上一次一次地登他，鼓励了他的学习情绪，他抽时间把工作做完，还按时参加民校去学习。在《群众报》上登出儿童生产模范杨爱龄时，在全体儿童面前读了一遍，儿童们有的说，这倒不错，咱们冀晋区二十多县都知道杨爱龄模范了。并告诉他们说："你们努力学习吧，谁模范就给谁写稿子，登到报上去。"他们很欢喜地说："对！使劲学习给咱们也登报。"这样大大地启发了他们的情绪。

(《晋察冀日报》1946年11月8日)

阜平六区各村大力开展冬学运动

胡耀光　马呈瑞

【新华社冀晋讯】阜平六区于十月二十四日召开全区冬校教员训练班，学员三十四名，训练的主要内容：传达了今年冬运的方针及任务，并报告了土地改革的意义与认识和对目前形势的了解，在二十七、二十八日研究了教授法，并找出典型试验后得出结论才告结束。闻各教员回去后，各村的冬学已热烈地开展起来。

【新华社冀晋讯】阜平六区西下关村于上月二十九日晚举行隆重的冬学开校典礼，主席首先说明了今年冬学以政治为主、文化为辅的方针。并指出初期依土地改革的材料为中心内容，并强调说明了，要贯彻土地改革，必须大家透彻了解政策，才能更加深入地开展翻身、诉冤、清算复仇斗争。

(《晋察冀日报》1946年11月9日)

沪杂志联谊会抗议蒋贼摧残言论

指出：蒋政府是否接受此要求，是其有无诚意实行民主之考验

【新华社延安七日电】南京讯：上月底，沪杂志界联谊会以备忘录一份，送递第三方面政协代表，请其转送蒋政府，控诉国民党当局自五月以来，在沪、平、渝、昆、穗等地有计划的摧残言论出版之暴行，要求蒋政府立即废止登记特许制度，承认已出版的合法报刊，将过去所有查禁令宣布无效，及严格约束各地方政府不得对出版物之流通横加阻挠。备忘录指出，蒋政府是否接受上述要求，是其有无诚意进行民主政治之基本考验。

《民主》周刊被迫停刊

【新华社延安七日电】沪讯：此间郑振铎氏主编之《民主》周刊，因被国民党当局多次没收、抄查及迫害，终于月初被迫停刊。该刊月底出版的最后一期，发表郑氏及叶圣陶、马叙伦、田汉诸氏执笔之《我们的抗议特辑》，对蒋政府疯狂摧残言论出版之暴行，提出严重抗议。按该刊系于去年十月十三日在沪创刊，出版之初，即向国民党沪社会局及内政部登记核准，并领有登记证，乃为一完全合法之刊物。该刊以素来代表人民发言，早遭蒋政府嫉恨，数月来屡被抄查。该刊第五十期出版时，三千余份竟被全部没收，警局更一再密令禁查，并饬令沪报业公会转知各报摊不许出卖该刊。虽迭次抗议，均无结果，致被迫停刊。

（《晋察冀日报》1946年11月10日）

冀晋盂县四区通讯工作做得好

中岔口及御枣口两小组都成模范

【新华社冀晋讯】盂县四区通讯工作，现已蓬勃开展，每月至少收稿八十余件，通讯员发展到一百三十余人，现共有三十四个通讯小组，每个小组及组员均热烈地从事写作，和能够做到及时报导与抓住中心。去年下半年，因为领导上只求通讯员的数量，连文化水准极低、从来就没有动过笔的人，也吸收为通讯员，虽拥有两百多通讯员，却不能经常写稿。有些人则不好好注意搜集整理材料，虽然写了却登不出来，亦不能去研究，就干脆不再动笔了。领导上也没有好好地去帮助每个通讯员学习写作方法，因此，未到年底，所有通讯工作就全部垮了台。

今年正月重新组织通讯员时，就接受了去年的教训，首先抓住了以中岔口等三个村为重点，来编小组，每组三人至五人，提出了"只要把一件事，一种作风，一个经验写出来，就是好稿子"的口号，打破"写文章是文化人的事"的观念，以及强调通讯工作的重要性。其次，逐渐建立读报通讯组，使读报和写作结合起来。如中岔口韩克佩的小组，当生产以前，他就搜集报上有关生产的材料，一面研究，一面开家庭会议，做耕户计划，就找到了写稿方法，接受了"看了报做工作，做了工作写通讯"的好办法。

（《晋察冀日报》1946年11月11日）

部队新闻工作者的作风

夏郎

我们部队的新闻工作者多数是小资产阶级出身的知识分子,他们存在许多弱点:喜欢自由散漫,不惯于过集体生活,不善于接近占我们部队绝大部分的工农出身的干部战士。这些干部战士为人爽直、朴实,说话干脆,对革命事业忠诚坚定,他们的生活习惯和作风都跟知识分子出身的有相当距离。但是作为一个部队的新闻工作者来看,事实就不允许自己像自由主义的新闻记者一样到部队去观光做客,让人家处处尊敬自己待如上宾。相反地,必须为干部战士们服务,必须逐渐改变自己的生活习惯以及兴趣,学习他们优良的品质和作风;然后才能深入群众中去,工作才能展开,这就是部队新闻工作者群众化的问题。

我刚到前方部队里,就常遇到这类问题,并且引起了自己的思想斗争。在我们部队里,有些工农出身的同志也不太习惯于知识分子的一套,并且因为少数新闻记者到部队去所给他们的印象不大好,某些地方容易使我感到他们对自己冷淡或不大看得起,因而引起自己的苦恼,甚至觉得待不下去,于是过去所抱着的深入部队采访的热情也多少受到影响。对这种问题,我曾想了一想:第一,有些场合部队干部战士主观上不见得有轻视自己的地方,所以有这样的感觉,大部分是由于个人小资产阶级的自尊心和好面子作怪,他们某些爽直的言谈和行动,往往自认是对自己发的,这实在是自寻苦恼。第二,自己也的确有许多毛病,给人不大好的感觉,这就应该对自己做严格的要求,时常检讨自己,是否真正做到了群众化,是否能真正跟广大干部战士打成一片并在可能范围内给他们以帮助?……有了自我反省的精神,在跟部队干部战士的各种关系上才会看得正确,处理得正确,自己的工作也就会愉快胜任。

我每次都是部队要执行任务才去的,可是部队在执行任务时(尤其是战斗任务),干部战士都是相当紧张忙迫的,情况和任务使他们不能时时分身来照顾你,这时候你如果不对他们有所帮助,反而一味向他们要材料,要他们照顾,指战员就会感到难为情甚至厌烦。后来几次我参加他们的宣传队,写传单拟标语,帮助组织战士们去喊话,甚至在打起仗来时,帮助做动员工作,组织担架队,救护伤员,在必要和可能时自己也可以同战士们一块儿在火线上冲锋,在部队一休息下来又帮助他们给战士干部上时事课、政治课,就从这些活动中我收集了不少的材料,跟战士干部们的关系也亲密了。只要他们对你印象好,你对他们真有帮助而不感到累赘,他们有什么话都也会向你说,有什么问题都跟你谈,你自己的工作也就好做了。

总之,记者要想在部队里工作得好,就必须跟干部战士们的关系搞得好,但这不是一个技术问题,而是一个政治修养的问题。我觉得除平时加强自己修养外,参加部队实际锻炼,学习广大干部战士的优良品质和作风,就是一个修养自己最好的方法。指战员们在前线奋不顾身地自我牺牲和坚苦耐劳忘我工作的精神,都给我很大的感动和教育。

作为一个记者如果跟着战士们冲锋时躲躲闪闪,张皇失措,扰乱了战士们的阵容,战士们看你不起,也就成为必然的了。这时,你只要进步心强,那么你检讨对自己知识分子的优越感当会有新的估价。

现在我们部队里一般干部战士对部队新闻工作者,都有了相当的认识。他们最近几年来接受了全党全军办报的教育,他们知道部队报纸的重大作用和部队新闻工作者跟旧式记者显然的区别,只要自己的作风好,真能接近他们同他们亲密联系,他们会重视自己的工作。扫除了自己思想的障碍，我觉得部队新闻工作比地方上还要好做，因为部队组织严密，政治、文化生活条件好，搜集材料也远较地方上方便。

（《晋察冀日报》1946 年 11 月 18 日）

阜平五区三十一处冬学开课

决定教学与土地改革结合

郭凤森

【新华社冀晋讯】阜平五区于十月二十三日召开全区冬校教员训练班，全区受训教员共三十三个，除传达今年冬运的方针与任务及土地改革的意义与认识外，并在讨论中得出去年冬学的经验。去年的冬校一般的村子是前紧后松，贯彻经常性很差。这里边主要的缺点如五区一般的村冬校教员文化较低，讲课的方式上不好，讲政治课时事先不准备，到讲课时不能联系实际，所以群众接受不了，使冬校垮台。在讨论中大家一致认为今年的冬学教学要和土地改革密切地结合起来。该训练班于二十八日午结束后，各村教员回村后在这十来天内全区二十四个村的冬校都组织与建立起来了，因村子分散共建立了三十一座冬校。按十八个村统计，除支援前线任务以外，现以达到百分之八十五以上的公民入校。在今年冬学结合土地改革的教学方针下，农民的学习情绪很高。如大南沟副村有个五十来岁的老头说："今年土地改革，听说农民要彻底翻身呀，可得去听课啦，如不上冬校什么也不知道，怎么翻身呢？"

（《晋察冀日报》1946 年 11 月 18 日）

边区文化消息

冀中成立五一学院

【新华社冀中十四日电】冀中成立"五一"学院,罗玉川、鹿夫任正副院长。冀中"五一"学院,于本月七日举行隆重成立典礼。"五一"学院前身为冀中干部学校,改为学院后,分为司法、教育、会计、师范、政治五个队。现有男女学员三百余。在该学院成立典礼大会上,首由副院长讲话,指出"五一"学院为新型学院,希望全体员生要坚定为人民服务的立场,学人民所需要的东西;并号召大家加强备战,锻炼自己身体,要能吃苦耐劳,在战争环境下能工作、能学习、能战斗。全体员生,报以热烈鼓掌!会后由各分队分别演出《教训》及秧歌剧《一姑贤》等节目助兴。

博野办大鼓宣传组

【新华社冀中十五日电】博野于本月一日,由县政治处教育科青联共同召开说书人座谈会,到会的都是该县说书的能手,计有崔增祥、王庆云、杨庆奎、李增瑞等。当即决定在城关十月庙会上集体出演一次,并由五人成立小型的大鼓宣传组,公推李增瑞担任组长,然后再动员全县同行者团结一起,成立大鼓宣传队。会后,大家来研究怎样创作新词、改造旧鼓词。

辛集筹组版画店

【新华社冀中十四日电】辛集市为适应新翻身群众文化生活需要,将筹组版画店,赶制《白毛女连环画》,准备在阳历年前出版。深县县政府教育科,为解决乡村剧团缺剧本的问题,特于秋假期间,召开有写作能力的初高教员，四人组织了一个编写组。十天的工夫，创造改写了话剧、新平剧、秧歌街头剧、歌曲街头剧等共十五个剧本。现各地在开始排演。

(《晋察冀日报》1946年11月18日)

获鹿县开展乡艺运动　村剧团自编自演日渐活跃

石克平

【新华社冀晋讯】获鹿县于十月份，召开各区青联干部及教育助理员会议，检讨了前半年乡艺工作中的缺点与偏向，确定了今冬中心是有重点地培养典型与全面开展，进一步贯彻"穷人乐"方向，和开展柴庄剧团运动；学习他们的精神与优点，走群众路线，为人民政治服务，反映当地实际问题及群众斗争生活，紧紧与时局变化中心结合起来。当前与今冬乡艺工作的主要任务是在通过乡村艺术的各种形式进行自卫战争动员，使群众踊跃投入自卫战争，积极支援前线，启发推动农民翻身斗争，保证土地改革胜利地完成。自从这个会议召开以后，现各地根据了这个会议精神到处在活动着，创编了当前中心工作的戏剧。如二区西鲍庄，在这次本村土地改革中，群众如何将本村罪大恶极的汉奸李慎、恶霸李秋吉清算的经过，真正反映了群众的斗争性与其力量的伟大。群众看了很感兴趣，都说："这是实在的事呀！演得好！"

(《晋察冀日报》1948年11月24日)

曲阳召开戏剧研究座谈会

张仲勋

【新华社冀晋讯】曲阳十一月五日，六、七两区，在南家庄召开戏剧研究座谈会，到会者有剧团长、编辑、俱乐部主任、在乡新旧艺人、青联主任，共七十四名，历时三日。首先，报告现况，检查工作，相继开展研究讨论，对编剧、导演、化装布景、表情等，钻研更为深入。其缺点为：一、滥收演员，滥演大剧，爱唱梆子、皮黄，忽视短小的歌话剧，费力很大，一个也没有演好，结果演员情绪低落，干部丧气，剧团垮台。二、剧团干部认为没有乐器，不能演剧，演个短小的歌话剧，觉得给村里丢人。三、有的村剧团，不进步，光演几个戏，不创造研究，一般的演员在台上咬字不真。四、不改造旧艺人，轻视旧艺人。五、有的村剧团，锦标主义，互相忌妒，怕批评，见钉子就回头。六、女演员不扮男角，未婚者不抱小孩，有时损害政治意义。七、领导上只使用剧团，不帮助剧团。八、浪费，如青山剧团，一个剧还没有演成，就要求买布棚；峪儿剧团，今春三月三在唐县锁头庙上演了剧，吃了四千多元，排戏时点上几个灯。这次会上决定向着"穷人乐"方向努力，拒绝旧剧，多演短小精悍的歌话剧；加强乡村创作，大家编，大家演；节省开支减少浪费，一切不与群众实际生活脱节，大小开支不违背群众意志；加强演员的政治文化学习，养成落落大方的作风，真正为群众服务；团结新旧艺人，集中全力，进一步开展剧团运动；并准备新历年节，开展巨大的文娱竞赛。

（《晋察冀日报》1946年11月24日）

边区文讯

冀晋三师下乡出演《白毛女》

为配合土地改革,加强农民翻身翻心教育,冀晋三师宣传队,定本月二十四日到下月四日为宣传突击旬。出发曲阳、灵山、燕赵各地,出演名剧《白毛女》。为更进一步与现实斗争结合,说出穷人心里的话,将另派美术组、采访组、宣讲组到穷人家里实地采访,编写宣传材料。配合连环画片,以当地材料向当地宣传。(三师宣委会)

边区联中成立学余文工团

晋察冀边区联合中学,为着广泛发展农村中的文化活动,成立了学余文工团,郝校长亲自领导,现有男女团员六十四名。为配合周围村镇的土地改革,近日赶排六幕名歌剧《白毛女》,十里以外的老乡们和村干部们都不断星夜赶来看排演。不日将在驻地县首次演出。(苏浙)

冀中文艺活动

晋县南留路村剧团在土地改革运动中,排了七场的新剧《实行耕者有其田》。此剧系根据本村实事编成,演出后,深得群众赞扬,并受到县级嘉奖。

十分区北进文艺工作队,为活跃部队娱乐工作,特派出八人赴火线,不仅开展火线娱乐,而且参加战斗搜集材料,李国春已将攻克容城写成了大鼓词。

冀中旧戏改进实验剧团,为了支援前线,目前在饶阳城内举行劳军，公演新编平剧《逼上梁山》。

为配合土地改革运动的宣传，束鹿、安国、晋县等地村剧团普遍演出《白毛女》。束鹿已演出此剧者有北里村、杜各庄、回回村，三个村剧团分赴各区出演，现小辛庄及杨家庄两剧团也正在排演，预料最短期间内束鹿县每个老百姓都可看到《白毛女》。安国一区北张各庄剧团，目前赴三区以小区为单位分四处出演。晋县白摊村剧团，亦在北魏家口初次演出。

（《晋察冀日报》1946年11月25日）

平沪文化界纪念闻一多　编辑闻氏全集出版

北平蒋政府多方阻碍不许追悼

【新华社延安二十四日电】据北平燕市新闻载，为纪念争取民主而死的闻一多教授，平市北大、清华、燕大、文协等团体代表及闻氏生前友好，拟在北平举行追悼大会，因受当局种种阻碍，最近无法举行。平沪文化界将出版闻氏全集，据吴晗教授说，一多先生作品甚多，准备分两部整理，前期者由清华组织整理委员会负责，近两三年著作则交上海文协整理。上海文协方面前已推定郭沫若、郑振铎、洪深为负责人。又闻氏子立鹤被特务枪击后，腿骨折断，已成残废。

（《晋察冀日报》1946年11月28日）

今年的冬学运动要帮助群众翻心

三专区各地正陆续开学

□云 窦明海 □立法 杨清立 苗花 王立纲 康耀西

【新华社冀晋讯】三分区各县，现已先后完成今年冬运的布置和教师训练，各地在布置中确定今年以政治课为主、文化课为辅的教学计划和普遍贯彻民办公助的方针，并一致指出："今年冬运是发动群众翻心的最好方式"，"要把冬运与土地改革、冬季生产、拥军优抗等工作结合起来"。望都师训班学员达二百余人，沿平汉线一些新解放村庄也赶赴参加，情绪至为高涨。唐县提出"县、区干部下乡要到冬学上课"的口号，并规定各村一律设登记牌，县区干部每到冬学上课一次，即在牌上登记一次，月终汇报至县公布。曲阳民校教师们说："过去冬运没搞好，是由于自己思想上就根本轻视这一工作，责任心不够，课前不准备，群众不愿听。"灵寿，群众团体号召全县团体会员积极投入冬运，号召中指出："区村干部带头入学是自己的责任，会员要争取做冬运中的模范。认真组织青、童、妇、工、农认字班，每人每天至少学一个生字。"在领导上并指出特别注意新解放区和边缘地区，克服过去"愿领导好的，不理睬坏的"之不良偏向等。

现各地已着手组织筹备并继续开学了。如行唐北曲河冬校已由群众推选出战斗英雄康福山为校长，拥军模范王清彦为副校长。他们要求每个青、壮年男女在文化课上到年底要各认二百至三百个生字，提出干部带头，妇女与纺织结合，青壮年游击小队等与打柴冬训结合，并提出向去年的模范民校——西曲河挑战竞赛。

（《晋察冀日报》1946年11月30日）

《晋察冀日报》《冀晋群众报》改订发行办法启事

一、为适合目前需要，兹决定自十二月一日起，《晋察冀日报》在冀晋区发到区级，其他战略区发到县级（另见通知），但冀晋各村级可自由订阅。边区级及晋察冀军区级仍按过去办法自由订阅。为便利读者，距离本社较远之读者，请直接向当地之县新华书店订阅。

二、《冀晋群众报》自十二月一日起暂改为三日刊（三天一期），原冀晋区各村之《晋察冀日报》订户，自是日起改发《群众报》。

晋察冀日报发行科
冀晋新华书店

（《晋察冀日报》1946年12月1日）

定县订出今年冬学办法

【新华社冀中二十五日电】定县开展今年冬学运动，订出以下几种办法：（一）每家设一小黑板——家庭识字牌，由小先生去教，各种物件上写上字，以物识字。（二）各村岗哨也建立识字牌，一面自学，一面问行人。（三）为了配合土地改革，各村可普遍学唱《白毛女》插曲，使村村有农民翻身的歌声。县上为吸取经验，决定先突击一个典型村的冬学。对全县民校，县区干部下乡时，决定亲自帮助上课。

（《晋察冀日报》1946年12月1日）

建屏七区合河口"连接广播"人人爱听

张植

【新华社冀晋讯】建屏七区合河口改进山头屋顶连接广播工作，并增设两个广播分台，总台时事广播由完小教员担任，分台由两个学生分别负责随时转播。播音清楚洪亮。晚上为时事广播时间，村民听时事广播已成习惯，一天晚上未广播，一位老乡去找教员问："报还没来吗？没有听报，总觉着是一件事情还放在心上似的。"播送时群众都在各家院里静听，农村中之吵闹声即时安静下来，最近听到我军在平汉苏北等地前线胜利消息时，全村掌声雷动，老乡说："狗日的蒋介石这一下可被打了个灰，这样他的军队不愁被消灭完，蒋介石也快完蛋了。"此种广播台老乡称"连接广播"。

(《晋察冀日报》1946年12月1日)

冀中乡艺活动

【新华社冀中三十日电】冀中翻身后的农民自唱自乐，在乡艺活动上，有许多新创造。交河县在县委杨阁森同志领导下，编出六幕农民翻身大活报，在城内与郝村等地连续出演，甚得观众好评。建国淮镇东庄佃户翻身后，编出三段落子，已经唱起来了。

新华社冀中八支社王悉奇同志等根据青县农民翻身材料，费时二十余日，编出大型梆子戏一本。刻已送交八分区文工队排演，不日即可演出。建国五区护持东村农民翻身后，村干编写成《三少爷变成三孙子》剧本，于十八日正式演出，观众达千余人。另外还编九段洋片《翻身与时事》，很受人欢迎。

博野十月庙会新词大鼓大受欢迎，日前全县召开说书人座谈后，成立了大鼓翻身组，练习新词。旧历十月十五日庙会上，有《劝夫从军》《吴满有》《保卫民主自由的解放区》《老佃农杨树山》《民兵参战平汉线》等新大鼓演唱。该宣传组并准备再学《张三成上台》《黑丐劳军》《大团结》《农民要翻身》等，准备阳历年参加大比赛。

十一月十五日定县召开乡艺座谈会，到会有高小、初小教师，村剧团干部，村青会干部及其他民间艺人等八十余人，进行了三天，报告了文艺工作方针与乡艺工作，全体要求南町村剧团及东留春村剧团做了典型报告。最后成立全县乡艺协会，各区选出一人，说书的选出一人，共九人组成。大家已下定决心，令乡艺运动活跃起来，争取做到村村有鼓响，并准备全县年前举行乡艺大比赛。

十一月廿日，冀中区党委于河间大饭店欢宴平原文工团，宴后于火线剧团举行座谈。区党委宣传部部长吴立人同志介绍冀中目前文运情况，并根据中央局文委指示，指出当前冀中文化运动的方向与任务：要创造出一套新的文艺活动，以反映农民愉快的心情。文工团团长周巍峙同志介绍延安文艺活动，强调指出延安文艺工作者在毛主席的思想领导下，经过整风后放下了包袱，从领导思想上明确了解向群众学习及以民间形式为主的问题。文艺要为工农兵服务，就必须学习民间的东西，学习旧形式，表现新内容，学习民间艺术，应从小的东西写起，不能一下写大的东西。周团长并对冀中的一些创作，提供不少意见，平原文工团准备以大力来开展冀中的乡艺运动。今冬冀中乡艺运动在文工团的协助下，定有起色。

（《晋察冀日报》1946年12月2日）

十二分区冬学开课

卢龙七区有演员三千余

【新华社冀东二十九日电】冀东行署与区党委提出生产节约支援前线和开展全民学习运动后,目前冬学运动,已在十二分区热烈展开,迁安、卢龙、抚宁等县,均已传达到村。卢龙七区三十五个村,已建立三十三个村的识字班,计女学员一三五三名,男学员一七零九名,而且还在增加。学员的纸笔是由胜利果实中来解决,课程规定每天学四个生字,进行读报。上官营妇女班,在村妇联主任领导下,现每个人已能识二百余字;李官营识字班开课较晚,现每人亦能识七十余字;许家峪村长过去没念过一天书,由于自学和这次上冬学,现已能写信了。三区为照顾群众生产,将冬学分为二班,妇女白天,男人傍晚,各上二小时。卢龙七区黄家村冬学,于二十五日开学,到男学员七十五名,妇女六十九名,男女分日晚两班上课。四天光景,学习好的已识百余字。

【又讯】冀东行署所办首期干部训练班,亦于六日开学,主要训练区长、县科长等干部,内容以贯彻毛主席为人民服务的思想为主,目前正顺利进行中。

(《晋察冀日报》1946年12月4日)

晋县卅一个村剧团参加文艺训练班

李有农 宁磊

【新华社冀中讯】为开展乡村文艺运动,更有力地为当前政治任务服务,晋县教育科与青联会于本月一日举办文艺训练班,并有十一

分区前线剧社五人协助工作。参加训练的有三十一个村剧团，共一一三人，开了六天，于六日结束。六天中学习了识谱、化装术、导演术、演员基本常识等，还学会了五个新歌。结束前一日，出演了《军民合作打老蒋》《老来红捉俘虏》二个短剧；更以实际行动，纠正了过去好排大剧不演短剧、好唱旧戏轻视新剧及铺张浪费等不良现象。

（《晋察冀日报》1946年12月6日）

晋冀鲁豫文化劳军　孙副司令员号召"写兵"

【新华社晋冀鲁豫一日电】此间各地现正掀起文化劳军运动，《新大众》杂志发起的书报劳军募捐运动，获得广泛响应，一个月内即募得图书一千五百册送至前线，延安寄来的二千多册书籍亦转送前方。边区邮政总局已通令各地邮局免费迅速寄递。太行区文化工作者在军区副司令员孙定国"写兵"的号召下，正为前方战士努力写作，且已出版《热泪及其他》《七勇士》《勇敢的人们》等小说剧十多种。新华书店编辑部计划在一两个月内出版十五种以上前线战士看的书。赵树理已把《福贵》编好出版。

（《晋察冀日报》1946年12月6日）

陶孟和教授著文评蒋政府
独裁专制断丧国家生机

【新华社延安五日电】著名自由主义社会学家陶孟和教授，十一月二十四日在《大公报》发表《宽容与互让》一文，抨击国民党政府专制独裁。陶氏说:"在独裁政治之下,只有圣旨没有民意,只有政府权威,不许人民伸张权利。政府只叫人民忍让,而自己不忍让。因此闻一多先生遭受惨死,因此致使国共之争寻不出折中方案。"陶氏说:"因为不宽容,不知道有多少思想、制度、人的行动可以有益于民族福利的,竟遭挫折毁灭,使我们的社会停滞不进。""不知道没了多少奇才异能,断丧了多少可宝贵的生命,摧残了多少社会进步,国家发展的生机。"最后陶氏警告国民党政府说:"可是忍与让是有限度的,到了人民无可再忍、无可再让的阶段,就会遭致变乱的。"

(《晋察冀日报》1946 年 12 月 8 日)

新乐劳英领导办冬学

【新华社冀中七日电】新乐劳动英雄路庆祥同志,自得到上级开展冬校指示后,积极号召群众上学,他村里立刻成立了冬校委员会,路庆祥被选为主任。学习与生产一块计划——生产组也就是学习组,统一发给识字牌。二十六日冬学即正式开课。

(《晋察冀日报》1946 年 12 月 8 日)

冀东出版发行委员会决定改进工作办法

【新华社冀东五日电】为加强出版发行工作,中共冀东区党委宣传部于十一月二十五日召集军区政治部、行署教育厅、冀东日报社、冀东邮政管理局、新华书店印刷厂等单位,成立军区出版发行委员会。该会于成立后的首次会议中，大家一致认为冀东干部战士渴望着读物，翻身后的广大群众，更迫切需要大量及时的文化食粮，因此十分需要加强与改进出版发行工作。在检讨过去工作后，确定以下几个工作：一、确定统一领导与分散经营的原则，建议各分区设立与健全印刷厂，在技术与业务上，由冀东印刷厂给以帮助。二、规定明春小学课本由分区解决，干部群众读物由军区印刷，目前应有计划地围绕着自卫、生产、学习三大任务赶制全民学习的教材和读物。三、建立与改进发行工作，做到不压不丢不损坏，使书报读物迅速传至广大读者手中。四、征求大量通俗读物、模范故事、影词、鼓词、落子、剧本、歌曲等，并征求对出版发行工作上的意见。

(《晋察冀日报》1946年12月9日)

文艺为自卫战争服务　　剧作家阿英新作两种

【新华社华中七日电】名剧作家阿英（钱杏邨）在苏皖解放区自卫战争中深入前线，写成剧本《自卫》，供各剧团排演；涟水保卫战胜利结束后，又写成《涟水战地》一书。

(《晋察冀日报》1946年12月11日)

冀晋乡艺创作八十余件获奖

七种"乡艺丛书"出版

五

【新华社冀晋讯】冀晋区编审委员会第一次创作编写审评工作业已完竣，并以十万元奖金奖给乡艺优秀作者。半年来收到乡艺创作八十余件，经编审会详细评阅，分别发奖。计获甲等奖者有唐县杨家庵村剧团《穷人翻身》，定县台头村剧团《哭别》，行唐村剧团《雪里埋》，曲阳范家庄剧团《刘春喜参加拨工》，阜平高阜口村剧团《事变前后的冯林》，唐县中迷城村剧团《大斗》，完县西魏村村剧团《卖儿女》，唐县庄头村剧团《婚姻自主》，平山柴庄村剧团《柴庄穷人翻身》，杨家庵村剧团《婚自主》，各奖八千元至三千元之奖金，并分批编选印刷乡艺丛书；获乙等奖者共十七件，各奖乡艺丛书一套（共六册）；余均予丙等奖，各给乡艺丛书一种至两种。第二次乡艺创作征集审评工作，业已开始，望各村剧团及艺术工作者踊跃应征。

【又讯】冀晋区编审委员会主编的乡艺丛书，已由星火出版社印出七种，计有中迷城《大斗》，××村剧团《雪里埋》，庄头村剧团《婚姻自主》，杨家庵《穷人翻身》，定县台头村《哭别》，高阜口村《抗战前后的冯林》，及田间选录《民歌杂抄》，并各抽八千元至二千元之版税，给予作者。另有西魏村《卖女儿》、范家庄《刘春喜参加拨工》业已付印，不久即可出版。

（《晋察冀日报》1946年12月13日）

应苏对外文化协会之邀茅盾赴苏游历

【新华社延安十一日电】沪讯：名作家茅盾应苏联对外文化协会之邀，赴苏游历，已于十一月二十八日偕其夫人自沪动身。动身前沪市各界纷纷欢送，二十四日沪文协、木协、剧协、音协等十团体联合欢送，叶圣陶主席，郭沫若、许广平、胡风等代表各团体致欢送词；苏联对外文化协会代表佛拉特金发表演说，希望茅盾夫妇访苏仅为一个开端，今后中苏间能常有文化使节来住。各团体纷将代表作品交茅盾带往苏联，茅盾本人亦大量收集我国文艺界各种代表作品达六箱之多。茅盾在该欢送会致辞，表示愿努力以赴，俾不负朋友之望。

(《晋察冀日报》1946年12月14日)

盂县中岔口通讯组今年写稿三百多件

帮助村民读报颇受欢迎

【新华社冀晋讯】盂县四区中岔口的通讯工作一年来有很大成绩，写稿达三百余件。该通讯组在韩克佩同志的领导下，去年以三个人的读报组为基础，开始学写通讯。他们把报纸介绍给群众，他们经常给老百姓读报，并把工作经验介绍给本村，颇受大家欢迎。同时又把本村工作写成通讯。因此报纸在群众中建立了相当高的威信，通讯员增到十人，并有两个妇女加入通讯组。今年，每人每月写消息三条以上，只韩克佩同志在一、二、三月份就写了八十余条，九月份最少还写了十三条，非通讯员亦有写的。一年来共写稿三百零八条，县小报、日报、群众报发表了百余条，村黑板报发表一百五十余条，退回一百余条。他们贯彻了大家办报大家看报的精神，每个干部群众认识了写稿是自己的光荣，都愿写稿反映自己的事，如韩珠才、韩云才他俩不会写而说："我们不会写，帮助你们半斤油，黑夜迟睡一点，也给咱写上一两篇。"他们把本村的工作情况和工作经验等都及时报导出来了，真正地贯彻了"看了报纸做工作，做了工作写通讯"的好办法。他们并实行大家集体创作，合写、伴写、多写总结性的稿件。再如韩克佩同志把本村通讯工作组织起来了，并还帮助了大栾、灯花等七个村的通讯工作。今后该通讯组决定再改进工作，做到每一中心工作有一系统的报导，并要及时、具体、真实，多反映群众的实际生活和斗争。每个通讯员都要提高自己的文化，亲自动手写稿，不依靠别人，写稿要写自己的工作并与生产紧紧结合。不怕不登，登不出，也要写，每个稿子要写两遍后再送出。此外并组织了个写稿学习组，一面写稿，一面提高自己的文化。

（《晋察冀日报》1946年12月15日）

冀中机关干部男女学生带领群众涌入主力兵团

赵县成立文化青年大队

【新华社冀中十四日电】冀中各级干部、学生、教育界，掀起巨大的参军热潮。冀中各机关干部及"五一学院"教职员学生，已有一百九十名（内有妇女干部二十五名）在"一二·九"十周年纪念日走出机关，走出学校，走上前线。首批入伍报名应征者已有六百余人，冀中行署工商厅尹干、赤毓春，秘书主任刘光福、秘书王炎天，冀中青联高义，五一学院副教导主任石竞，队主任刘定一，魏锡恩等同志，均已首批入伍。赵县教师训练班与短师十校六十余知识青年，组织成文化青年大队，由高小校长张景禹及教育科员魏宗江分任队长、指导员。第四中学在庆祝朱总司令寿辰会上，有二百一十二名同学当场报名，并决定"在未入伍以前，男同学要学习军事，女同学要学护理工作，准备上前线去服务"。博野干部亦纷纷报名入伍，县政府赵秘书已报名并带领三十名群众参军，武委会杜主任和青会主任亦各带三十人参军，公安局长李珣不但自己去，并保证带五十名治安员、六十名除奸组员参军。县委二名也报名入伍，并各保证带五十名党员，每个党员带领三个群众参军，总共县干部、城厢区干部有四十七名报名入伍，并能带领党员与群众六百八十五名。安国党政民干部积极入伍，计有南关高小校长宋展思、县武委会安国忠、县政府吴远志、一区区委李兴、一区副治安员董侠均于最近光荣参军了。

（《晋察冀日报》1946年12月18日）

盂县中岔口全村妇女入冬学

郭二妮

【新华社冀晋讯】盂县四区中岔口全村妇女入冬学，妇女们自己定出八项保证：一、每次《群众报》上三日大事要使全体妇女了解；二、每天壮年妇女认两个生字，青年妇女认三个生字；三、每个妇女要有一架纺车，每天纺四两花；四、每天晚上纺二两线；五、各户要全要注意清洁卫生；六、每顿饭节省一把米，支援前方；七、军队过村时要像自己家里人一样招待；八、这次土地改革要做到百分之九十的妇女参加斗争。妇联会主任为了彻底实现以上保证，给妇女们专门做了一块黑板报，每天表扬好的，批评坏的，大家都争做模范，只怕落后。

（《晋察冀日报》1946年12月20日）

十二个村剧团昼夜演剧劳军

部队表示打漂亮仗做回谢

张仲勋

【新华社冀晋讯】我野战兵团某旅到某地驻防，当地群众欢喜若狂，热烈招待，亲切慰问，热火朝天，像过新年一般。老乡说："亲人回来了，怎能教人不高兴！"日前有野北、南家庄、头家峪等十二个村剧团，前往部队驻地以皮黄、梆子、秧歌、柳子调、快板、活报、歌剧、话剧等各种形式，不分昼夜连续演出各种精彩节目。战士异常兴奋，连声称赞："真好，老百姓待咱们好极了，咱们要打漂亮仗来回谢老乡们。"野北村剧团，荣获旅司令部政治部赠给精致奖旗一面，上书"为工农兵服务"。现各村剧团积极赶排佳剧，编写剧本，准备随时演出。

（《晋察冀日报》1946 年 12 月 20 日）

《时代青年》杂志明年一月初复刊

【本报讯】《时代青年》决定复刊，复刊号定于明年一月初出版。最近边青联及《时代青年》编委会曾开会讨论改进刊物，决定今后应更适合农村环境和战争环境，根据印刷条件，仍争取出半月刊，但篇幅略加缩小，文章力求短小，并将尽量做到紧紧为自卫战争服务。刊物对象，决定目前主要为县区青年干部、乡村知识分子、文教工作者、小学教员、大学中学及部分高小学生。目前刊物中心，决定为反映自卫战争、土地改革、拥爱运动及新旧年活动、青年活动、文教活动、工作经验等，目前并特别欢迎关于青年思想问题、学习与修养问题、工作通讯、文艺创作等稿件。时代青年社目前一方面正紧张筹划复刊，并向各方面发出了征稿信件。预计《时代青年》将以更新的面目出现。

（《晋察冀日报》1946 年 12 月 21 日）

边区群众剧社集体创作成绩良好

写了大小剧本十余个　《失足恨》与《翻身》已演出成

【新华社冀晋讯】边区群众剧社一个月来群众性的创作演出运动，已获良好成绩。其特点之一是密切与当前政治形势结合。组织方法：走群众路线。一个月创作大剧四个，小剧八个，歌了十余个，有大鼓及其他各种形式。已经排演出的有以反特为主题的十九场梆子剧《失足恨》，以农民土地改革为主题的十场歌剧《翻身》。四个较大剧本均为集体创作。大小剧本的初稿，均经全体社员讨论研究，排演过程中，又经导演与演员的修改。为征求群众的意见组织两次初演，后又进行修改。这次在创作思想、创作态度、创作方法上均提高一步。目前创作演出运动已告结束，剧社定十五号左右下乡。全体社员均深具信心，决心在紧张的自卫战争中通过艺术形式，更有效地为战争服务，为工农群众服务，特别为群众的武装斗争服务。

（《晋察冀日报》1946年12月21日）

政治腐败军事失利见不得人

蒋政府严厉统制新闻

各地政府及军事机关不许记者采访

【新华社延安十九日电】蒋政府近在各地实行统制新闻，以掩饰其统治腐败与军事失利。据津《大公报》、沪《文汇报》等消息，浙江因省级各机关公教人员反对蒋政府不实行三个月调整薪金一次之诺言，上月曾发动集体请愿运动，组织"杭州公教人员要求提高待遇委员会"，酝酿怠工。杭州各报纸载"为公教人员请命"的文字，"东南通讯社"揭露政府挪用公教人员薪金的消息。省主席沈鸿烈则以"东南通讯社"为《东南日报》人员所组成，下令开除该报外勤记者某之后，即封闭了该通讯社，并禁止所有"未经中央核准"的通讯社发稿，且规定一切省政府新闻概由省政府新闻处统一发稿，各报馆通讯社记者不得采访省政新闻。杭州外勤记者协会已召开紧急会议提出抗议。湘鄂赣等省则因蒋介石武汉行营为防止泄露军事上的"机密"与"不利"等消息，上月底决定行辕参谋处设新闻组，"集中控制"发布新闻，并于汉口、老河口、信阳、长沙、衡阳、九江、南昌等处设新闻站，规定各报社各通讯社自行采获之军事消息须经新闻组核准后方得发布。《大公报》称："各方认为此种管制似较战时之检查更为严厉。"该报标题并谓："新闻自由从何说起"。据悉，其他各地蒋政府机关亦实行所谓"统一发新闻"，拒绝记者采访，甚至上海敌伪物产处亦然。

（《晋察冀日报》1946年12月22日）

本报暨新华总分社编委悲痛宣布

本报记者田雨同志平汉前线光荣牺牲

【本报讯】本报暨新华社晋察冀总分社编辑委员会悲痛宣布：本社特派记者田雨同志于本月五日在平汉前线采访时误入布雷区被地雷炸伤，经野战医院竭力挽救，因伤势过重并发破伤风，不幸于十七日晨八时半逝世。田雨同志，原名申典午，年廿九岁，甘肃武威县人，抗战前在西安即参加文化活动，随着蒋氏卖国民族危机日益深重，他成为救亡运动的积极参加者。并于一九三六年十月加入了中国共产党。三七年抗战爆发，八月从西安到达太原，在八路军总政治部宣传部工作，后总部南下，即留晋东北边区，先后任义勇队教导员、五台县自卫队总部指导员、一专区农会宣传部长、专区交救会主任、专区抗联宣传部长、孟平抗联主任等职，"八一五"日寇投降后任本社记者。由于他长期在晋东北残酷的游击战争环境中坚持斗争，在群众运动中获得了锻炼，当他任记者时就表现出不避艰险和深入钻研的优秀品质。自卫战争开始后即辗转各个战线，英勇奋斗，深入火线采访。由于他的努力，到社仅仅一年的时间，即成为本报读者所喜爱的记者之一，发展前途正非常远大。他的牺牲实是晋察冀人民新闻事业和广大读者的严重损失。我们悲痛地悼念我们优秀的记者——田雨同志，并向他的爱人续志先同志和他的两个女儿致亲切的慰问。我们知道他是为了保卫人民的翻身利益，为了粉碎蒋介石的进攻而光荣牺牲的，他将永远活在我们全体新闻从业员和广大读者的心里。他的牺牲将成为一种力量，号召我们以更深刻的仇恨和卖国贼蒋介石作战，以更大的努力去发展人民的新闻事业，粉碎蒋介石的进攻，争取人民爱国自卫战争的彻底胜利。

(《晋察冀日报》1946年12月24日)

北平教育崩溃　学校四壁皆无

《经世日报》评平教育现状

【新华社北平十七日电】（迟到）"北平教育已堕入崩溃漩涡里

去，表现得大糟特糟，惨到不可收拾地步。"这是此间亲蒋政府的《经世日报》今日社论对北平教育现状的评语。该报说："谈到设备，大学除北大外不仅'四壁皆空'，甚至'四壁皆无'。中小学那更使大家哭笑不得，竟有'抽屉当桌子，砖头当椅子'的事例。学校办公费少到教员兼校长还要兼工友。大学教授也抵不过一个洋车夫的收入，教员投河上吊自杀在北平已经不算新闻。特别是严冬里的大煤荒，学生面对着破碎的窗纸发抖，教员冻得说不出话来，当局竟下令中小学一律征收煤火费，这样势将逼得学生除退学外，另无一条路。"

(《晋察冀日报》1946年12月25日)

田雨同志追悼会筹委会启事

田雨同志追悼会定于本月二十九日十二时假晋察冀日报社举行，为适应战争环境并尊重田雨同志生前俭朴习惯，大会力求隆重俭朴。田雨同志生前友好及各界人士之纪念物品望于二十九日前送交本会，并望准时到会为荷。此启。

(《晋察冀日报》1946年12月26日)

阜平县委发出指示　开展新年乡艺活动

【新华社冀晋讯】阜平县委为冬学运动与年节乡艺运动的普遍开展发出指示：

（一）冬学运动目前中心是抓紧普遍开学，以时事课与农民教材为主，以阴历十二月为时事突击月。区干部大家办冬学，并要给民校上课，检查民校工作，靠几个宣传干部是搞不起来的。

（二）大量开展年节乡艺运动，以活跃土地改革后群众火热的情绪，推动自卫战争的动员工作，与开展明年的大生产运动。任意发扬土地改革中斗争的钢铁硬骨，批评稀泥软蛋。

1. 在剧本上要贯彻"穷人乐"的方向，发挥群众的创造性，不要光靠上级编剧本，去年的剧本要选摘使用。

2. 内容与形式上：以标语、对联、彩灯、牌楼、烈士棚等等，都要贯彻战争动员的精神，从思想上彻底肃清和平幻想。

3. 趁土地改革完竣，区干部回区之时，传达贯彻马上推动各区村具体研究，抽出几个干部专门搞。要求比往年活跃，重点放在有基础的村。（杨清玉、王朝纲）

五台开办乡艺训练班

【又讯】为了开展新年的乡村文娱工作，五台于本月十日开办乡艺训练班，学员八十余人，多系本县乡艺工作者及部分的师范、高小、初小教员学生与一些旧艺人，时间十五天，内容主要为对乡艺工作的认识、任务、方向、识谱、霸王鞭、洋片、秧歌、大鼓等。现学习情绪甚为高涨。（邢子春、刘培芬、许景深）

冀晋中学发起新年创作运动

【又讯】冀晋中学为供给乡艺运动材料，特发起新年创作运动，创作形式着重剧本鼓词□曲等。组织领导：各班成立审核委员会，根据各班具体情形组织核心创作小组，学生以学习小组为单位，发扬集体创作；全校以校刊编辑委员会为中心，并聘请有研究的同志，共同组成审核委员会。创作日期从十二月一日起一个月之内完成，学校准备奖金给入选作品予以奖励，并选好作品付印。日前已收到大小剧本

三十一个。(淌涌)

阜平三区冬学三十余座开课

【又讯】阜平三区冬学三十余座,有一万二千五百余人入学,因冬学与土地改革结合之故,农民学员达百分之九十以上。北水峪与冯家口村各校办得较好,根据学员文化程度分编两个班,并订有自治公约:按时作息,生活检讨,请假制度等。(李恭修)

(《晋察冀日报》1946年12月26日)

冀鲁豫文工队演出六场歌剧《王克勤》

【新华社冀鲁豫前线十四日电】冀鲁豫八路军某部文工队创作六场歌剧《王克勤》,不日即赴前线各部队出演。剧中将王克勤班团结互助、熟练技术、军民关系融洽特点生动表现出来。

(《晋察冀日报》1946年12月27日)

抗议蒋家扼杀文化

驻京记者反对邮电加价沪书业要求免除营业税

【新华社延安二十二日电】南京讯:全国各报驻京记者百余人于十六日、十七日两度赴交通部,为反对新闻邮电加价及电话使用限制向蒋政府交通部长俞大维请愿。指出加价与限制无异摧残新闻事业,各报势将关门。几经交涉,乃决定由交通部与报界推代表四人共同磋商。据中央社讯,二十日已商定办法。关于电话,只规定夜间优待新闻界通话办法，可以推行全国，又普通电话在白天十二时至十四时可以提前接通，但仍须在一小时前先行"挂号"。关于新闻电报仍为原价付费一字未提。关于邮费，只规定航空寄之新闻纸照航空图书小包收费，且每卷不得逾五十公分。又十六日各报记者在交通部请愿后，复齐赴"国大"会场，为"国大"代表宋宜山殴打《和平日报》记者，向"国大"主席团及秘书长洪兰友请愿。百余人自会场正门涌入，守门宪兵也拦阻不住，情况紧张。记者旋向蒋记"国大"秘书长洪兰友要求宋宜山公开道歉。按：《和平日报》记者系于本月七日晚一音乐会中被宋宜山殴打。

【新华社延安二十二日电】据中央社南京二十一日电：沪市书业同业公会，为请求免征营业税。该会理监事会于十八日召开紧急会议，推定李伯嘉、郭农山、沈季湘、姚蓬子、徐伯昕等二十人，定二十四日再度赴京请愿，同时通电全国各省市同业一致响应。

(《晋察冀日报》1946 年 12 月 27 日)

抗敌剧社在前方出演

什么事都能编成戏　　任何人都能看得懂

【本报讯】抗敌剧社最近一个月在前方部队巡回演出十一次。剧社到了每个团队抓紧时间分散教歌，演出后，就到干部战士中搜集意见。一般反映，认为很有教育意义，任何人都能看懂。《□□快□》能及时出演，新战士看了说："什么都能编成戏。"根据反映，剧团随时修改节目，如对《捉俘房》，有的战士反映"部队都进院了，早不该喊目标正前方，应该喊：小屋有敌人，机枪堵门口，三班堵窗，二班上房，手榴弹准备好"。连台词都修改得合乎现实，部队听剧社唱歌，兴趣很大，有的战士要求班长："这些歌咱们会唱多好！要剧社留下个人教咱们，给他好的吃。"剧社就在某部队开了□□短训班，把他们喜欢的歌子教了。现在剧社正在工作中突击新年节目，准备新的演出。

(《晋察冀日报》1946年12月30日)

延安新华广播电台元旦播音节目

【新华社延安二十九日电】延安新华广播电台在元旦日请朱德总司令、在除夕日请范长江向全国同胞广播演说，时间均在十九点（上海时间）。在这两天演讲完毕后，请延安中央管弦乐团播送音乐。该台呼号XNCR，波长四零公尺，七五零零千周。同时由邯郸新华广播电台转播，波长四九点二公尺，六零九六千周。

(《晋察冀日报》1946年12月31日)

临风洒泪忆英灵

仓夷同志传略

仓夷同志，原名郑贻进，年二十五岁，福建人，南洋华侨，家庭是工人。贫穷使他自幼即帮助父亲做工，勉强地读完了高小，中学只读了一学期即失学。灾难深重的祖国呼唤着他，三七年春，这位爱国少年就离别了自己的父母选择归国。但接待他的，不是祖国怀抱里的温暖而是国民党反动派的苛待。他流浪京沪武汉，毫无出路，投考山西民大学习。一九三九年四月来晋察冀解放区，任民族革命通讯社记者，后任《救国报》记者，终于找到了人民的救星——中国共产党，于一九四〇年冬入党。一九四一年一月转任《晋察冀日报》及新华总分社记者及编辑。今年一月停战令后曾去北平，任《解放》报记者。七年多的记者生活中，虚心学习，进取有为，忠心耿耿为人民服务，从来不辞艰险。反"扫荡"中，他是采访的记者，报纸的编辑，又是荷枪保卫工厂的战士。热情活泼，虚心钻研，坚毅勇敢，构成了这位人民记者的性格。因此，不但和他共同工作的战友喜爱他，和他接触过的人民群众和解放军战士也把他当作亲爱的友人。今年察省国大代表选举时，被选为国大代表，新华总社并任命他为总社特派记者。而当他在北平采访时，虽然国民党反动派限制他的活动，他总能突破重围，完成任务，引起反动派极度仇恨。今年七月美军进攻安平镇我军事件爆发，他奉命于八月中旬乘飞机自张家口赴平采访第二十五执行小组"调处"活动，于经过大同时被国民党当局无故扣留，借"送归解放区"为名将他送往大同城外，实行暗害，迄今尸体尚未寻获。仓夷同志的牺牲，是美国帝国主义分子制造安平镇事件的直接结果，是蒋介石卖国集团欠下中国人民的一笔血债。边区各界闻悉仓夷同志为人民的独立和平与民主而光荣牺牲，莫不悲痛异常，誓死争取自卫战争的胜利，以慰英灵。

（《晋察冀日报》1946年12月31日）

本 报 启 事

本报元旦放假一天，二日无报，三日起照常出版。

编辑部

（《晋察冀日报》1947年1月1日）

苏批评界对茅盾称誉备至　《子夜》译本极博好评

【新华社延安二十九日电】茅盾先生抵苏联后,莫斯科广播电台于二十八日发表《苏联人民对茅盾的印象》一文,内称,今年已满五十寿辰的中国大文豪茅盾,自从一九二七年以来写出《追求》《动摇》《幻灭》三部作品之后,在苏联便出现了他的名字;一九三六年后,苏联读者进一步认识了茅盾,他们称呼茅盾为革命作家,并且读到他的《春蚕》《秋收》及《子夜》的译本。《子夜》这部小说获得了苏联批评家极好的评语,苏联杂志上关于这部小说的评语说:"这部小说是表现了作者是深思熟虑的观察家。"《子夜》用新的艺术手腕表现出一九三〇年时期中国政治、经济、社会各方面的生活中,一切值得注意的问题,它揭开了国际帝国主义屠刀下封建资本主义的全部现象。这部小说写出这一时代的一切特征,并指出那一阶级的政治方向。一九三七年以后,茅盾的长篇和短篇著作继续被译成俄文和在苏联杂志上出现,作品中表现了茅盾对民族解放战争文学的深刻观点和他的分析与理论渊博的特长。

(《晋察冀日报》1947 年 1 月 1 日)

冀晋区直属机关部队准备春节文娱活动

田德民

【新华社冀晋讯】为开展冀晋区各直属机关部队学校的春节文娱活动与创作比赛,区党委特发出指示。内称,为了提高情绪、加强斗志、活跃生活、融洽感情、加强团结,号召各直属机关部队学校热烈开展春节文娱活动与创作运动(包括秧歌、□剧、作品、对联等),

并规定旧年初一到初七举行文娱比赛与群众同庆春节。为此特成立春节文娱评定委员会，公推王平同志、王延春同志分任正副主任，韩一钧、曼晴、尹占春等五同志为委员，负责全面地组织领导计划推动评定奖励诸事宜，并号召各机关部队学校要立即活动起来准备争取模范。

(《晋察冀日报》1947年1月1日)

晋察冀野战军的文化生活

姚远方

生动活泼的战地文化活动，成为晋察冀野战军生活中特色之一，文化工作的武器起了直接鼓舞士气增进军事力量的作用。

目前晋察冀野战军中文化生活已有很大发展，战地报纸计有《前线报》《勇士报》《前进报》《火线报》《战友报》《连队导报》《战斗专刊》等十余种。好几个旅的报纸，在五个月的自卫战争中，始终坚持出版。某旅的《火线报》，在连续行军、没有办公桌椅、灯光如豆的艰苦环境下，仍然与读者见面，且油印得异常精致明晰。战事紧张，报纸也出得紧张，有时甚至每日出版一张，战士们昨天打的仗，今天报上就登出来了。报纸篇幅除纵队一级报纸偏重于介绍部队工作经验外，大都是登载战士中的英雄人物与战斗故事，所采用的稿件都是手执武器亲自冲锋陷阵的指战员们写的，因而造成了在作战中的投稿热潮，有许多战士伏在战壕里，还提笔给报纸写稿。由于报纸与战士呼吸一致，得到了广大战士的热烈欢迎，成为战斗中的☐，成为部队中相互勉励的新舆论，甚至在冲锋陷阵的时候，也有人这样喊着。某部一团，在与敌人短兵相接的火线上，还出版了一种火线传单，这是由勇敢的文化战士背着油印到火线上编印的。火线上一出现了英雄，马上就有快板唱词的传单在战壕中传遍。

在连队里，还有战士们自己写自己办的连队小报，这种小报最为战士所喜爱。战士会画的画，会写的写，有诗歌漫画、有问答谜语、有工作总结等等，应有尽有。所画所写都是战士自己或周围伙伴的战斗故事或日常生活，有鼓励有批评，在连队工作起着具体作用，成为政治工作的有力助手，养成了部队中一种相□，后来转变成为英雄，战士们即将他的转变经过，画成几十幅连环图画，登上报，这直接地鼓舞他和他的同伴力求进步。某连通讯员吃了老乡的瓜不给钱，第二天小报上就登出了他的错误事实，急得他立刻向大家悔过，向老乡偿还道歉，要求不要登报了。由于这种小报出版经常，有的每天一期，甚至一天出好几期，又最接近战士，最能及时反映战士生活，某旅的领导上把它作为推动工作、布置工作、总结工作的有力武器。某连在这将近一年中即出版了小报二百余期。最近某团举行小报展览会时，所收集到的本团连队小报即达一千余份，实为连队文化生活中一重大收获。

战地美术工作者，打破了没有优良印刷条件就不可能进行美术工作的错误心理，他们克服困难，随军出版油印画报，现已出版者有《战斗画报》《火线画报》等数种，都是登载英雄故事及战士生活的连环画。这是美术工作者根据深入部队采取来的真人真事画成的，因而逼真动人，还吸收了一部分战士自己的画，因而特别得到战士欢迎。尤以曹振峰同志负责编的某旅《战斗画报》，打仗时坚持在火线附近出版，最能及时反映战斗生活，且上面每幅连环画都编有快板唱词作为说明，战士不但可以阅读，还可以唱，还有各种时事图解，对连队教育帮助很大。图画比起一般文字读物且有更通俗、更有趣的优越条件，更容易接近识字不多的广大士兵。

野战军中新闻摄影工作的显著特点，是及时地将火线上所拍摄的各种战斗照片冲洗放大，由摄影记者带到各部队举行巡回展览。目前平汉战役、平绥战役，蒋军在定兴的暴行以及《钢铁第一营》等战斗照片，已在部队中流传。仅平汉战役一套照片的展览，观众即达两万人以上。战士们从照片上看到兄弟部队的战斗雄姿，十分羡慕，激动地说："好，下次看我们的吧！"定兴蒋军暴行的照片在易县群众中展览时，群众看到蒋军暴行的血淋淋形象，充满敌忾地说："蒋介石真赛过赵玉昆呀！"打破了部分群众以为"蒋介石要比日本鬼好些"的幻想。新闻摄影记者在部队中，到处访问英雄，给英雄照相，形成照相机访英雄的风气，并保证☐直接鼓舞士气，改变了过去只见摄影记者来照相，照了以后无影无踪的情形，使广大战士感到摄影工作确是为他们服务的。目前部队对摄影工作有了新的认识，有的部队号召好好为人民立功，争取"上照相机"光荣！战地摄影工作者发扬创造性，特别注意适应于战争环境，如晋察冀军区画报社前线记者的暗室，连冲洗放大在内，全部器材药品不超过五十斤重。他们现正计划，将放大照片与民间艺人合作，以"拉洋片"形式，配上唱词，到处演唱。

抗敌剧社、前卫剧社、战线剧社、前哨剧社正在各部队巡回演出，演出节目短小精悍，充满战斗性，内容是针对部队当前思想问题，☐形式上大多数是战士喜爱的歌剧或快板剧。艺术工作者特别注意到适应战争条件，如战线剧社注意发展不用布景，舞台的广场剧可以随军行动在白天演出，既不受环境限制又通俗普及，使战士感到演戏不难，自己也可以演，而不是望尘莫及。某部新战士入伍，抗敌剧社前去演戏欢迎，即根据新战士心理及其日常生活，在六小时之内编了一个《欢迎新战士》的快板剧，当场演出，深得战士好评。他们从社员以至全体人员，均以高度热情，分到连队唱歌，组织歌咏训练班，数日之内即教会歌十七个。部队所至，当地村剧团，自动演剧欢迎，军民融合，有如骨肉之亲。

总之，通俗、普及、抓紧时机、适应战争条件与战争紧张结合，是野战军中文化活动的特点。艺术作品越接近战士,它的作用越大,文化工作者越深入部队,他的成绩越大。野战军中文化工作者高度的为部队服务、为战争服务的热情正与前方将士的激昂士气交相辉映。美术工作者曹振峰同志,在炮火与敌机轰炸坚持出版画报,油印蜡纸被震破数次而不悄懈,☐平汉战役中,为了拍摄珍贵的战斗材料,勇敢机智地同战士一起冲锋陷阵。还有许多文化工作不怕艰苦不畏困难的为部队服务的精神,得到广大战士的赞许。

目前野战军文化生活中尚感到文艺读物的缺乏,尤其像《恐惧与无畏》以及其他战争小说☐,他们时时根据这些小说的精神,检讨自己的思想和工作,他们深望能更多地得到宝贵的精神食粮。

(《晋察冀日报》1947年1月1日)

井陉各村剧团展开乡艺竞赛

姚景园

【新华社井陉讯】井陉翻身农民自编自演、自唱自乐,互相鼓舞斗争情绪,坚定胜利信心,各村剧团都有新的创造。四区桃林坪编出三幕《翻身》大活报,出演后颇得好评,到边沿地带小作梅家庄出演,许多敌区观众都落了泪。赵东岭农民,斗争中编剧,斗争胜利即演出新山西梆子。二区洛阳、三区治里,新成立剧团,演出《上冬学》《翻身》《诉苦》《还乡队反正》等七个节目。北康庄村剧团现正编排《钢铁硬骨》等新节目。该县决定在新年一月三日至一月六日要举行全县乡艺大竞赛。竞赛项目:一是戏剧、歌咏、霸王鞭、社火、杂耍等,二是剧本、鼓词、快板、故事、民谣、歌曲、诗词、谜语的编写创作,三是漫画、年画、连环画、剪纸、缝纫、刺绣编组的展览。现在全县农民都□入了这一运动，准备在竞赛中争取优胜。

(《晋察冀日报》1947年1月5日)

本报副刊征稿启事

本报副刊拟于最近恢复，特向各界同志广泛征稿：

一、杂感、论文、诗歌、小说、剧本、通讯、报告、漫画、木刻及自然、卫生等科学知识介绍，均所欢迎。

二、来稿务求短小精悍，最长不超过二千五百字，特殊者例外。

三、来稿本报有修改权。

四、来稿请勿两面书写，并注明标点符号。

五、来稿一经刊载略致薄酬。

六、来稿如不附足邮票，恕不退还。

七、来稿请寄：《晋察冀日报》编辑部转副刊。

(《晋察冀日报》1947年1月6日)

《晋察冀画刊》出版

刊载各种美械缴获写真

羊君

【本报讯】晋察冀画报社收到前线摄影记者寄回之《钢铁第一营》等战地照片后，即将其制印为小型卡片，马上分送前线各野战部队。该社新编《晋察冀画刊》第一期已于去年底出版，亦赶运前方作为新年礼物。《晋察冀画刊》为十六开版面向连队×向士兵的写真刊物，暂定为半月刊，第一期内容为晋察冀子弟兵在爱国自卫战争中缴获之各种美式装备及美化俘虏专辑，共印有平绥东线战役、平汉北线战役、大同战役等新闻摄影照片十六幅，其中将我军缴获之美造重迫击炮、美造战防炮、美造火箭炮、美造平射炮、美造六〇炮、美造轻重机枪、美造手提轻机枪、反坦克枪、美造降落伞、美造帐篷、美造翻山测量镜等等切一一介绍给读者。又该社过去出版之大型刊物《晋察冀画报》现改为季刊，新一期业已编就，为《自卫战争特辑》，二月间即可出版。

（《晋察冀日报》1947年1月7日）

抗敌剧社新年画展

连环画颇受群众欢迎

吴友文

【本报讯】抗敌剧社美术组新年前后在阜平一带进行街头展览。内容有漫画、木刻、连环画等三十余幅及翻身画报一期。其中《耕者有其田》《人人有饭吃》《蒋介石失去了主动》《蒋介石的两副面孔》《战斗英雄□文学》等颇受观众欢迎。靳夕同志创作之□幅彩色连环画《可翻身啦》，有些观众看后流下泪来，有的一面看一面唱《白毛女》。不少群众提意见希望更多看一些前方英雄作战故事和立功运动情形。为了印木刻画报，剧社同志苦心钻研，创制了桑木印刷机，携带轻便，适合流动使用。最近又研究制作幻灯等宣传方式。有的同志一面创作钻研，一面连夜不息印画报，使美术创作和美术实践工作相结合，他们的热情和创造性比前大大提高。

（《晋察冀日报》1947年1月12日）

冀中发起文化劳军

政治部决拨款三百万

【新华社冀中十五日电】冀中各界关怀野战兵团，冀中党政军民各机关代表，于十日集合，发起对野战军"文化劳军"运动，决定于旧历元旦，由冀中各机关各分区及该部家属较多之县份合组慰问团，携带大批书籍、年画、娱乐用品及各样新年礼物，前往部队慰问。并将选出冀中土地改革、优抚、参军的故事出版小册子，带给部队中，关怀家乡的战士。现已由行署、区党委胡苏、军区政治部王炎诸同志，组织成文化劳军委员会，筹办各项事宜。军区政治部已决定从生产中拨款三百万元慰劳前方将士。

(《晋察冀日报》1947 年 1 月 19 日)

各地农民组织剧团　演戏庆祝翻身

【本报集讯】边区各地农民组织剧团、秧歌队、旱船、车子，多利用旧形式换上新内容，真人演真事庆祝翻身。新年前后曾造成高潮。安国南关翻身农民组织的剧团定名为"翻身剧团"，他们把本村地主卜继光欺压女工裴老太太及这次老太太翻了身的真事编成旧调新词的《苦工翻身》，演出后很得好评。五台射虎川清算台麓寺大喇嘛编演喇嘛们横行时，几个小喇嘛扮演了大喇嘛的角色，农民们都说演得很像。南茹村妇女翻身后，她们登高跷演出斗争母老虎九斤保的实事。安平寨子农民翻身后掀起参军潮，三个六十岁左右的老太太，三天就赶排出了参军短剧，且有时出村演出。一天，其中一位老太太病了，一昼夜没吃东西，但大明时，锣鼓一响，剧团要出发了，老太太的病马上好了，自己烧水洗了脸，她说："我去演我那出戏。"

(《晋察冀日报》1947年1月19日)

摄影工作在前线

骆骥

前线摄影工作者，正为自卫战争和士兵服务，他们紧随着野战军和地方兵团，奔驰在各个战场上，及时地反映了战场上的英勇斗争事迹，又及时地把无数的前线相片，分发到各个兵团、各个村庄，去鼓舞启发对敌斗争情绪。野政《晋察冀画报》前线工作组，一共连勤务马夫六个人，两个做暗房，一个专门组织相片展览，由石少华同志负责。他们工作设备简单，带有冲洗药品、摄影材料、放大机，还有二百多幅展览相片，总共只五十多斤重。他们工作热情很高，克服了工作上许多困难，如暗房刘克己、赵文章二同志，为了使前方送来材料，能很快送到部队和地方去展览宣传，虽在阴天，光线很暗，能在一天内，放大三十九张六寸相片。不论环境如何流动，只要能住一天到二天，马上布置暗房，自己担水，没有冲洗瓷盆，向老乡借洗脸盆代用。如某次只住一天半，夜晚冲出胶卷，白天就放大了六十多张六寸相片。因此，使前线送来的材料，做到及时冲洗放大供给部队，并能使相片很快转送画报社出版。在一个多月里，一共放大了一百二十多张六寸相片，晒了五百四十多张二寸相片，冲洗了二十一个胶卷。

为了更有组织地采访，健全了各部队摄影□的组织，做到材料采访得及时、迅速，显得内容生动有力。这次涞易战役中，蒋军在南北桥头一带村庄，奸淫抢掠，制造许多悲惨事件。当蒋军十九号下午被我击退后，石少华同志，从六十里外赶去，摄取蒋军在各村的种种暴行，赶二十五号，把二十多幅相片全部放大三份。连夜突击写的标题，一份就送到易县城区祝捷复仇大会上展览，以活生生的事实，教育了战士和人民。一个老乡指着相片说："你看，蒋介石是杀害百姓来了，不和他干是活不成啦！"一个商人说："谁他妈的说蒋军不打不骂！这不是又抢又杀吗！"从这一张一张蒋军暴行的血淋淋的事实上更激起群众在复仇大会的怒火。其次，许多摄影工作者，在火线上和战士们一起为广大士兵服务，像某部队摄影股长袁苓同志和孟庆彪同志，在平汉战役中，一共拍了作战场面一百十余张，前线记者团李瑞峰同志亦拍了六十余张。袁苓同志在某次战斗里，紧随炮手，离敌人三十米远，将英勇与敌搏斗的生动事迹拍下来，在边区摄影工作上，创下光辉范例。还有许多同志亦随同战斗部队，在各个战场上，拍下战士们冲锋夺堡、坚守阵地、捕捉俘虏、战地生活等等生动照片，给人民战争史上留下不可磨灭的史迹。

摄影工作者，不但把自卫战争的英雄事迹，忠实地一件件拍下来，他们又把这些英勇的战争事实，去鼓舞参加战争的人民士兵。如野政前线工作组，汇集了平汉战役、平绥东线战役、涞易战役，以及西线大同战役等放大相片一二百幅，裱上粗麻纸，缝到几个青布上。由李玉同志，骑着车子到各部队去轮流展览，一个月来，共展览了三十多次，计参观军民达三四万人。许多战士看到自己斗争的相片，非常兴奋，如看《钢铁第一营》的相片后，战士们议论着："看人家钢铁第一营多威风，下次看咱们的！""咱们来个钢铁第一连，亦显一显威风！"有许多战士，看完相片在意见本上写上他们的意见，一个战士这样写："这些相片都是我们的事，过去看不见，我们很欢迎多来展览！"除了野政工作组有系统有计划展览外，野政宣传部亦分了三个同志，带了一部分相片去集市乡村展览宣传，收效亦大。如一次在易县集市上流动展览和口头宣传配合，市上二三千赶集的老乡，在这一张张活的事实对照下，无不痛骂："蒋介石那狗×的，比日本赵玉昆还厉害，不打倒这害虫，百姓们没法过日子！"到某村展览，一个老头指着相片，指手画脚给村民讲："你们看！这不是蒋军把百姓粮食抢走了，咱们村可要好好坚壁清野呀！"

相片展览方式作用大，在集市袁苓同志自己编制了六十多幅本部队各个战斗的英雄事迹，用单张能分看的方式，编好号码，适合部队作战流动分散中，以班排连传看，又轻便又灵活，颇得战士们欢迎。在×部刘峰同志亦编制了九十多幅照片，配合部队练兵，到各部队轮流展览，鼓励战士练兵情绪，某团一个战士说："他们能打胜仗，缴枪炮，咱们加油练吧！下次亦缴它几支美国枪！"总之每一张相片上每一件事物，都生动地鼓励了军民的仇恨心和斗争性，亦可说晋察冀战地文化工作战线上，摄影工作为人民为士兵服务的一个新面貌，他们已经博得广大士兵和农民的爱戴和欢迎。

（《晋察冀日报》1947年1月19日）

冀中文化简讯

△冀中军区火线剧社自到郑州等地巡回演出《白毛女》等剧后，阳历年前大部分头下乡、入伍，搜集材料，进行创作，一部分团员留在家里准备春节节目，已排成《两种作风》《史国良押担架》《欢迎新战士》《放下锄头拿起枪》等歌剧、话剧、快板、秧歌剧，及《民兵战》《坚决打他不留情》《太阳红》《穷人翻身谣》等唱曲。

△泊头市学生儿童剧团，几个月来已演出《参加八路》《军民合作打老蒋》等十余个话剧，阳历年教员宣传队及旧剧队演出《逃出

阎王殿》《有理有力》《捉放宿店》等六个节目，颇受观众好评。

△安国伍仁桥，新年做化装宣传时，用一个小车（俗名小哄车），上面搭着架子，用红绿绸子做成帘子，小车上坐一化装的美国人，手持大气管，另一人化装老蒋，倒拉着小车。美国人就给老蒋打气，车子后边跟着一群蒋区难民，要求老蒋不要再拉倒车打内战，并有锣鼓配合，宣传效果很好，小孩们围着喊打，一个老太太要用粪叉刺死蒋介石。

△深县九区三十九个村，已组织起十五个村剧团，六个秧歌队，排出了三十二个新剧，有三个村剧团演遍了全区。

△栾城鲁庄土地改革后，成立起村剧团，并用本村真事编出《群众大翻身》和《集体参军》两个剧本。该村土地改革前没有学校，土地改革后已有五十多个儿童入了学。

△安次小惠庄农民翻身后，学生人数增加一倍以上，现已有一百零八个学生。

（《晋察冀日报》1947年1月29日）

文化从军

各种文艺活动活跃华中前线

【新华社华中十九日电】华中军区文工团、平剧团、电影队、江淮摄影社及无数文艺工作者半年来活跃于自卫战争前线，表现着忠诚为人民服务的勇敢自我牺牲精神。自首战泰（兴）宣（家堡）开始，文工团三队几全部参加了战地工作。该队孙祥林、王春茂于猛烈炮火下冲锋陷阵，曾宣因抢救伤员而光荣牺牲，黄石文亦在战斗中负伤。

女同志李则吾在火线上七次往返抢运伤员，茹辛、钱仁发、闻达在伤员转运站帮助供应茶饭。文工团第四小组在部队刚离开阵地休息的间隙，立即进行演奏战士热爱之民歌小调。文工团创造的歌曲已达五十多首。他们经常演出的有话剧、活报、秧歌、杂耍等二十多个，话剧中有《一切为了前线》《翻身自卫》《假面具》等深为战士喜爱。平剧团五六十个剧几乎无日不演出。电影在前线成为一种最生动有力的宣传工具，有多次放映只离前线四五里。影片放映前，许多战斗英雄的照相首先在银幕出现时，战士们均热烈鼓掌欢呼。摄影组曾深入前线摄得苏中七战七捷的伟大战斗场面三百余幅，在战地巡回展览共十五次，战士们见到粟裕将军的放大照片时，他们亲切地呼喊："看我们的粟司令！"

（《晋察冀日报》1947年1月29日）

文艺短讯

炎羽

抗敌剧社美术工厂的作品，最近在阜平大道、方太口一带举行街头画展，内容有蒋美合作屠杀中国人民、蒋记的猪仔"国大"的漫画，还有土地改革、农民翻身的连环故事画，靳夕同志画的《可翻身啦》连环画。

有一个老汉看画看哭了——他对另一个老汉说："给地主当长工，白天干活，晚上就得像这样整宿整宿地给他推磨、推碾子……"因为挂在他面前的正是这样的一个画面：黑色的夜，长工低着头，踏着惨淡的月光，背后落下地主的鞭子，在碾盘旁边打转。另一个老汉看到那连环画的第四幅，画着一个佃户交不清租子，被地主迫着要卖老婆，于是乎又想起了自己，便说："那一年我也交不清租子，没卖老婆，倒迫着我把毛驴和猪卖掉了。那狗入的真恶人。"有一些妇女和儿童看了这画，把画中的地主比作《白毛女》剧中的黄世仁，画中的佃户老婆比作白毛女，就唱起《白毛女》的歌子来，一唱十和的，有的做起戏来，有的随着节拍就跳跃起来。

★★★★★★

抗敌剧社美术工厂经过长久研究，创造一架木刻印刷机，机器重点是二百斤，力点只需二三十斤，经过滚轮和杠杆作用的结果，四开报纸的印刷面积上可受着一千斤以上的压力。重点可增可减，重点愈大，压力就愈大。已在去年除夕试验成功，四色套版的《翻身》画报第一期已在元旦出版。

（《晋察冀日报》1947年1月29日）

茅盾夫妇游览乔治亚名胜　　拜访斯大林故居

【新华社延安二十八日电】据外国通讯社莫斯科二十六日电，今日《真理报》载称，我国名作家茅盾夫妇应乔治亚对外文化关系协会的邀请，前往游览，参观了那里许多有名的地方及有历史价值的歌剧院、摄影场，并前往哥里拜访斯大林诞生的故居及童年所住地。

（《晋察冀日报》1947年1月31日）

冀中出版发行业年来大有成绩

【新华社冀中二十八日电】去年冀中出版发行工作大有开展，全区有大小书店四十余处（代售各种书籍之摊贩尚未计算在内），规模大而印刷量较高有新华书店、平原书店、大众书店、解放书店等，新华书店有铅印机×架，解放书店有石印机×架，根据十个书店的统计，有资本一八七零八六四一三元。印刷量仅新华书店九、十两月份即出十五万零三百十三本书。平原书店平均每日印出一千四百本。新镇博古书店平均每日出书一千三百本。今年一、二两月的时间各书店即将印出高初小课本七十万本。报纸有《冀中导报》及《前线报》，刊物有《平原杂志》《歌与剧》《教与学》《通讯往来》及《平原剧集》《平原歌声》等丛书十余种。为统一中学教育，冀中行署教育科现开始编中学课本，计有算术、自然（包括生理卫生、农业常识、理化）、史地等。据编辑负责人谈，于阴历正月十五前全部完成审校后即可付印。连同前已编印的师范课本，在冀中即有两种完校统一教材，几年在教育工作所感困难的问题解决了。

（《晋察冀日报》1947 年 2 月 1 日）

部队秧歌到口泉

老百姓说："八路军过年也不忘咱们。"

丁乙

【新华社察哈尔讯】我军某部在口泉战斗胜利后，部队在警戒任务繁重中开展新年文化娱乐工作，加强群众宣传，×营秧歌队并配合一个连的武装，深入到游击区向口泉村群众拜年。秧歌一到，人群涌上，玩了两点多钟。营教导员向群众讲："上月十七日在这里（口泉）战斗，消灭蒋军一个营，这才是胜利的开始，今后还要打更多的胜仗。"男女纷纷议论："要是蒋军来，咱们老早就跑光了。八路军过年也不忘咱们。"太平堡大街上空前热闹,两边墙上全写新的标语口号,各街口扎着牌楼,元旦日二区区村政民干部,百余人向军队团拜,军民唱戏四天。××连演出《复仇》《问路》很受群众赞扬。部队各单位皆举行秧歌比赛,太平堡的群众兴奋笑谈着:"还是八路军与老百姓在一起热闹,要是敌占区可就不行啦,你看中央军占在矾山,怎么也热闹不了。""八路军到哪里,哪里就兴旺,是一点也不假。"

(《晋察冀日报》1947年2月2日)

《新察哈尔报》改为《察哈尔日报》

【新华社察哈尔二十八日电】为适应战争需要和广大读者的要求,中共察哈尔省委特决定于二月一日起,将《新察哈尔报》由隔日刊改为《察哈尔日报》。

(《晋察冀日报》1947年2月3日)

沂南十四岁诗人苗得雨

两年写诗歌通讯二百余篇　还组织通讯帮助别人写作

【新华社山东五日电】"新衣服净光光,一朵红花挂身上,我家哥哥上战场,参加主力保家乡。布底鞋壮又壮,送给哥哥上前方,本是一点小意思,表表弟弟的热心肠;小毛巾白又长,哥哥带着上前方,你在前方擦汗用,擦得眼明好打仗;日记本铅笔长,哥哥带着上前方,学习文化多识字,学中文武状元郎;小刺刀大长枪,哥哥扛着上战场。哥哥哥哥听我说:打垮反动派再回家乡!"这是鲁南沂南苗家庄孩子诗人苗得雨送他哥哥参军新作的一首诗。他今年十四岁,是鲁中《大众报》工农通讯员。小时因年景不好,父亲逃荒去东北,他依靠母亲教养长大。九岁时,念过一年私塾,此后即刻苦自学。经济上获得翻身后,学习文化情绪更高,两年来写新闻、诗歌达两百余篇。因为是翻身后的农民孩子,又参加当前的各种工作,所以他写出的稿子非常生动,并能紧紧与当前工作结合,为一般农民所欢迎。当苗家庄解放时,苗得雨才十一岁,即领导组织儿童团,并写了儿童团顺口歌。他家有二亩地,当时他参加变工队,便写了变工队短歌。在土地改革时,他又写了十几篇翻身大□,其刻苦自学精神尤令人敬佩。农忙时也学到半夜,有时晚上想好内容,一早起来动手写。他不但自己写,还帮助别人写作,到邻近村庄去推动成立报纸通讯组。现鲁中青联、鲁中大众报社、新华社鲁中分社,联合予以奖励,并号召全体青救会员、工农通讯员向他学习,展开广大的工农文化翻身运动。

(《晋察冀日报》1947 年 2 月 10 日)

今年春节冀晋乡艺活跃

封荣士　王进生　郝凤钦　国辅　尹志秀　大东

【新华社冀晋讯】元宵佳节冀晋区各地乡艺活动非常活跃。欢庆农民大翻身,繁峙一区下浪涧过去乡艺仅是少数学生们活动,今年春节群众、干部、男女学生、旧艺人等四十六人组织了大剧团,演出《逼上梁山》《雪里埋》《父女逃难》等剧,群众欢乐异常。定县三区王家庄剧团演出《穷人翻身》《治病》等剧。商校在建屏等地演出歌剧《王秀鸾》,演到王秀鸾挨打受气时,台下很多人哭了,演到她生产当家时,观众们说:"咱们应向她学习,只有学习才能过好光景。"井陉乡艺活动,在旧历正月初一到初十系各村自由活动时期,十一至十五,以区或小区为单位进行比赛,各区选出模范剧团与模范乡艺工作者于十八、十九两日到县全县竞赛。计有霸王鞭、秧歌舞、话剧、杂耍、大鼓、拉洋片等形式,该县县政府、县委会及团体亦演出《打渔杀家》《姐妹顶嘴》《村选》《美军滚出中国去》等节目。阜平七区十五、十六两天,各村皆到区上公演,计有高跷、霸王鞭、旱船、狮子等等,区府驻庄村秧歌入夜演出时家家户户门头都挂灯笼,二三十里远的人们都纷纷赶来,手执火把,□场上人□涌涌,旁边的山上坐着的都是观众,固镇剧团演的《支援前线》《穷人翻身》,蔡池剧团演的《白毛女》情节逼真,观众特别称赞。虽天气很冷,观众兴致勃勃,高声叫"好"。

(《晋察冀日报》1947年2月13日)

金沟官庄文化大翻身

李西恩 徐军

【新华社山东九日电】金沟官庄是山东莒南县一个一百六十户人家、七百四十一口人的村庄,在民主政府领导下,全庄文化大翻身了。黑板报跟前经常拥挤着人,过去一年来为黑板报写稿的有四十多人,《滨海农村》报的通讯员有十七人,能读报纸的有四十三人,其他如能写信、记账、写路条的很不少。每个男女青年、儿童都会回忆一下十年前国民党政府统治时的情况吧:那时全庄只有十二三个富农、地主子弟上私塾,三十岁以上的老年人只有五个识字,而其中会算的才二人。当时曾发生一件有趣的事——一个不识字的农民董学文过年贴对联,把"槽头兴旺"贴在自己睡觉的床头上,把"一家之主"贴到牛棚里了。

现在这个解放了的村庄,就出了一个"新状元"纪丕福,他是莒南的青年学习模范。随着全庄人民走出饥饿贫苦的苦海,他对文化便发生了强烈的要求。没有书也没有固定的老师,碰到墙上的标语和报纸上的字就记,遇见识字的人就问,很快就识了四百多字。纪丕福又到处宣传识字的好处,起先他碰了不少人的钉子,人家回答是我学不学关你什么事。可是人担不住百语,树担不住百斩,终于识字小组建立了,掀起了全村苦学运动,每家门前都写着"生产学习结合好,文化要提高"。大街上写着"吃饭不忘学习,学习不忘生产"的标语,有些人推粪时把字写在车把上,一边走一边念,收割庄稼时把字写在镰把上,写在自己的腿上。锄草时纪丕福把字写在肚皮上,一面锄,一面读。还有的人实行白天画地皮、晚上画肚皮的苦学方法。

在青年男女的自学、苦学热潮下,全庄人民的文化大大提高了。现在他们又提出了新的口号,是"使劲干,把学习和文化提高一步,争取文化模范"。

(《晋察冀日报》1947年2月13日)

冀晋剧社演出《白毛女》

刘山　尹占春

【又讯】冀晋剧社在定县县城连夜演出《白毛女》,以街为单位轮流观看,颇得群众好评。东街一个高小学生说:"比国民党的剧社(指定县县党部的胜利剧社)要好得多。"农民看后说:"咱们和白毛女一样,过去受地主老财的压迫,这次咱们要起来斗争翻过身来。"

(《晋察冀日报》1947年2月22日)

全党办报农村办报

——陆定一同志答周文同志信

  这是陆定一同志给周文同志的信,不但扼要地阐明了全党办报、农村办报基本方针,并告诉我们如何做一个人民的一个勤务员,如何适应农村环境的特点,把报纸办好。这是全党同志、全体通讯员和报社同志的共同责任,因此把这封信全文刊登在这里,以供大家的学习研究。

——编者

周文同志:

  十一月二日来示悉。知道您接办《抗战日报》,很高兴。您太客气,来问我办报经验。我在解放区报社只做了三年,现在又离开了,实在没有什么经验可言,况且以前对于办报也从未学过。只有两句话,一曰"全党办报",二曰"农村办报"。全党办报,包括我们办报的人,以党的利益为第一,以为人民服务为第一,以为通讯员服务为第一。这与技术第一和抽象的政治第一(如□际第一)、报人第一(无冕之王)和怕通讯员麻烦而提倡报人□办相反。再则,要动员全党的干部来写稿、来提意见,稿子要给他改、给他登,意见要接受或答复,要求要满足,而且把满足他们的要求当作一件大事来做(例如农村知识、政治名辞、事情经过等等)。农村办报,包括一切适应农民环境,农村里交通不便,各种物质条件不足,而每日出版的报纸是资本主义经济的产物,有许多事情在农村中是办不通的。勉强办了,吃力不讨好,或者反而有害。例如每天一篇社论,提倡迅速而不求质量,报馆做夜工等,还有一些别的东西,新闻教条,一定要抛弃。文字上，因为在农村，亦应做适当的改变。总而言之，我们办报的人，对于人民，对于党，是个勤务员，也只有做个好勤务员，人家才会喜欢这个报。

此外，报馆必须做研究工作，有一部分同志来专做此事，要做剪报、卡片，天天积累资料，研究问题，不求速效，要用的时候就用，不用时也要备到。这方面您的知识比我多得多，主要是要耐心地干。

这些经验，也算是经验吧。但一到大城市，有些就会有些改变，有些则恐怕要保存下来，作为我们报纸的特点。例如广大的通讯网，广大的农村通讯网，力求真实（这要经常检查，经常注意），从来不肯造谣或夸张，一心一意为人民服务，以人民利益为自己利益，等等。

《抗战日报》我看了些，未做系统的研究，提不出什么意见来。您远道写信前来，逼得不好意思，拉杂陈言。

敬致

布礼

陆定一

十一月二十一日

（《晋察冀日报》1947年2月22日）

涟水战役报导经验初步总结

前线采访工作研究

乐静

以十月十七日战讯《华中各战场酝酿大战》作为报导"涟水战役"先声之开始，迄十一月八日止，二十三天中，据不完全统计，华中前线分社报导涟水战役的新闻电讯、速写、报告，先后共达六十三篇，内容多种多样，尤以战讯连续迅速（战斗激烈时急电一日三起）、战地通讯多样及时为特色。然此次报导，也不无缺点，如个别通讯夸大失实，写作前记者兀自定框子，再找材料，讲求技术而不能深入采访，使内容未能更加踏实确切生动，特别表现在掌握党的宣传政策欠稳，以致个别新闻通讯发表后，在部队中引起相反作用。为进一步加强今后军事报导工作，特将此次涟水战役报导中之组织领导、采访报导工作做一初步总结。因材料不足，有遗误之处，尚望参加涟水战役报导之诸同志指正。

一、组织领导

根据过去历次战役报导之经验，派往前线之记者团，倘若没有一定的组织形式，特别是该记者团在部队的最高军事机关没有一定的核心领导机构，掌握全面情况收发编辑稿件，根据整个情况及时调度机动记者（组），提出报导要求，交流各记者组之间的采访报导经验，自己并掌握一部分机动记者，能在必要时做突击采访，则一定不能适应报导大部队运动战之需要。此次涟水战役，虽战线不长，而参加部队之多，已为华中战场所少见。部队单位多、记者数量少的矛盾严重存在，前线分社掌握两个机动记者（兼内勤编辑）专驻野政，把其余记者集中使用，分两个组，派往主攻部队。战斗开始后，加强内外勤联系（这次做到了外勤小组与分社在战斗激烈时，每日有两次以上联系），随时交换情况，交与报导要求。在侧翼及其他部队机关，则推动部队同志写稿，走群众路线，组织报导，以弥补记者不足，使主攻方面报导突击，而其他方面也不致遗漏。据不完全统计，在十一日内，分社根据战况（守备、反击、渡河、迂回、追击、休整……）向各记者组及战地通讯员所发组织报导之信件即达八十余封，各记者组寄回分社报告工作及部队作战情况之信件,也必一日数起。(很多报告情况的信件马上补充了分社野司记者所报导的战讯)上下贯通、意图一致、有呼必应,是此次涟水战役报导中之组织领导工作一重要收获。

第二,在大部队作战的情况下,集中使用记者在主攻方向,以小组(支社)为其作战单位,并在小组中建立核心领导。一面加紧与本组分配下旅团之记者的联系,收发汇编记者稿件,向分社发稿;一面组织推动部队各机关各级指战员自己动手,使"主力"——记者、"民兵"——通讯员有机分工配合,同样照顾主攻方向及配合方向,使报导趋于全面多样。此次涟水战役报导中×师夏公然组因能注意及此,发挥小组作用,就使报导趋于完整多样。×师季音组因没有注意这点,不能很好发挥小组作用,虽个别同志单枪匹马竭尽全力,仍使报导迟缓,赶不上要求。虽后一时期已经检讨纠正,而如何通过组织报导,从此打下部队通讯工作基础,则是每一小组以至每个记者在发挥自己作用,同时所应该注意之问题。

第三,在涟水战役开始以前,分社领导上就注意到"一定要将军事报导工作变为部队本身的任务",因此就一再打通部队同志的思想,帮助其进行工作。去×师之记者组组长夏公然同志更亲自参加该师报纸之编辑工作。该组下团之记者,也把自己所写稿件首先给团报发表,帮助团报工作,从而推动组织团报及团下通讯同志写稿。(先予旅团方便再予自己方便)分社本身做到把过去专门派记者去参谋处采访战讯,变为由参谋处每天主动供给分社战讯、情况,并推动了十余个部队科长以上干部在战斗激烈时,犹能亲自为分社写稿。以上种种都是涟水战役报导中在组织领导方面走群众路线的一个收获。要打好今后军事报导在部队本身更雄厚的群众基础,使本来已经很少的外来记者,可以更加集中高度机动使用到主攻方向去,从而解决记者少、部队多之矛盾。把军事报导变为部队本身的任务，是今后工作中应该注意研究的一重大问题。

二、采访报导

（一）采访工作：没有机动灵活深入切实的采访，就不能真实具体生动地报导。涟水战役报导中前线分社记者季音、顾耕初、冒雨若、周若杨、培康、剑韵郁、堤思恺诸同志因能机动灵活，根据战时具体情况，随时转换自己采访位置，并利用每一空隙，一时到前线，一时到后方，一时随车去恢复区，所以报导多样，而终日坐镇旅团首脑机关，死守住参谋处电话筒不放的个别记者，则不但半点材料揽不到手，且使自己疲倦、旅团厌烦。但所谓利用每一空隙做机动采访，又不是盲目乱撞、到处碰壁，而是事先自己先有预见，并掌握有一定之新闻线索。"少在首脑机关，多到下边去"，"战时多与参谋机关联系，战前战后多与政治机关联系"，"首脑机关可以供给全面一般情况与部分新闻线索。而要获得具体生动的材料，必须到团下去"。这已是分社大部分记者在实地采访工作中找到的一般规律。

此外，记者要获得战时采访的方便和使自己耳朵灵敏眼睛雪亮，必须事先搞好自己与部队方面的关系，使自己成为部队军事或政治工作者之一员，而不是"客人"。在平时，记者为取得更具体切实的材料，在征得部队首长同意后，都可以参加一些部队方面的次要工作（不是固定工作）和兼做一些前线战时政治鼓动工作、团报编辑、伤员照顾、战地访问等，并以实际行动改变部队指战员对记者之看法，变生疏为亲切，则不但可以使自己建立更广阔的活动范围，而且必定会增多自己的新闻线索来源。采访报导不但自己做，更推动大家做，"一个人起几个人作用"的群众路线的采访方法，可以实现，而且经过自己亲自体验以后，所采访来的材料，一定不是走马看花、浮光掠影，而是真实具体生动出色，也只有更好执行这一采访方式方法，"客里空"之门可从此堵塞。

（二）报导工作：涟水战役之报导，因战讯有专人负责，能按照战局发展连续迅速报导。战斗通讯、速写，在战地之记者能照顾典型选择，多样、迅速尚有成绩外，报告中所存之缺点也很不少。如战时卫护、后勤部门工作□繁，内容丰富，因没有记者前去采访组织，而无人报导；而更重要的缺点，则是关于军事报导的几个基本观念的确定。

1. 军事报导的出发点。此次报导中大部分记者以及部队同志，都没有搞清楚军事报导的出发点应该是对内教育："鼓励士气，高度发扬革命英雄主义，彻底歼灭进犯蒋军，保卫解放区。"而后才是对外宣传，教育群众，扩大影响。而只认为是单纯的宣传，是宣传机关、新华社记者的事情，与部队自己无关，记者本身也认为军事报导是自己的责任而不是推动大家动手。在写作态度上，因为这一观念，没有明确确立也就容易产生不顾对内效果过分渲染，或走马看花，而致失实（与生动现实距离太远）。因此，从思想方法上进一步明确确立这一基本观念，实属非常重要。因为军事报导，首先是对内教育，这样就必须部队军政机关大家动手，就必须表扬恰当，批评合度，而不能有一丝一毫失实；就必须首先从积极方面出发，从形象罗列中，掘取战士中的真正典型之英雄范例，加以发扬，而不是吹毛求疵，或舍重就轻，空洞议论。

2. 从积极方面着手。记者选择报导材料时，必须从积极方面着手，周密考虑每一新闻通讯（不论表扬或批评）有无积极的建设的意义，表扬各种英模，要表扬大家看得见的活生生的榜样，成为全连、全团、全旅、全师的胜利旗帜。应该表扬新参军新解放同志，更应该表扬各种兵种的老战士、革命功臣。批评也是这样。只有做到如此，才有所谓"从宣传效果出发"的真正内容。

3. 要写得短小、具体、生动、有力。涟水战役报导中,记者来稿,可以改写新闻或新闻通讯的长篇通讯还是太多。加之,内勤精编力薄,处理粗糙,实增加战时电台通报困难。我们要进一步提倡——多写新闻,少写长通讯。

(《晋察冀日报》1947年2月22日)

大生产开始了 文艺活动应取小型

冀晋青联会指示

【新华社冀晋讯】冀晋区青联发出关于春季文艺工作指示称,春节已过,大生产已经开始了,为了把人民的高涨情绪带到大生产里去,带到各种工作中去,我们的文艺活动应适合这个需要,在活动方式上、在组织形式上、在表演方式上都应有所转变。为了节省群众的人力物力时间,大的文艺比赛检阅、巡回公演需要马上停止,代之而起的应是活泼轻快的小型的文艺活动;出村表演的时间应要减少,注意组织本村集会上、晚会上之文艺活动,以便调剂农民的生活,鼓舞群众的生产情绪;内容应以支援前线、生产节约、立功运动为中心,多创作一些大鼓、快板、街头剧、活报等短小精悍的形式。冀晋区各地春季开会很多,并有不少的纪念节日,在领导上应注意抓紧这些场合,协同有关部门组织文艺活动,但是注意不要只限于演剧,应注意与其他宣传形式结合,可组织化装宣传、漫画展览、拉洋片、说鼓书演讲棚、广场秧歌进行活动。在组织时不要过于铺张以免浪费,过去一个庙会约十几个剧团公演,唱对台戏是不大好的。

(《晋察冀日报》1947年2月26日)

介绍柴庄剧团

柴庄村剧团自从去年年底和高街剧团挑战以后，就活跃起来，闹得比那一年也红火。阳历年到阴历正月十五的工作：

一、创作和排演上，完成舞台剧《水清龟出》（十五场）、《到解放区去》（独幕剧）二个，街头剧创作了五个，而且都已演出了。另外，又排演出秧歌剧和快板剧各一个。二、演出方面，完成集市演出二次，四十里地以外演出二次，邻村演出共十一次。走了三十三个村庄，并给附近部队演出二次，本村演出二次。给部队演剧时，慰劳柿子四百，白菜一百斤，挂面两封。三、讲报五次，出黑板报二次。四、帮助近一村组织了霸王鞭，帮一村排了两个剧。五、这一时期没花一个钱，只群众自动捐助了一点化装品。六、关于长年坚持方面，自去年提出挑战以后，剧团开团员大会、干部会，都决心坚持下去，决不半路拉稀。大家决定在今年前半年里面，要好好把剧团加以整理，要在现有基础上培养出一个编剧导演的人才，一个行政领导干部，两个器乐人才，并且动员两三个妇女加入剧团担任演员。干部们首先起模范作用，村长已参加剧团，并上演了三回。目前元宵已过，因今年春长，现在剧团还在抽工夫排戏。

柴庄剧团演出的效果都很好，比方《水清龟出》是反映的我们某些村庄少数村干部作风不太好，致为特务分子利用、挑拨，闹得村里工作受影响不小，而最后，在全村干部群众和区里的共同努力下，终于破获了特务，教育了干部和群众，推动了工作。这戏曾在本县村干部训练班上及附近各村演出，观众们有的被感动得流泪了，而且好多村干部在看戏后马上开会反省，下决心往进步里转变。又如各个街头剧，元宵节后，附近各村村剧团大都演出，但一当柴庄演出时，观众就很自然地比别村演出时拥挤得多；而柴庄演出后，附近各村马上就都学习他们的节目或演出的戏剧形式。再如柴庄剧团去慰问伤员时，总是到伤号病房中去演上小节目，使病最重的伤号也能看到戏，很受欢迎。

从该剧团向高街剧团提出的挑战条件，是很好地完成而且超过了。

(《晋察冀日报》1947年3月9日)

四地委宣传部对通讯工作意见

【新华社察哈尔讯】四地委宣传部对该分区通讯报导工作提出几点意见：

一、贯彻全党办报思想，要求各级党委真正做到首长负责亲自动手，并推动别人写稿。中心组每人每月至少写一篇以上较系统的稿子，并应把布置检查总结工作与写稿联系起，并根据各时期工作中心有计划地组织写稿，防止自流、没有中心和想写什么就写什么的现象。

二、及时总结，表扬模范，批评落后，特别是在目前轰轰烈烈为人民立功运动的热潮中，应掀起写稿竞赛运动。扩大写稿面积，消灭挂名通讯员。如易县全年挂名通讯员还有三分之一，徐水全年挂名通讯员二分之一，若按一月总计，则挂名通讯员数的比例更多。

三、打伙计写稿本是很好的办法，能提高稿件的质量，但有不少稿件只是一个人的意见写的，写完后多写几个人的名字，这样是没有起到集体写稿的作用。今后我们应很好地运用打伙计的写作方法，真正发扬集体创作的精神，以使稿件质量提高，内容系统充实。

四、各县应加强编辑改写工作,有些一般化与零碎的材料报上不能一一发表,所以各县应注意综合(易县做得较好)。

(《晋察冀日报》1947年3月10日)

唐县监所犯人组织"反省剧团"

马浦　杨振声　林天

【新华社冀晋讯】唐县监所犯人,在我民主政府感化教育改造之下,不但生产积极、学习耐心,并愿以文艺工作表现出自己的改过程度来,自动组织"反省剧团",由犯人李希孟、魏永祥领导,集体创作新剧《解放王□》及《顽固理发馆》(哑剧)。在阳历年节,假本县戏楼与杨高和村出演两次,群众看了很欢迎。剧内描写顽伪县长康绍增、公安局长赵逆锡二、国民党书记长王逆迈千互相忌嫉、争权夺利、烧杀奸淫的罪恶,真实动人。看戏的老乡们说:"民主政府对犯人教育得真好,从演戏里可以看出对他们的改造。"

(《晋察冀日报》1947年3月11日)

东北制片厂首次出品

《追悼李兆麟》《活捉谢文东》两片出演

【新华社东北十四日电】中国解放区首部自制影片东北制片厂摄制之《追悼李兆麟将军》及《活捉谢文东》两部新闻纪录片已于哈尔滨市电影院公演。据该厂厂长袁牧之谈,反映农民翻身、延安生活、抗暴运动等片,也将于短期内制竣。该厂并已派导演、演员及其他工作人员深入农村去,反映实际工作,闻不久将摄制群众生活影片。

(《晋察冀日报》1947年3月18日)

抗敌剧社响应立功

母亲奶出孩子上前方

【本报讯】抗敌剧社前方工作同志掀起立功热潮,二十天中演出二十四次,每人订出立功计划。消息传到在后方乡下带孩子工作的母亲们知道,她们认为前方工作如此紧张,战士们为战争流血牺牲,应该暂时割爱,把孩子给奶母带,贡献自己的全部精力为自卫战争服务,并要在一月内把孩子处理妥当。剧社行政首长对母亲们的决心表示嘉许,特派专人出去寻找奶母,获得和平保育院的帮助,孩子问题得到圆满解决。最近,母亲们已陆续上前方,有的已参加到《王老栓报仇》(梆子剧)的演出中,有的已□任前方文艺干训班的专任教员,估计三月底可以全部出发云。

(《晋察冀日报》1947年3月23日)

冀中行署颁发文化奖金

奖励群众喜闻乐见的绘画读物

【新华社冀中二十三日电】冀中行政公署颁发文化奖金。教育厅为鼓励创作群众读物,最近由该厅邀集各机关团体宣教部门评定冀中□最近创作的图书和读物,计获首奖的有阜平县政府教育科刘□同志绘制之抗战建国图,□凡数十幅,在政治历史教育意义上均相当丰富,特发奖金四万元。其次为深县北平村小学教员□化民绘制之四季生产年画，富有推动生产意义；农林厂魏凤图、张固等绘制之农闲日历亦甚受群众欢迎，各奖予二万元。再次为公安局龙华编写之除奸课本用生动笔调写出，易为群众接受；前进报社编印之读报手册，内容切合实用，真正解决群众读报若干困难，亦各奖予二万元。此外尚有旧艺人创造之《白毛女》连环画及其他鼓词等材料均予以名誉奖励。

【又讯】冀中文协李黑最近创办一泥人厂，塑制新式儿童玩具及民众教育馆需要的各种陈列品。蠡县文化供应社自制篮球、排球等体育用品，坚而耐用。十分区秋化书店创制油印石印油墨颜色鲜艳。

(《晋察冀日报》1947年3月25日)

名文学家阿英长子钱毅同志被俘就义

淮安县委决定殉国处改称钱毅乡

【新华社华中二十四日电】名文学家阿英长子本社盐阜分社及盐阜日报社特派记者钱毅，坚持蒋军侵占区后方新闻阵地，忠实为人民服务，于本月一日在淮安南部石塘镇采访时，在突围中不幸被蒋军俘去后英勇牺牲。当蒋军迫其自新时，钱毅即厉声回答"你们没有资格和我谈话"后说："宁□枪毙，绝不自新。"次日即在石塘镇外从容就义。钱现年仅二十三岁，中共正式党员，自一九四二年来华北解放区即从事农村戏剧及新闻工作，曾被选为盐阜分社模范工作者。噩耗传来，分社及报社同志万分悲痛！中共淮安县委并决定以钱毅殉国处易名钱毅乡，以资永久纪念。

(《晋察冀日报》1947年3月26日)

联中文工团动态

苏浙

【本报讯】联中文工团于二月十七日赴新解放区及前线工作，二十余天演出十一次获得观众好评。在定县演出《蒋介石与美国》《周子山》《小姑贤》《动员起来》《夫妻识字》等数十个剧，给群众印象很深。一个十四岁的女孩看了戏说："我妈妈不叫我嫂嫂念书，我回去一定劝我妈，让我嫂嫂识字。"看过戏的老乡们说："国民党在时，穷人不能看戏，一看戏就被拉去当兵，你们来了，穷人也能看戏了。"文工团全体同志为了群众需要，又演出二十五场歌剧《保卫和平》，并赶排《两顽军》《抓不到儿子抓老子》等剧，即赴野战军巡回演出。

（《晋察冀日报》1947年4月7日）

本报增刊征稿启事

本报增刊是一个综合性的读物，希望能在时事学习上补报纸之不足，对读者们有所帮助。但由于我们缺乏经验，取得读者的反映不多以及稿件不充足，因此距离我们的主观愿望还远得很，希望大家尽量提意见，大量来稿。

无论国际、国内、军事、政治、经济、文化的论文、材料，我们都准备采用，但特别欢迎关于边区各项工作的研究论文、经验介绍、典型总结、报告、学习心得等，反映边区现实生活的文艺作品我们也极需要刊登。

来稿字数最好在二千到三千间,越简练越通俗越好。刊登后月底当酌奉稿费。

本报编辑部

(《晋察冀日报》1947 年 4 月 13 日)

联中文工团为兵服务　　备受前方将士欢迎

刘莞

【晋察冀前线十日电】边区联合中学学余文工团,于上月中旬出发前线,沿途曾做拥政爱民的演剧宣传活动,并在平汉前线新解放区协助地方政权做动员工作。该团已于上月底抵达野战军某部,全团团员当即以无比的热情巡回出演《周子山》劳军。在十余天的演剧中,颇受部队指战员欢迎与好评。当他们离开该部时,首长和战士纷纷写信慰问。现该团正准备新节目,转至其他部队工作。

(《晋察冀日报》1947 年 4 月 15 日)

《边区工人报》改为半月刊"五一"出版

勃

【本报讯】《边区工人报》自去年由张家口迁出后,暂告停刊。现为补足边区各地广大工人群众文化生活之需要,及时交流工运经验,决于今年"五一"重刊,并改为半月刊,三十二开本,铅印,内容包括工运指导论文,工厂管理和工会工作经验,工人立功运动中的各种活动,并供给政治时事、文化和技术学习参考材料,同时刊载

工人创作。现各级工会正广泛发动干部和工厂、各地工友组织通讯写作和订阅中。

(《晋察冀日报》1947年4月17日)

广灵望狐村剧团一面宣传一面打游击

【新华社冀晋讯】广灵四区望狐村剧团,在武委会主任李成章领导下,把政治攻势和游击战密切结合起来。该剧团共有三十人,内有十七名民兵,编成了一个游击小队,共分爆炸、射击、侦察三个班。每次下乡演剧时,都把大枪、手榴弹、地雷等武器带上,有了敌人,剧团就成了民兵连,马上进行战斗,没有敌人就演戏,经常还学习政治和军事。他们每到一个村庄都受到群众的欢迎,人们都说:"人家望狐村剧团真好!又能宣传又能打仗。"

(《晋察冀日报》1947年4月19日)

冀热辽胜利剧社在蒋后坚持工作

【新华社冀热辽十六日电】冀热辽军区政治部胜利剧社,在蒋军后方坚持为工农兵服务。七个月中走了三千多里,其中七十七个整天在行军,演出的次数是二十场半。该社去年十二月份在兴隆农井关举行周年纪念会时,纠正了为兵服务不够的缺点。在热东新年反"扫荡"中,干部社员都下团活动,个别□同志参加了突击组,和战士们一块夺取敌人的阵地。敌人侵入兴隆,剧社就转入"无人区"小黄崖一带,暂时放下提琴,背上了大枪,有些同志被派去训练民兵爆破和埋地雷。那时候住在穷人家里，一下雨屋上的水都起了泡，顶着盆子顶着锅盖给老乡们讲斗争的故事。临走的时候妇女们泪汪汪地拉着女同志的手说："真舍不得你们，不过你们走了，我们还是一样打蒋介石！日后想到你们，我们更加要坚持！"在创作方面的收获，有十几篇军歌，写了十个小戏，正在排演的《兵》就是新写的剧本。

(《晋察冀日报》1947年4月20日)

新华社前线分社成立

【本报讯】新华社晋察冀前线野战分社已正式成立，由丘岗同志任社长，李希庚同志任副社长（该社组织条例见二版）。现该社已开始正式发稿。新华社晋察冀总分社曾致电祝贺，内称："欣闻分社正式成立，它标志着晋察冀人民新闻事业的新发展，特别是边区军事宣传的新发展。再接再厉，勤勤恳恳为晋察冀子弟兵服务，宣扬他们的英雄业绩，激励全区军民高昂的战斗意志，为彻底粉碎蒋介石的进攻，争取战略反攻的早日到来而斗争，就是我们当前的共同任务，愿共勉之。"

(《晋察冀日报》1947年4月20日)

关于目前采访报导重点及应注意的几个问题

各分社、各特派记者、各地通讯员同志：

军事、土地、生产是解放区爱国自卫战争的三个中心问题，我们的采访报导应围绕这三个中心。

（甲）军事报导。边区战局虽是"胜利很不足"，但我们的军事宣传则不仅落后于其他分社，也落后于边区的军事实际，在《晋察冀日报》及各战略区报纸上，战争空气仍极不够浓厚。据不完全的统计，三月份《晋察冀日报》二十五条头条新闻中军事占十九篇，而本区的仅占五篇，在内容上又多是较大战斗的战报，缺乏各种样式的配合。第二版则更加缺乏战争气息，不是生产运动和土地改革本身与战争无关，而是我们在报导时没有按照客观实际的规律真实地反映出来。最明显的是游击战争的报导，至今我们还没有学会报导今天的游击战争，在报纸上发表的还多是零碎的、片段的、枯燥的游击队战报，很少生动典型的战例、模范游击队和人物，更缺乏能够说明一个地区、一个时期发展动向的综合报导。李混子牺牲前后，冀中分社曾抓紧了这个典型，做了较好的宣传，但也有上述的某些毛病，所以影响还不够大。我们提议今后前线野战分社与总分社共同努力把晋察冀野战军的采访报导做得更好，逐渐学会做战役报导。每一战役应有战报、典型战斗及模范单位、战斗英雄及其他重要人物的介绍与访问；部队建设中的各项重大问题的报导也要逐渐开展与深入，表现形式力求多样，文字力求简明，并做到重大事件均有评论。各分社在前线野战分社活动地区，应与之取得密切配合。此次石家庄□围作战，冀中分社做得较好，望其他分社派遣的记者也能更多进行战区及新收复区的地方采访，最好携带电台及时发报。在一般情况下，各分社除应采取上述方法宣传主力军、地方兵团及游击队的活动外，应多采写后方人民干部为战争所尽的各项重大的努力，使报纸战争空气更加浓厚。此外目前冀中分社应抓紧平津保三角地带及津浦、平汉北段的战争；察哈尔对察南和平汉西侧的战争曾做了不少出色的报导（如易满地区的游击活动），今后仍需努力；冀晋区晋东北的游击战争是异常紧张残酷的，但至今仍缺乏系统的反映，所以读者知道的很少。为使上述各项新闻给读者以明确系统印象，特别是为适应今后战局的发展，根据总社指示要求各分社于每星期六向总分社发一周综合战报（总社所发一周战报值得研究学习），以便总分社综合后于每星期日发给总社。此项工作望立即与党委、军区商定具体办法，保证实现。

（乙）土地改革。边区土地改革已获得重大成绩，一千万亩土地重新归还了农民。在这个轰轰烈烈的大改革中，除冀中报导起了较大的作用外，党报的作用是不够大的。在中央局土地改革初步汇报会议之后，总分社曾向若干分社要过某些典型报导，绝大部分未曾完成。因此，在此时期总分社对总社发稿中此类稿件数量最少。这不仅影响向总社及党中央反映情况以及与各兄弟地区交流经验，特别减弱了边区各地经验的交流。其间因总分社对大胆放手发动群众方针掌握不够，此项宣传对实际斗争且曾起过不良影响。为补救过去的弱点和不再重复过去的错误，并达到总社所要求的此类稿件占全部稿件三分之一的要求，希各分社遵照总社指示：（一）商同党委报导你区土地改革目前完成的程度、现状（包括统计数字、系统说明、例证），并将历史的发展阶段加以简略的叙述；（二）选择你区土地改革运动中若干主要经验，一个一个加以总结，举如果实分配、发动落后、复查封建等，总结方法要注意具体实用，切忌千篇一律；（三）介绍各种类型地区的典型村，这些典型村的报导要有生动的过程，在运动关节转折处要用力介绍，使其特点与经验十分突出；（四）边沿区及新收复区土地改革的情形和经验，因我区还有相当大的边沿及新区亟待进行土地改革，此类稿件特别需要；（五）请报导在春耕、战勤繁重任务下如何结合进行土地改革，有何新经验新创造；（六）各地报导应是从本区实际出发，又适合全边区及全解放区的一定需要。因此，请将党委目前方针及你区土地改革正在做什么，做法如何电告，以便汇报总社。

（丙）生产运动。目前各地生产运动正逐渐走向轰轰烈烈，运动提出了许多新问题，如土地复查与生产运动结合，战勤、生产、代耕结合，抗属生产，特别是土地改革后广大翻身农民转入生产，呈现了运动的新规模、新姿态、新人物、新创造，也提出了一系列的新问题。我们应善于发现这些新问题，给以分析研究，选择典型，做突出报导。目前生产运动存在着不少困难和障碍，如若干群众误认共产党"喜穷不喜富"，若干干部认为群众已有几年大生产经验，用不到领导组织起来的形式主义等等，以及人力、畜力、籽种等的实际困难等等，都应选择典型事例，加以具体生动的报导，从思想上予以切实的启发。特别是解决问题的方法，更需具体写出，才有实效。此外，各区都有不同特点，望注意表现出此项特点。

近数日来，各分社对总分社发稿均有进步，冀晋分社数量上仍居首位，冀中、察哈尔若干稿件的综合改写较前成功（如冀中土地改革综合报导曾得到总社表扬）。为了使《晋察冀日报》与各战略区党报分工更加明确，适合不同读者对象，并逐渐提高对总社发稿质量，除请各分社经常提供意见以改进总分社工作外，请各分社特别注意选择典型、综合改写两件事。

根据华中经验，区党委报纸所刊载的典型事件、单位和人物，应是在一个县内的典型；在华中《新华日报》上发表的则应是在一个分区内的典型。如去年华中《新华日报》选择的发动群众的典型是石塘区，他们就集中全力从这个区的群众酝酿发动到动起来，从斗争开展到分配果实，以至转入生产全部过程，做了最突出的连续报导，有新闻、特写、通讯、评论等各种配合，给读者印象极深。这种典型报导的方法我们还极不熟练。比起华中来，我们报上的英模是"太多"了，给读者的印象反而很浅。望各分社与党委进一步研究，在本区报纸及对《晋察冀日报》报导重点如何确定，典型选择哪些，试做起来。这将不仅使党报的指导作用大大加强，而且对各级领导方法的改进都会有好处。

自然，只有典型报导还是不完全的，为了使读者了解全貌，综合报导是不可或缺的。但我们大的综合报导仍停留在现象罗列的粗糙状态，即是把许多同类稿件或事件勾勾圈圈连接起来，并没有提高一步。因此，读之仍然乏味。希望大家多多研究其他地区的综合报导，他们总是较一般新闻提高了一步的，读之可以得到一个完整的观念，印象自然深刻。望各分社同志在最近时期除综合战报外，还应按生产季节、生产阶段（如春耕、播种等）或按问题（如组织起来、解决代耕、优抗社问题等）综合报导本区生产运动。其他工作以此类推。

选择典型与综合报导的改进，必然会使边区的新闻通讯工作大大提高一步。

因总分社对各方情况了解研究不多，以上意见是否可行，望各分社接到此信后加以讨论，并将意见告诉我们。

新华社晋察冀总分社
四月十六日

（《晋察冀日报》1947 年 4 月 20 日）

新华社晋察冀前线野战分社组织条例

通知

为加强军事宣传，决定成立新华社晋察冀前线野战分社及支社，以军区政治部宣传部副部长丘岗同志兼任分社社长，李希庚同志为副社长，并制定组织条例一份，望即讨论执行，以完成自卫战争军事报导的任务。

中共晋察冀中央局宣传部
晋察冀军区政治部
四月十日

一、为集中力量加强军事宣传，贯彻全党全军办报方针，由新华社晋察冀总分社与晋察冀军区政治部共同组织新华社晋察冀前线野战分社，并在各纵队设立支社。

二、前线野战分、支社，统由各级政治部直接领导，总分社在业务上负指导之责。分、支社社长一般以部队政治部宣传部长或副部长兼任，另设副社长。

三、旅以下普遍建立通讯网，旅宣传科之下设通讯干事二人，团建立中心小组，由政治处主任、宣教干事及各营通讯骨干组成，负责领导全团通讯工作。连队应视通讯工作基础，设立通讯小组或通讯员。军区、纵队两级后勤部门分设通讯小组，直属分支社。

四、分支社之具体业务为：（1）组织采访；（2）向新华社及部队报纸发稿；（3）指导通讯工作。

五、前线分、支社之编制，统一于军区与纵队政治机关，其一切供给亦由政治机关统一报销。

六、为前期培养新闻干部，新华总分社派赴前方之人员，其调动权属于新华分社，其政治待遇应根据总分社之鉴定并参照部队干部标准确定之。

七、前线野战分社所到之作战地区，当地分社应主动配合，在人力、通讯联络工具及实际采访活动等各方面予以积极协助。

（《晋察冀日报》1947年4月20日）

邯郸广播电台节目预告

【新华社晋冀鲁豫十八日电】邯郸新华广播电台，顷发出节目预告，该台自本月二十五日起，每日增加文艺节目半小时。每天□七点起轮流播送新闻、新华社社论、一周战况、一周国际动态、晋冀鲁豫解放区战况及各种专论等。十点起轮流播送重要新闻通讯、故事、解放区文艺作品介绍、话剧、歌剧、歌曲、秧歌、小调、快板等。十八至二十点转播陕北新华广播电台各种节目。邯郸广播电台的呼号是"XGNT",波长四九点二公尺,周率六零九六千周。

(《晋察冀日报》1947年4月21日)

中央局宣传部召开边区文艺座谈会

决定开展创作与乡村部队文艺运动

【本报讯】三月十三日中央局宣传部召开边区文艺座谈会。此会目的,正如中央局宣传部长周扬同志在致开幕词中所宣布,为交换文艺工作者自毛主席"文艺座谈会"后下乡入伍的经验,并初步总结边区提出"穷人乐"方向以来乡村文艺运动的经验,进一步组织文艺界的力量,使文艺能更好地反映当前伟大的自卫战争、土地改革及大生产,更好地为工农兵服务。

会议曾经过相当准备:新年时宣传部即派出专人调查了平山柴庄、阜平高街、唐县杨家庵村剧团及各村附近的乡艺活动。中央局文委留冀中同志在成仿吾、沙可夫同志领导下,也进行了一定的准备工作。到会者有:丁玲、艾青、田间、康濯、周巍峙、蔡若虹、刘皑风、王林、胡苏、郭维、朱卫华、曼晴、汪洋、郑红羽、侯金镜、冯宿海、韩塞、田灵、田野、王莘等同志共三十余人。会议历时将近半月,根据大家讨论的结果,中央局特做出了三个决定:一、开展边区文艺创作。二、开展乡村文艺运动。三、贯彻为兵服务方针,开展部队文艺工作。(以上三个文件均见今天本报)

关于乡艺问题,首由朱卫华、王林两同志分别介绍冀晋、冀中两地情况，根据去年的统计，冀晋现有村剧团一三八一个，达行政村数的百分之五十八，土地改革期间村剧团大量演出《白毛女》及群众自己创作的翻身剧。配合自卫战争，在同蒲路、大同、平汉战役期间均有大量村剧团随军演出，有的到伤兵医院，战斗间隙到连队中去，鼓舞士气，密切了军民关系。除戏剧外，文艺上各种小形式亦很发达。去年六月文教会上征集文艺创作，截至去年底收到稿件达八十多种，今年收到三十七种，现已出版者有十一种（乡艺丛书）。冀中方面，乡艺亦甚活跃，村剧团已恢复，有的地区并已超过"五一扫荡"前规模（那时冀中有一千七百多个村剧团）。土地改革中涌现出农民翻身剧团，剧团与翻身队结合，如安国护持寺剧团。美术工作者与武强民间画家合作创造了十一种年画，在短期间内即销售了八十多万份。安国博野一带说书的很多，土地改革中农民创造了许多翻身歌谣，冀中出版了《平原杂志》《歌与剧》等刊物，平原戏剧丛书□种。冀中有些地区旧剧颇盛，亟待改制。联大到冀中后对乡艺与一般文艺工作均起了推动指导作用。会上艾青、周巍峙同志详细地介绍了他们在这方面的经验，认为这些工作帮助了群众，同时也充实了自己。另外大会还听取了康濯、侯金镜、郭维等同志关于柴庄、高街、护持寺等村剧团的典型报告，大家一致称赞柴庄剧团是村剧团的模范，他们的创作道路与密切联系群众的作风，值得学习。会上，对过去乡艺成绩的估计，"穷人乐"方向的认识，今后乡艺活动的具体方针，乡村文艺统一战线，专业文艺工作者与乡艺关系，以及领导问题，均有热烈讨论，最后获得了一致的意见。

关于部队文艺工作，会上军区抗敌剧社郑红羽同志做了关于该社二次入伍经验的报告，郑红羽很生动地叙述了剧社同志为贯彻为兵服务的方针，到火线上到连队中去，在敌人的炮火下面与战士们生死患难在一起，体验了战斗生活，他们开始认识了战士的伟大，产生了强烈的爱兵的感情。他们思想感情自然而然起了变化，因而创作上也有了很大进步，既反映了士兵的生活、思想、感情，又能适合战争的情况，所以他们受到战士欢迎，改变了过去"做客""访问"与兵"隔膜"的现象。会上对郑同志的报告均感满意，对某些部队剧社机关演出过多，为兵服务不够，亦有检讨。一致相信抗敌剧社入伍经验，必将推动部队文艺工作者更好地为兵服务，并产生更好的为兵的作品。

关于文艺创作，大家列举了"文艺座谈会"以来边区有名的作品，如《李国瑞》《穷人乐》《王秀鸾》《过光景》等等，及其创作的经验。指出"文艺座谈会"后边区文艺运动走上了新的阶段，不过，创作运动还远落后于边区实际斗争，特别是今天伟大的自卫战争与土地改革，文艺上反映十分不够。会上讨论了有关创作上的许多问题，如主题与生活、真人真事与典型、内容与形式、思想与技术等等，最后一致认为目前应开展创作运动，鼓励大家多写，写战争、写农民翻身斗争、写群众生产，用文艺加强我们的各种斗争。为此，文艺工作者应更深入到群众实际斗争中，多少伟大的题材正等待他们去写，会上决定《长城》复刊，同时为了征集评奖文艺作品，特由成仿吾、沙可夫、萧三、艾青、丁玲、周巍峙、刘皑风、周扬、邓拓、王延春、毛铎、张致祥、田间、丁里、江丰、王林、陈鹏同志等十七人组织作品评奖委员会。

最后由周扬同志发言，号召大家把会议的精神带到实际工作中去，全边区文艺工作者更好地组织起来，团结起来，为伟大的爱国自卫战争、土地改革服务，为工农兵服务。（全文见明日本报）会议于三月二十六日结束。

【又讯】为了适应文艺座谈会关于加强文艺创作的号召，边区诗人由艾青、萧三、田间、曼晴同志发起组织诗歌研究会。目的为：（一）对中外古今诗歌，尤其是中国民间诗歌以新的立场和方法进行研究与学习，交换心得和经验。（二）交换阅读创作，互相研究批评。(三) 推动边区的诗歌创作,帮助工农兵的诗歌创作。目前活动方式,着重通讯联络,分区活动。

(《晋察冀日报》1947年4月25日)

中共晋察冀中央局关于文艺工作的三个决定

一、开展边区文艺创作的决定

(一) 边区文艺工作者,在抗战后即参加了伟大的对敌斗争与根据地的建设,做了许多工作,产生了不少作品,有相当贡献。特别是毛主席《在延安文艺座谈会上的讲话》以后,边区文艺工作者,实践了与工农兵结合的方针,在文艺创作的各个部门,出现了许多新的作品,反映了群众的生活斗争,同时推动了乡村与部队的文艺工作。这些活动对抗日与爱国自卫战争,对减租生产及土地改革,起了重大的作用,使边区的文艺运动进入了新的阶段。但是比起急遽发展与无限丰富的现实斗争,文艺创作上的反映依然显得薄弱,尤其是自卫战争时期,更显得不够。因此,有进一步开展文艺创作的必要。

(二) 目前解放区人民正进行着大规模的爱国自卫战争,我们的文艺应该为爱国主义的自卫战争服务;反映战争,鼓动士气,歌颂人民的新英雄主义;反映人民的生产、拥军、优抗和一切为了取得胜利的行动与爱国热忱。

同时我们的文艺应该反映中国历史上空前未有的土地改革运动,广大的贫苦农民获得了土地,打碎了几千年的封建枷锁。也只有翻了身和翻了心的农民大量地涌向前方,保卫既得的胜利果实,才是自卫战争力量的最丰富的源泉,将使自卫战争取得最后的胜利。

（三）文艺工作者在帮助乡村、连队与工厂的文艺工作中，起了很大作用。工农兵群众已表现他们丰富的创作才能，文艺工作者对此应有足够的认识，应虚心向他们学习，而且应以更大的力量继续帮助他们，并注意培养工农兵文艺干部。

（四）由于文艺工作者与群众结合的结果，在创作上产生了很多用工农兵的语言，为群众所喜见乐闻的形式的作品。为了广泛反映丰富复杂的现实生活，各种形式，只要是为群众所欢迎的，都应该让它们有自由发展的机会。同时应批判地接受中外的文艺遗产，而特别是对中国民间文艺，应继续学习与研究。

（五）为了更好地为工农兵服务，文艺工作者应更踊跃和更深入地到群众斗争的暴风雨中去，彻底改造自己的思想感情。为了更好地服务政治和更有力地表现群众的新的生活，文艺工作者应研究与掌握每一时期、每一运动的各种政策，并不断地加强自己的业务学习。

（六）各级领导机关，应重视文艺创作在完成政治任务、推动工作、教育群众上的巨大作用；应加强对文艺活动的领导，在政策思想上帮助文艺工作者，给予工作上的便利条件；并应奖励优秀作品，及时纠正文艺工作中可能发生的偏向。文艺工作者相互之间，应经常取得联系，交换总结经验，使文艺界更能发挥集体力量，为完成文艺上的反帝反封建的伟大任务而继续奋斗。

二、开展乡村文艺运动的决定

（一）抗战后边区的乡艺运动，即有了很大的发展，特别在毛主席延安文艺座谈会讲话之后，边区提出和执行了"穷人乐"的方向，在扩大解放区和大生产运动的基础上，使这一运动进入了新的阶段。新文艺开始为广大农民群众自觉地掌握，具体地反映与推动了对敌斗争及群众政治经济上的翻身，充实了群众生活，并教育了群众自己。

在文艺各部门中，特别是戏剧上，表现了群众丰富的创造才能，展开了边区新文艺运动史上灿烂的一页。目前乡艺发展已具有广大群众运动的规模，应进一步地组织这个运动，密切配合爱国自卫战争、土地改革和大生产运动，更好地为群众服务。

（二）边区的"穷人乐"方向，是毛主席文艺方针在群众文艺运动上的具体实践，对乡艺的发展起了极大的指导与推动作用。这个方向的基本精神，是充分发扬劳动群众在文艺上的创造性，使文艺更直接普遍地为群众服务。这个方向的基本方法是群众亲自动手的集体创作。平山柴庄村剧团是实践"穷人乐"方向的一个好榜样，它的特点：1. 全心全意为群众服务，按群众意见办事，为全村群众所喜爱。2. 及时地密切地为中心工作服务；针对群众思想情况，进行宣传教育。3. 不误生产，不浪费金钱，有艰苦朴素、团结互助的作风。乡艺的各个部门，应根据具体情况，学习他们的精神。

（三）乡艺活动必须以群众的需要与自愿为原则，从村剧团不脱离生产的业余性质出发，适应农村战时环境，服从战争与生产，不误勤务，不迟农时；村剧团经费由自己生产解决，不在村财政开支。因此，乡艺活动一般的应有季节性；应以本村活动为主；应大量开展小型活动，演小戏及进行其他各种艺术小形式（如说书、洋片、歌咏、快板、壁画、街头诗等）的活动；演戏不讲求布景，不用或少用灯油，不吃公饭，克服某些铺张浪费及其他脱离群众的作风。

（四）乡艺创作，反映了群众斗争的丰富内容，大多数作品写本地实事，真实、亲切，教育意义很大。今后应更加大量地发动群众创作，提倡反映本地实事，表扬积极人物与英雄模范，正确适当地批评工作中的缺点与某些消极落后现象。在创作形式上，应尽量采用群众自己选择的、喜爱的、熟悉的形式，即群众批判地接受了的新形式（如话剧、活报等），利用与改造了的民间固有形式（如梆子、秧歌、说书、年画等），特别是群众综合民间戏剧、音乐、歌舞、话剧、活报、快板等各种形式所创造的新歌剧，更应该发展。

（五）乡村知识分子与民间艺人，在乡艺运动中有相当重要的贡献，应更好地团结与发挥他们的力量。乡村知识分子一般地与群众有比较密切的联系，但他们有些思想感情还和劳动人民有一定的距离，需要进一步深入群众生活，向群众学习，与群众共同创作，全心全意为群众服务。民间艺人在艺术上有很多经验和技能，但他们的思想艺术观点还有某些保守甚至落后的部分，需要加强思想学习，吸取新的经验，积极改造旧形式，创造新形式。

（六）专业文艺团体和文艺工作者，在边区乡艺工作的开展上起了很重大的作用。同时，正确解决他们与乡艺的关系，乃是正确解决文艺普及与提高的关系的中心环节。他们应把乡艺工作列为主要任务之一（部队文艺团体和部队文艺工作者主要任务是为兵服务），虚心向群众学习，并进行以下的具体工作：1. 研究、介绍及指导乡艺创作。2. 培养典型，总结交流经验。3. 培养训练乡艺干部。

（七）乡艺运动是群众文教工作的一个重要部分，各级领导机关，须重视与加强乡艺的领导，在政治上掌握方向、指导创作、审查作品，加强对村剧团和其他乡艺工作者的教育与帮助；在村的领导上，应注意调整乡艺组织与其他群众组织间的关系，并统一文教活动的领导。

三、贯彻为兵服务方针　开展部队文艺工作决定

（一）晋察冀部队文艺工作，继承红军时代的传统，在残酷的敌后抗日游击战争的环境中成为部队政治工作的有力武器，起了很大的作用。从毛主席《在延安文艺座谈会上的讲话》以后，部队文艺工作者在思想上、工作上有了新的变化。特别是自卫战争以来，在坚决

执行为兵服务的方针下，有了显著的进步和成绩。部队文艺工作者积极地深入连队，加强了活跃部队、鼓舞士气与政治教育的作用。在参加部队的实际斗争中，也改造了文艺工作者自己。反映部队的作品，量与质均有增加与提高，工作作风亦有改进，同时推动与帮助了连队的文艺活动。但必须指出，现在的成绩还是初步的和极不平衡的，还远不能满足部队和战争的需要。因此，从思想上、工作上继续认真贯彻为兵服务的方针，开展部队文艺工作，仍然是极其重要的任务。

（二）军区政治部抗敌剧社入伍的初步经验证明：文艺工作者经常地深入连队，和战士共同生活在实际斗争当中，使自己的生活、作风、思想、感情逐渐和他们融合在一起，为他们伟大的英雄行为所感动，这样产生的文艺作品，再现在战士面前，就容易被接受、喜好，并得到他们的修正与充实，同时更激起了战士们自己的创造热情。战士们把自己的生活和斗争，反映在墙报、快板、歌咏、舞蹈、绘画和戏剧中，应该认识这种战士们自己的文艺活动是我们部队文艺工作的重要部分，只要加以组织和推动，就会形成部队群众性的文艺运动。文艺工作者在影响与推动连队文艺活动的过程中，得到学习。这样的结果，就会使整个部队的文艺工作，全面地开展起来。因此部队文艺工作者除了本身的创作活动外，应以很大力量帮助连队文艺活动，使"穷人乐"方向在连队中也得到贯彻。应利用适当时机，有计划地开展部队群众性的文艺运动。

部队文艺工作者进行活动时必须适应大规模运动战中的部队情况，灵活地掌握分散与集中的方法。在作战情况下，文艺工作必须主动及时地以战斗的姿态伸展到火线上去。历次战役中，火线艺术工作组（三人至五人携带轻便乐器，采用大鼓、快板、歌唱形式，即编即演）和战壕画报、战斗小报、坑道鼓动组、鼓动棚以及政治攻势中的各种宝贵经验，应该予以研究和推广。

总之，要贯彻文艺为兵服务的方针，必须培养与发挥广大战士与干部艺术运动的积极性与创造性，必须使部队文艺工作者参加部队的实际斗争，必须使文艺与广大战士干部相结合，与部队基本□和各个时期具体的任务相结合，才能开展部队群众性的文艺运动，才能改造文艺工作者自己，才能改造部队文艺工作，与产生反映部队和战争的好作品。

（三）为了贯彻文艺为兵服务方针，部队政治机关在领导上不但要正确地掌握原则，还必须加强业务领导，经常地检查工作与总结经验。重视广大战士干部的艺术创造天才，予以及时的鼓励和提高；注意培养与教育部队文艺工作者，从思想上、政治上、工作上提高他们，并予以工作上的便利条件，及关心他们的生活。

（四）一切部队文艺工作者必须认识，为兵服务，就是最具体的为人民服务。一切部队文艺工作者，应该毫无例外地、全心全意地深入连队投入战争中去，为人民立功，把丰富、生动、可歌可泣的自卫战争中的人民子弟兵英勇战绩及时正确地反映出来，负起巩固提高部队战斗力战胜敌人的光荣任务。在晋察冀的文学家、艺术家、文艺工作者们，应该更多地到部队中去，到前线上去，为我们伟大的爱国自卫战争服务。

（《晋察冀日报》1947年4月25日）

《长城》复刊征稿

边区文艺月刊《长城》决定复刊，拟于最近出第一期，征求各种文艺创作，特别欢迎关于爱国自卫战争、土地改革、生产运动的作品——小说、报告、诗、歌、剧本、绘画、木刻、摄影等，以及文艺理论批评的文章、外国文艺的翻译介绍等等。此外，关于乡村文艺运动及部队、工厂文艺活动的稿件,都很欢迎,希同志们踊跃投稿!

《长城》通讯处暂定:(一)边区时代青年社转;(二)冀中文协转;(三)束鹿平原宣教团转。

(《晋察冀日报》1947年4月29日)

冀热辽文艺工作的纪念碑《苦尽甜来》演出

【新华社冀热辽二十五日电】被誉为"冀热辽文艺工作的纪念碑"的《苦尽甜来》一剧,于四月二十日在林西演出。此剧为城北十八里大营子村真实的故事。剧中的人物除崔家父子以外,都是真人演真事。大恶霸地主崔大发,过去是该村的"土皇帝"。共产党八路军来了,受苦的人们站起来,清算了几十年的血海深仇,分了土地。张万生过去是被崔大发逼着卖女儿的,李青保在斗争中他是头行人,现在已被推举为农会主任。该村群众翻身以后,组织合作社,开展大生产,日子正在一天天甜起来。在冀热辽军区文工团同志的协力之下,组成村剧团,不满十日,排成此剧。

【新华社冀热辽二十五日电】冀热辽文工团本月二十一日开会欢送大营子村剧团。会上赵毅敏同志代表冀热辽分局向该团二十六位农民团员致敬。他说:"从前唱戏的大多唱古来的事,与老百姓无关,但今天不但'现在人演现在事',而且你们已做到'自己人演自己事',过去朝朝代代都是唱戏给那些自称为人民'父母官'的青天大老爷看的,今天是演给老百姓看啦!别的营子看了也学你们一样翻身过好日子,这是很有用处的。"会后,文工团晚宴庆贺,分局特赠二十万元作为剧团基金。

(《晋察冀日报》1947年5月1日)

繁峙看守所犯人组织"自新剧团"

【新华社冀晋讯】繁峙县看守所犯人,在审讯股股长、股员领导教育之下,利用游戏娱乐时间,排出《逼上梁山》全本;并由犯人们集体创作新剧《问路》《穷人乐》《吃洋烟的下场》,过年时曾表演两天,得到群众大大的欢迎。后来又接二连三地演了好几次。剧中《问路》里站岗的负责;《穷人乐》里穷人们的设法慰劳前线将士,购置生产工具;《吃洋烟的下场》里吃洋烟的卖妻鬻子、行乞,神堂里的自尽,都能给群众们很深刻的印象。尤以犯人中郭西城扮演洋烟鬼,因为他进所时,还犯烟瘾,反省到自己吃烟的伤心,真能表演得使人痛哭流涕。群众一致说:"民主政府对犯人的教育真好!从这戏里就看出犯人们改造精神很够!真不愧名为'自新剧团'。"

(《晋察冀日报》1947 年 5 月 3 日)

苏联作家联盟电贺中国文艺节

【新华社陕北二日电】莫斯科三十日广播:际逢行将到来的中国文艺纪念节(五月四日),苏联作家联盟特向中国进步作家致电祝贺。原电称,代表苏联各盟员共和国作家团体我们向我们的同行——中国进步作家们致兄弟的贺忱,我们祝贺那些作家们,他们的作品为"解放人的一切力量,以创造不愧为人的生活方式"(高尔基)的崇高理想鼓舞着。中苏文学界的友谊,已铜铁般的巩固,在艰巨的战争考验中更得到了增进。我们切愿伟大的鲁迅的话:"我祝贺中苏文学界携手!更洪亮起来,使大家都能听到。"签名者有法捷耶夫、肖洛霍夫、西蒙诺夫、吉洪诺夫等。

(《晋察冀日报》1947年5月4日)

联中文工团到井陉演剧慰劳矿区工友

刘汉

【新华社晋察冀前线一日电】边区联中特派甫由冀中归来文工团前往井陉矿区工作，该文工团已星夜赶到井陉矿区。矿区工人听说文工团来慰劳演剧，甚为兴奋愉快。工人们说："国民党中央欺骗压迫我们工人，三个来月粒米不发，文钱不给，大家饿得东拉西借的，无亲无靠的只好卖儿卖女度日。共产党八路军解放了我们，给我们工人发粮支款，说话走路都自由了。现在又派演剧团来给我们演剧慰劳，共产党待我们工人真比亲爹娘还亲，我们今后一定跟着共产党毛主席走，再不受蒋介石国民党的骗了。"

(《晋察冀日报》1947年5月4日)

前线摄影记者拍制战斗活动
某地战地照片展览观众踊跃

【新华社晋察冀前线一日讯】南线战役中，摄影工作者同战士一道攻城夺堡，英勇机智地完成了摄影报导的任务。攻正定时，某部摄影股长刘峰同志，紧跟着主攻部队的突击奋越过护城壕，在距城墙三十米达的炮火硝烟之中，拍下了梯子组奋勇突进的场面，接着□随□连登上城头。这时部队一面向两翼扩张战果，一面构筑工事准备迎击敌人的反冲锋,他又迅速地把这些场面摄入镜头。解放井陉城及井陉矿区的战斗中,某部摄影股长袁苓同志和摄影记者孟庆彪同志,不仅冒着浓烈的炮火拍摄了战斗的全套照片,而且用摄影机做了生动的战场鼓动工作。有一个自告奋勇的工兵爆破组,马上要去爆破井陉东关,袁苓对他们说:"给你们拍一张照片吧,等你们立了大功,拿到画报上发表!"战斗结束了,他们不顾疲劳,马上又转入井矿恢复工作的采访。某部摄影记者高粮同志,在解放栾城之战中,始终寸步不离突击队,从冲锋、爬城、建立城头阵地、向城内敌人压缩以至俘虏缴械等紧张场景,都一一收入镜头。他们不仅在战场上英勇拍照,战斗结束之后不休息,还连夜把底片冲出晒成照片,发到部队轮流展览。现在,这些生动的材料已寄至晋察冀画报社,准备陆续刊入《晋察冀画刊》。(赵启贤)

【新华社晋察冀前线分社一日讯】前线记者张磊报导:石家庄外围作战攻克正定、栾城及正太东段,光复井陉矿区、井陉城等战斗照片,已由前线摄影记者交来军区画报社,经该社冲洗放大后,连日在某地展览,群众前往参观者十分踊跃。"瞧,咱们大炮多大啊!"看到自己大炮正向正定城轰射,老百姓个个兴高采烈。炮弹爆炸喷出浓厚硝烟的地方,敌人的堡垒正在倒塌下去。俘虏蒋伪军官照相的展览室内,有蒋军第七师少将副师长刘海栋、十九团副团长廖哲、伪十四团团长张之弼□等照片。他们有的虽然仍旧穿着美式陆军军官的制服,但精神显得非常委顿,不像过去盛气凌人了。廖哲已经换上了小褂,头戴礼帽,化装的确实像个小商人,可是逃不出解放区军民锐利的眼光。群众从照片中看到子弟兵勇士们争先冲锋、抢渡微水河、架梯夺城等奋勇姿态,赞扬不绝。老太太们交头探询:"你说,这是谁家的好小子?"敌人在我军刺刀下,纷纷举手交枪的紧张场面,最使观众兴奋,久看不走。今日国际劳动节,好些工人在细心参观井陉矿区的照片，他们看到矿区设备完整无损，大烟囱正冒黑烟拍手叫好，他们为井陉矿全体矿工兄弟的解放而庆幸。

（《晋察冀日报》1947年5月7日）

晋察冀日报社新华总分社启事

因本社编辑大部、记者全部出发前线或下乡搞土地改革，家中只有少数人员坚持工作，实无力再做各机关团体活动之采访，特请各机关团体通讯小组、通讯员同志加倍努力，负责报导本单位各项活动，并请各负责同志加强领导。此启。

（《晋察冀日报》1947年5月12日）

人民大众文化的胜利

苏联纪念出版节

现有七千种报纸发行三千万份，

八万五千种书籍印行一百一十万万份，

斯大林著作印行四万七千万份。

【晋察冀陕北十日电】综合报导：苏联人民热烈地庆祝了出版节，并总结了苏联出版工作的空前伟大成就。五月五日是苏联的出版节，三十五年前由列宁、斯大林创办的《真理报》就是在这一天出版的。因为苏联人民在新闻和出版工作中起着最积极的作用，这一节日被苏维埃共和国广泛地庆祝着。在节日前夜，莫斯科各地区的墙报编辑、工厂报纸编辑、工人通讯员和许多读者，都分别开会纪念。莫斯科出版界与工人通讯员的代表们五日在职工会大厅开会纪念，出版界照例地检讨它的成就，并计划今后的工作。据统计，现在苏联全国共出版七千种报纸，发行三千万份。苏维埃革命以来已出版八万五千种书，共印了一百一十万万份，仅一九四六年一年内就出了二万三千种书，共印了五十万万份。平均每种书的发行额是两万份，比一九一三年帝俄时代每种书的发行额超过□倍。名作家的作品都是数百万份地出版着，例如高尔基的作品就译成六十六种文字，发行了四千三百万份。肖洛霍夫写的苏联最流行的小说《静静的顿河》已印出了百万部。苏联的书籍、杂志和报纸经常用一百一十五种文字印行，其中包括革命前还没有文字的那些民族的方言。列宁、斯大林的著作已经用苏联各民族的文字出版，列宁的著作已印行了一万五千四百五十万份，斯大林的著作已印行了四万七千零五十万份。虽印出书籍数目如此巨大，但仍供不应求。

【新华社陕北十日电】莫斯科讯：《真理报》于五日发表社论，纪念苏联出版节，略称，因为广大群众直接有创造性地参加出版工作，以从事□实际的社会主义建设，苏联出版界是强有力的。我们把出版节作为苏维埃社会主义民主的胜利，它在历史上第一次向全世界显示出建立真正自由和大众化的报纸的范例。不论各个角落里反动的假民主分子对他们的"新闻自由"叫嚣些什么，新闻自由在资本主义当权的地方是不可想象的。社论继称，今天面临战后斯大林五年计划的重大任务，人民要求报纸、杂志和书籍的出版社及新闻记者同作家们，提高他们的工作到新的更高的政治水平。社论指出，苏联报纸在宣扬斯大林外交政策及反对国际反动派阴谋计划新战争上面，起了重要作用。我们的报纸一定永远坚决地为各国间的巩固和平和友谊而奋斗，永久而坚定地保卫自由与民主的利益。

（《晋察冀日报》1947年5月12日）

栾城新区宣传工作初步经验

栾城是新解放的地区，我们在栾城入城宣传和乡村宣传中有以下体验，今介绍供各区参考：

一、放下自己的宣传要点。先了解一下群众需要什么，要想做到我们所说的正是群众想知道的问题，就必须先做一番调查工作，但是怎样进行这项工作呢？我们的经验是最好用交朋友、套老乡、闲扯、慰问等方式，这些方式是最容易接近群众而且可以了解真实情况的。在栾城一家商店里，开始谈话时对方是诚恐诚惶，恭维备至，但说到家乡住处相隔不远，便就熟多了，心里的话就全都讲了出来。对于常跑外的人，谈交朋友，正投他的脾气，便就滔滔不绝地谈起来。

二、要密切配合地方工作。我们解放一个地区，必然有许多新的措施，我们的宣传添上这些内容就会更使群众注意。譬如在入城后，要兑换伪币，要设立伪军伪组织人员登记处，等等。我们在宣传中要告诉群众兑换所在什么地方，什么比值，限期几天，登记处在哪里，登记有什么好处，这些具体问题对群众有切身利害，群众也最注意。

三、宣传内容要逐步提高。这里包括两方面，一方面是打破了群众对我们的怀疑和了解了主要的问题后，再提高一步。譬如关于蒋介石的卖国独裁问题，使群众首先从具体事实明确以后，再进一步从历史上来认识蒋介石的本质。另一方面是根据群众的认识程度，逐步提高。譬如发动群众斗争，有的同志在解放的第一天，便宣传有仇报仇，有冤报冤，这样反使群众惶惶不安，敬而远之。所以必须经过稳定人心与启发诱导，再结合地方工作，有步骤地进行，方能收效。

四、以我们的模范行动通过群众扩大宣传面。新解放区之小学教师、学生、抗属，是帮助我们扩大宣传的重要力量，我们要把握与接近他们。此外要组织每个工作人员、每个战士进行宣传工作，特别是用模范的群众纪律来影响群众,从积极地帮助群众做活中来做宣传,其效力会更大。群众惊奇地看着战士们担水、扫院子、铡草,认为这是天下顶好的军队。最近□宁部队发起每天给房东做一件事情的号召,这会让群众对我们进一步认识。

五、与敌特造谣搏斗。在新解放区一般特点,是敌特组织多,反动势力强,我们要随时搜集与揭破谣言,以安定人心。(新华社冀中分社稿)

(《晋察冀日报》1947 年 5 月 13 日)

联大文艺学院研究室通讯指导股启事

为了使文艺学院教学及研究工作和当前的文艺运动更密切地联系起来,特于本院研究室设通讯指导股,各地文艺工作同志在工作中所发现的问题或工作的情况与经验,希望能随时函告本股,以便交流经验,组织研究,必要时并设法给予解答,或在报上提出讨论。来件请寄《晋察冀日报》编辑部转。

此启

联大文艺学院研究室通讯指导股

(《晋察冀日报》1947 年 5 月 22 日)

火线剧社入伍同志全力为兵服务

备受广大战士欢迎

【新华社冀中二十四日电】此间火线剧社入伍同志,积极为兵服务,收到良好成绩。战士们不愿离开他们,管他们叫"离不开"。北

郭丹战斗中，郭生林同志与战士们一同作战，有的新战士不敢抬头监视敌人，郭同志向他们动员解释，并拿过新战士的大枪射击敌人，带动了新战士作战。田禾同志受了伤，把自己身上带的两个鸡子自己不喝，交给了没下火线的战士，并说："你们很辛苦，这两个鸡子你们留着喝了吧。"后来田禾同志因伤势太重而牺牲了。傅社长帮助动员担架，因为找不到民夫，他们就自己动手，和宋玉英、田晓等同志把担架亲自背上战场。"小苏联"同志自动地借铁锹修工事、烧水、送水。秀明、石茵看护伤员，同彦、封志在战场做动员工作，并向老乡做宣传。该社四位老同志在作战行动中，依然精神十足地紧跟着队伍，一个掉队的战士说："女同志还能跟上哩，咱哪能落个草鸡哩！"就咬牙跟上了队伍。到达目的地的第二天清晨，战士正在睡觉，他们又到各班慰问战士并搜集反映。他们没有得到充分的休息，于行军第二日放弃休息和几个男同志到某地准备行军动员，因为该村接近敌人。他们报告胜利消息，并唱歌、跳舞。部队通过该村时，他们以临时粗制的歌子唱着欢迎军队，老乡们也个个面带笑容，鼓掌欢迎，忙着给队伍送水，问饥问渴。战士们见了情绪顿呈高涨，连掉队的同志也精神十足地跟上了队伍。

（《晋察冀日报》1947年5月27日）

沪《文汇》等三大报被蒋党勒令停刊

伪宪狗皮宣告拆穿

【新华社陕北二十五日电】中央社二十四日讯：蒋介石之淞沪警备司令部已强迫上海著名之《文汇报》《联合晚报》及《新民晚报》三大报纸于二十五日停刊，该部"命令"称："查该报连续刊载妨害军事之消息,及意图颠覆政府破坏公共秩序之言论与新闻,本市为戒严地区,应予取缔,依照戒严法规定,着令该报于二十五日起停刊,毋得延误。"又据法新闻社称,蒋记中央宣传部已以电话训令南京各报馆,禁止对此三家报纸之停刊表示任何同情,因为在目前上海的紧急情况下,宪法所保护之"出版自由"已不适用。

(《晋察冀日报》1947年5月27日)

冀中文化界协会召开文艺座谈会

【新华社冀中二日电】冀中文协于上月二十日召开文艺座谈会,座谈文艺为战争、为土改服务问题,到会有文协、火线剧社、前线报社、行署教育厅、冀中导报及冀中文艺工作者三十余人。周扬与丁玲同志赶到冀中,来亲临指导。座谈中首由火线剧社代表张同志,报告该社此次入伍接近战士同上战场所受到的思想的改造与情感的体会。政治部王沫同志报告战士对文艺工作者的要求,和对艺术形式内容的喜爱与批评。他说:"战士对我们文艺工作者一方面是迫切要求我们吸收他们的新英雄主义,用各种艺术形式表现出来。另一方面希望我们能够给他们艺术成品,来给他们以安慰与鼓励。"各文艺工作者并就近来在生活创作上的体会与困难纵情谈吐。周扬同志在讲话时指出,这个问题均可在群众路线的体会与实践中得到解决。他说:"今天文艺工作者与工农兵思想情感相结合仍是我们的根本问题。"谈及创作上的群众路线时,他又说:"这就是用群众的语言与他们喜爱的形式来反映百分之九十群众的意见和情感。"关于创作如何□□政策,他说:"文艺工作者必须学习政策,不懂政策就不能表现解放区的群众。但掌握政策不是从□文出发,而是表现政策在贯彻中群众如何行动起来,如何实践与创造。"关于入伍下乡的工作方法,他说:

"应该首先做工作，然后才是写作。"最后并号召专业文艺工作者用带徒弟、交朋友的方法培养工农兵新作家。丁玲同志用她自身的经验告诉大家，下乡后如何工作与接近群众，并如何将生活渗透到创作中，此次座谈对冀中文艺工作创作将有很大推动。现文协同志已准备于近日下乡，参加地方工作。

(《晋察冀日报》1947年6月4日)

《冀热察导报》创刊

【新华社察哈尔六日电】冀热察讯：为坚持与发展冀热察敌后根据地各项斗争，指导当地实际工作，冀热察区党委机关报《冀热察导报》已于五月一日正式创刊。该报社在去冬□告成立尚不及着手筹备时，即遇□傅军联合对该区疯狂"扫荡"，报社当即派一部干部□□东地委领导下，坚持出版□□油印的《前线报》，并派出记者采访，□□人员随军发刊新闻快报，与蒋傅军顽□周旋，坚持该区新闻工作，及时传布胜利消息。同时在战斗情况下，该报特派记者干部在该区帮助当□□□□方工作，建立"家庭"，以备在任何恶劣情况下坚持出□。今年二月下旬局面较稳定，该报遂出版隔日刊之预刊，迄"五一"始正式创刊，并改每日刊。该报□□为油印报纸，现已销□千份，遍及全区各县。目前报社全体成员正以高度对党对人民负责精神，开展立功运动，誓□油印报□□得更好。并将克服一切艰难，积极筹备出版铅印报中。

察哈尔日报社新华分社致电祝贺

【新华社察哈尔六日电】察哈尔日报社与新华社察哈尔分社全体

职工，欣闻《冀热察导报》正式成立后，特驰电祝贺，互勉励自卫战争□最后胜利，为建立独立和平民主的新中国的光荣事业奋斗不懈。

(《晋察冀日报》1947年6月9日)

西北前线文艺宣传活跃

【新华社西北十一日电】西北前线文艺宣传活跃，陕甘宁边区文协洋片组在行军中，日夜赶画洋片，编写唱词，已创作出五套洋片。内有《高彦喜杀敌》《活捉伪县长》以及《蒋胡军暴行》等，在前方即利用行军休息时间，给战士演唱。在后方的一组，单在某地一月即演出七次，战士群众均表欢迎，甚至有连看□场仍恋恋不舍者。洋片唱词已在群众流传，群众剧团亦在前线出现。羊马河战斗时，剧团人员并参加转运伤员工作，颇受各方嘉许。羊马河战斗后，该团立即演出慰问战士，《保卫和平》一剧，尤为战士及解放兵所称道。西北文艺工作团在自卫战争前后亦已分组深入部队与农村，他们亲身参加地方工作，收集实际材料，编写剧本演出。如以反对悲观失望为主题之《郭栓遭祸》，演出效果甚好，不但消除了部分群众因不了解时事而产生的恐慌不安心情，并使若干群众纷纷返家生产。群众剧团并直接深入部队，给战士读报、讲时事、说书。到了游击队即成为游击队之政工人员，积极从事各种宣传教育工作。

【新华社西北十一日电】自卫战争中，陕甘宁边区除各分区坚持出版分区报纸外，各□又自行编写地方小报，战时宣传工作日趋活跃。延属地委出版油印之《工作通讯》，经常介绍各地战时工作经验，并对干部思想作风中的倾向发表短论，指导工作。鄠县、甘泉地委编印之《战时快报》，专门报导自卫战战报，编排短小，印发迅速。鄠县还出版复写供干部工作参考的通报一种。《志丹通讯》已发十余期，指导该县工作，介绍各方面情况。该县还在街头经常编写黑板报教育群众。庆阳亦复写一种专门报导当地游击队消息的小报，每期一小张，编写迅速，干部易于阅读。除□带外，有些地方还编写宣传品。延长县复写给蒋胡军看的传单，即用快板的形式，写出蒋胡军受苦送死的惨景，语句通俗，音韵和调，易于记忆流传。

(《晋察冀日报》1947年6月13日)

正太战役中的宣传活动

李悦民

正太战役中，南线各县、冀晋中学、四师都组织了宣传队，组织形式大同小异。井陉宣传队的组织比较更健全，队下分设标语漫画股、宣讲股、文艺股。

标语漫画股的标语，有很多是街头诗，很觉醒目。如：

"绵河水，长又长，八路军进了井陉矿，农人把身翻，工人得解放，救命的恩人共产党。"

"麦苗青，桃花红，八路军进了井陉城，消灭了汉奸特务还乡队，穷苦人民大翻身。"

"顽固军，真混账，杀咱们人来抢咱们粮，砸咱们锅来掀咱们房，闺女媳妇更遭殃，三天抓人修炮台，两天清乡闹饥荒，闺女他娘泪涟涟，这个光景没法办。"

"太阳红，月亮明，解放区穷人大翻身，实行耕者有其田，种地人儿有地种，若是没有共产党，要想这样万不能。"

宣传股是专谈话讲演和拜门宣传，谈话中是儿童对儿童，妇女对妇女，收效很大。拜门宣传，不要故意地沿门拜访，那样是会引起每家门口站一个人专来应付你的，他们多借喝点水打听事问人办法到老乡家中，这个办法也很成功。在对大家讲演中，要和现实结合，光说蒋介石卖国，他们有些不关痛痒似的，说蒋介石国民党中央军修沟筑堡、抢粮抓兵则非常注意。

文艺股的宣传以打霸王鞭为主，还教歌子演街头剧。这里一个问题是演敌人杀烧抢掠的剧适合第一线，若在敌人久占的内腹地区排演，群众看了不很相信。不过他们的哑剧歌剧倒很成功，因为那是描述敌人整天价挖沟、修堡、筑墙，劳民伤财群众不堪其苦的压榨过程的剧，群众触目回忆，颇感觉到是实事。

获鹿的宣传队很及时，每收复一村，不过一天宣传队即赶到，所以那里敌人的标语口号很快便改写成我们的标语口号。他们一个成功的宣传方式，是夜间火把宣传。为了防空，白昼活动是不妥的，下午四点之后，一到夜间，人们又不肯出来，因而他们先以火把和锣鼓喧闹游行，会引出许许多多的男女老幼，然后霸王鞭、演讲、街头剧便活动起来了。

由于这次的宣传工作战委会没有主动掌握，完全交予各县自己搞，所以有计划、有组织□当的分配力量差一些，同时各县的宣教干部，对本职工作多不注意，只是配合中心工作，致造成宣传干部不宣传的情况，这是今后应克服的不良现象。

所得收获还是大的。

一、群众知道了共产党八路军是给人民办好事的政党和军队，敌人的欺骗被粉碎，群众对我们不害怕了。

二、群众知道了蒋介石卖国是为了内战，内战是为了独裁，美国的对华是没安好心的。

三、群众知道我们要发动群众清算复仇，土地改革实行耕者有其田，穷人真正翻身。

四、新解放区的穷人，敢主动接近我们，伸出手来向我们要粮食、要土地，敢和汉奸恶霸地主富农清算复仇。

五、群众说共产党、八路军、解放区真不简单啊。

总之造成了发动群众叫穷人翻心翻身的有利条件。（新华社冀晋稿）

（《晋察冀日报》1947年6月19日）

解放区文艺作品风行沪上

《李有才板话》等作品的写作道路备受推重

【新华社华中二十二日电】解放区作品风行沪上，继《李有才板话》《李家庄的变迁》《吴满有》等以后，又有《兄妹开荒》《白毛女》《吕梁英雄传》《王贵与李香香》及道林纸精印的巨册《北方木刻》《民间窗花》等。出版时《文汇报》的"笔会"，《联合晚报》（二报已被停刊）的"夕拾"，《时代日报》的"文化版"，《大公报》的"文艺"及其他报纸的副刊里，都有详细介绍。介绍解放区作品的文章，往往是这样开始："我以极感动的心情来读这本书""我以极感动的心情来介绍这本书""我被这伟大的人民斗争吸引住了，被这新的人民的形象所擒住了"。论到风格，总要提到解放区作品的朴实、茁壮、健康。《李有才板话》和《吴满有》的写作道路□在词歌大众化的论文中经常被提起和尊重着。上海几次木刻展览中，解放区木刻都受到很大称誉。每论到木刻在中国发展的历史，论到在由模仿西洋木刻到走上民族的大众的道路，解放区木刻也屡被提到。

（《晋察冀日报》1947年6月24日）

用笔杆子帮助农民翻身

一地委开展"写苦水报喜讯"活动

【新华社冀晋讯】为了在土地复查中进一步贯彻全党办报方针，使通讯工作为土地复查服务，一地委决定：从六月十五日起普遍开展"写苦水报喜讯"运动，号召全党同志们打破各种思想障碍，拿起笔杆投入这一运动，积极写稿，"用笔杆打击封建势力""用笔杆帮助农民翻身""要做到人人写稿，月月写稿""工作组到哪里，报导哪里""复查哪村报导哪村""把人民的痛苦与快乐记下来告诉大家"。

(《晋察冀日报》1947年6月24日)

捷保签订文化合作协定

【新华社陕北二十四日电】索非亚讯：保捷两国继签订贸易协定之后，又于二十日在此间签订文化合作协定。捷外长克里孟蒂斯在演说时，强调指出这一协定的重要性，并表示坚信接踵而来的将是两国政治合作协定的签订。

(《晋察冀日报》1947年7月4日)

美两大学学生致电中国学联 支援中国学生运动

费正清等教授要求蒋党释放被捕者

【新华社陕北三日电】纽约息：美国伊利诺伊、印第安纳两州大学学生援助民主联合会顷致电中国学生联合会，声援中国学生运动称："我们真诚地支持你们，并望你们再接再厉为民主团结的中国继续奋斗。"

【新华社陕北三日电】据美新闻处息，纽约《先驱论坛报》一日载称，美名教育家与其他名流二十三人，顷联合致电美驻华大使司徒雷登。吁请大使要求中国（蒋家）当局立即释放被捕之中国教授、学生及记者，以保障人权。署名该电之二十三人中有美国教育界名流、哈佛大学教授费正清（前美国新闻处中国分处处长），耶鲁大学教授凯尼，哥伦比亚大学教授裴斐等人。

【新华社陕北一日电】据美联社二十九日沪讯，中国国际人权保障会顷声称，最近该会接到美国各界人民团体抗议蒋政府用暴力镇压反内战反饥饿示威运动的□多电报，来自伊利诺伊州的美国青年民主促进会的一个会员的电报说："我们全心全意地支持你们□奋斗。"其他各团体一致赞成该会的要求，并鼓励该会继续为释放示威游行中被逮捕之学生及其他民主人士而努力。

(《晋察冀日报》1947年7月5日)

晋察冀电影事业新纪元

战争新闻录音影片创制成功首次放映

肖白

【新华社晋察冀前线八日电】创晋察冀电影事业新纪元之军区政治部电影队自摄自制自录音之《自卫战争新闻第一号》有声影片，已于野战直属队七月节纪念大会上首次放映。该片共分四部分：即（一）钢铁第一营授奖式；（二）解放定县；（三）正定大捷；（四）向胜利挺进。全片长□千□百余尺，摄制与创造适合农村战争环境之录音机以及□造其□□□等共历时二十月之久。在电影队全体同志加倍努力下，特别是汪洋同志积极组织领导，秦彦同志克服种种困难，创造□式录音机，苏克清同志□入火线摄制各种战争镜头，高明同志对调音，□文同志对显像洗印□贡献，终使这一现代化的电影事业在我晋察冀战争农村环境获得成功。此次放映效果极为良好，咸谓此片已达相当成熟阶段。闻该队□内即将赴前线各野战部队放映。

(《晋察冀日报》1947 年 7 月 12 日)

黄河岸上的广播台

【新华社晋冀鲁豫□日电】济源某村在黄河北岸，对岸是蒋区孟津县里的，黄河把他们划分成两个世界。当河水静静流着的时候，北岸的农民常常拿上太岳《新华日报》，把解放区自由幸福的生活情形和我军胜利消息广播给南岸的人们听，这些消息很快地传到洛阳，又传到很远的地方。

广播台开头是这样建设起来的，某村土地改革时，群众给"狗腿"璩成德家属分了一部分土地。一天璩成德的女人、十二岁的儿子璩立走过河沿，忽见对岸有个细长个子的人呆呆地立在那里，璩立眼明，看清是他爸爸，他娘便连忙叫喊着："立他爹！村里分了地了。农会照顾咱，过来吧，没事！"

原来璩成德在反奸细时曾跟地主勾结，后来跑过黄河南岸投奔了蒋军，但因受不住蒋顽压迫，常想回家，可是又不敢。当他听了妻子的话，便将信将疑地说："没有的事。是不是人家哄你啦？"

"一点不假，叫立儿说吧！"

"爸！咱家分了三亩地，一间房，回来吧！"

璩成德由此就回来了。广播电台也由此设立起来了。

晋南大捷时，广播台也跟着紧张起来。只要看见对岸有人，就广播起来。蒋军士兵对广播台特别感兴趣，常到河边来听广播。

"喂！晋南八路军打了大胜仗！"

"还有吧？"

"收复绛县、曲口……十几个县。豫北消灭第二快速纵队。……"

"还有吗？"

"陕北消灭胡宗南两个旅。"

以后就是每天如此，有时半夜对岸的蒋军还在问："喂！你们的广播台怎么还不开呀？"

（《晋察冀日报》1947年7月13日）

娱乐用具图书劳军

边区慰劳委会收到一批

【本报讯】边区慰劳委会最近收到各机关学校慰劳伤病员娱乐用

具、图书、日用品等甚多。兹合计列下：工交学院各种图书、杂志一三五册，棋类廿三副，扑克八副，口琴六只，胡琴一只，小提琴一只，笛子四根及肥皂等。行政干□图书一五□册，口琴两只。工业局图书四五册，象棋三副，扑克两副，口琴一只，照相机一个及人丹等。城工□图书五三册，扑克两副，毛巾一一二条，衬衣□件及袜子等。自新习艺所留声机一个。高等法院望景镜及影片一套，象棋一副。禁烟局图书五□册，棋类四副，扑克□副。边区银行图书五十册，棋类四副。第一邮局书籍六册。

（《晋察冀日报》1947年7月13日）

《真理报》书评盛赞小罗斯福新著

谓美国民主力量正日渐增高并成熟

【新华社陕北十三日电】莫斯科讯：《真理报》顷发表维克多罗夫对伊利奥·罗斯福所著《小罗斯福见闻录》一书之评论（此书俄译本已于最近出版），维氏称："小罗斯福乃受时事发展之迫入力量所驱使而写成此书，他高声抗议美国现行之帝国主义政权政策，并揭露美国政客扬言美国外交政策仍遵循故总统方针未变之无耻谎言。"维氏赞扬故罗斯福总统眼光远大，"乃真正现实主义之国际政治家。他熟悉历史教训，深知一个强国或强国集团建立世界霸权之强权政策，今日必归破产。他充分认识苏联乃国际间之巨大力量，且为和平之强有力的因素，认为只有二强密切平等的合作方能成为未来持久和平之基础"。维氏结论称："小罗斯福此书乃美国民主人士对于统治集团现行政策之警号，此书之畅也证明美国民主分子不满美国反动派外交政策之情绪正在增高而渐趋成熟，它将逐渐担当起更明确的政治角色。"

（《晋察冀日报》1947年7月15日）

米脂儿童组织少年先锋队放哨送信慰劳宣传

【新华社西北十六日电】米脂县印斗区战役涌现一支积极参加战勤和战时宣传的少年先锋队，它由七十二名农村儿童所组成，他们自动担任放哨，仅在十天内即查获七个未带路条的行人，被送交政府处理。五月二十日有一批伤员运到杨家沟村，队员们即于两天内募集大批鸡蛋、挂面，派四个代表携往慰问，使全体伤员极为感动。队员们个个年轻腿快，转送信件的速度超过成年人，博得了"风葫芦"（即风一样快之意）的美号。战勤之余，他们就成了群众的小先生，以他们的和腿一样快的嘴将各个解放军的辉煌胜利传播到农村的每个角落。

（《晋察冀日报》1947年7月18日）

"写苦水、报喜讯"运动的初步经验

一地委宣传部

一、利用会议推动和总结工作结合，首长亲自下手。此次土改复查会议中，我们共组织各种典型材料约四五十篇，这些材料大部是各地工作中，负责干部亲自动手整理的。如繁峙县委的《繁峙城关烟民伪属在土改中的改造》，贾林写的《李□村戒烟工作》，冀晋工作组写的《土地分配》《浑源磨水□土地复查中的羊倌麻绪材》《郭家庄的几家访问和几个人思想转变》，戈华、吴继昌同志写的《浑源市联街斗争》《村与村互斗问题的研究》，浑源农会写的《东坊城群众翻心诉苦运动》，林风写的《广灵几种干部思想及斗争态度》，贺志仁、雷宜之写的《关于走群众路线的具体例子》，等等，以及各种典型村材料，因为是各地主要干部写出，材料都很具体而完整，这对领导上执行政策、掌握情况和互相交流经验极有意义。证明党一再号召通讯工作需要负责同志亲自动手的思想是个真理，也是我们"写苦水、报喜讯"运动是否成功的关键之一。

二、负责同志亲自组织。上面所述的组织各种材料，所以能顺利完成，这与地委各负责同志思想上重视与行动上亲自组织是有很大关系的。地委根据各地汇报及所需要的材料，及时组织专人写，并抽出专门时间写，有的则组织小型座谈会，集体讨论个别同志执笔（如边缘区土改经验，□黑点运动等）。由于此种影响，大家对整理材料的思想负担减轻不少。有些同志除完成的指定任务外，会议之余还自愿自觉地写稿，如贺志仁、林风、戈华等同志就做到这点。

三、"写苦水、报喜讯"运动中的拉呱会，大家写了稿，并不等于大家思想都□□了，思想的搞□还是重要的。此次会议之余有六七位主要干部（其中有写稿的积极分子、中间分子、落后分子），闲扯起为什么有的同志不写稿，大家摸摸心病吧，结果有意无意中帮助领导上鼓励了积极分子，启发了落后分子。这种拉呱会摸心病的形式，可以说是开展运动中的一种补充指示。

四、经过积极分子推动运动。一个运动中没有积极分子，不注意发挥积极分子的作用，谈不上运动，特别是主要干部成了积极分子的话，则是运动开展的铁的保证。如此次浑源市，因为市委大部同志都是积极分子，他们首先响应了地委的号召，全体干部开了检讨会，检讨会上研究不少具体办法，订出计划，提出行动的口号：1. 做工作写通讯，互不放松。2. 克服四怕——怕麻烦、怕用脑、怕笑话、怕不登。3. 反对忽冷忽热的作风。4. 互相帮助，合伙多写通讯，并决定定期评功。目前浑源市"写苦水、报喜讯"运动已初步形成热潮，他们将由市干部的写稿运动，逐渐推广到街的村干部、群众的写稿运动，这将是雁北写稿运动的一派新气象。广灵、灵丘，也正在经过积极分子推动这一运动中。

（《晋察冀日报》1947年7月21日）

晋察冀边区行政干部学校招生启事

为提高及培养县区级干部为新民主主义社会事业服务，决定招收干部班、普通班新生各一百名。

凡曾从事相当县区级工作一年半以上之干部，具有相当高小毕业以上文化程度，年龄在二十岁以上三十岁以下，身体健康，不分男女皆可于七月二十五日起至八月十五日止报名投考干部班。

凡相当初中毕业以上程度，年岁在二十岁以上三十岁以下，身体健康，无不良嗜好，愿为新民主主义事业服务者，不分男女皆可于七月二十五至八月三十日止报名投考普通班。

投考干部班者，须有原机关材料，并有边委会之介绍；投考普通班者，须经所在地县级以上机关之介绍。

考试科目均为国文、社会、政治常识、体格检查、口试。

凡被录取之新生，随时即可入学，修业期限暂定半年，教学之主要科目为政治、政策、业务等。

学习期间，除被褥自带外，其他费用概由学校酌情供给，毕业后统由边委会分配工作。

校址：向阜平三区平阳村探询。招生简章函索即寄。

（《晋察冀日报》1947年7月22日）

新华印刷局立功运动成效显著

书籍数量质量均见提高　节约减薪成本为之大减

赵鹤

【本报讯】新华印刷局立功运动获得显著成效。该局自"五一"起至本月初两个月中，印出书籍四十四种，共四百二十万页，超过原订计划二百七十万页的百分之五十强，印刷质量如《中国近代史》《李有才板话》等较张家口时期并无逊色。在立功运动总结会上，大家回忆五月以前，该局虽已在农村环境中重整了自己的阵地，但各种工具极不完备，人员思想相当不稳定，各种业务均未打开局面。为迎接"五一"，该局进行了工作总结和时事学习，为立功运动做了思想准备。"五一"纪念会上，点起了立功运动的热火，局部提出新的立功计划，接着即帮助各股、各人订出适当的计划，经半月反复讨论修改，全部计划订出后，全局即进行功运热潮。在最后评功时得"人民功臣"奖旗的铸造股股长吴根同志，因工作积劳成疾，不但经常带病工作，而且有一次因拉肚子屎拉在裤子里他都不管，还是继续工作。铸造股的苏恂如同志因中铅毒很重，经医生证明铅毒已到腋下，如继续发展到心窝生命就很危险了，医生和厂部都劝他停工休息，但他不仅不停止工作，而且晚上睡觉连衣服都不脱，怕半夜起来工作时浪费时间。整个铸造股每天平均都在半夜□点左右□开始工作，李树国同志经常在晚上十一点左右就开始工作；印刷股一天从早到晚不停机器，为了多做义务工连吃饭都是轮流吃；排字股他们人少任务重，工作来不及时，他们全股就从天亮看到铅字就开始工作一直工作到天黑看不见为止；装订股有些女同志为了完成自己的计划，工作中连水都不敢喝，怕喝了水小便费时间；校对股的同志有几次因工作忙而忘了吃饭，或者一面工作一面吃凉饭。再如修理厂红炉上的孙玉和同志为了节省石炭，很大的道轨烧红后需要一下子把它打成，所以，火花溅在裤子上，烧的满裤是洞，他们不管自己的裤子烧破，皮肉烫痛，还是继续地努力工作。吴根同志曾这样说过："你要是把工作院的大门锁起来不让大家做义务工的话，他们在晚上从窗子里爬进去还是要做；如果你不发灯油，他们会拿减少工资后除去吃饭有的人连做衣服都不够，但他们愿意不穿衣服拿自己的钱去买回灯油来继续做夜工。"修理厂修成各种印刷机器及零件数百件，不但使工具趋于完备，并帮助其他工厂解决了一些工具问题。为了支前，减低成本，全体职工献义务工五千三百余小时，现金小米三千斤，并自七月份起，全局每月减少工资小米一万四千斤（现最高工资已不超过二百九十四斤），器材节约亦达七千四百斤小米。读者负担得以减轻。现此一运动仍在继续发展中。

（《晋察冀日报》1947 年 7 月 26 日）

复查和通讯工作结合

寿张一区创造新领导方法

【新华社晋冀鲁豫二十五日电】冀鲁豫寿张一区最近创造复查和通讯工作结合的新领导方法。该区在复查运动中，规定各村定期向区写工作情况汇报信，分委书记陈洛嘉，以身作则把自己所在地工作情况、群众创造和主要经验写出，传播各小区，推动各地工作作用很大。区干会当即强调了这一经验，又经研究写稿方法应着重写具体过程后，各小区的汇报就雪片飞来，最近二十五天内，写了四百多件。

分委从而了解了各地情形及群众要求，同时也供给了报纸十分精彩的稿件。中共□地委对这一方法特通报表扬，并指出是取得经验、推动工作的好门径，同时也解决了通讯工作上的三个问题：（一）过去是通讯员写稿，领导上审稿，报社改编，再回到群众中去。现在稿子送到区，区一面向县及报社送，一面把主要经验往下推广，使通讯工作成为领导助手，经验传播极为迅速。（二）以写汇报信的方式写，打破了写稿子及为一定形式的束缚。（三）过去区里有通讯组织，专做报导工作，难免工作与报导隔阂，现在任务与组织统一，工作与报导可以密切结合。

（《晋察冀日报》1947年7月27日）

纽约民主学联声援中国学生运动

蒋贼下令封闭交通大学

【新华社陕北二十六日电】据塔斯社引香港《华商报》载称，纽约三十个大学的学生所组成的学生民主联合会，顷致函中国学联，支援中国学运，反对杜鲁门政府军事援蒋助长中国内战的政策，原函如下："读到中国学生因反内战反饥饿而遭到殴打屠杀的消息，我们表示万分的愤慨与惭愧，我们不得不深深感到我们对你们的责任。你们的用武力镇压学生的政府（指蒋政府），从美国接受军火和供应品，此外杜鲁门宣布的政策，助长了中国（蒋政府）从事内战，毫无疑问杜鲁门的政策鼓励了□世界反动势力，进行反民族反民主力量的斗争。我们告诉你们，美国学生并不赞成这种政策，华莱士及其支持者才代表我们的利益和希望，因为他们在实行故罗斯福总统未完成的工作，我们的团体将有助于建立各国青年间的友谊，这对世界和平及联合国之成功是很必要的。中国学生的行动在我国各处唤起了同情,我们呼吁我们的政府停止帮助反民主的政府,以便结束中国内战。"

【新华社陕北二十六日电】塔斯社上海二十七日电引沪报讯:蒋介石已下令封闭上海国立交通大学,蒋记教育部已接获训令办理。据称,当局(指蒋政府)认为该校有较其他学校更多的"不肖之徒"。按交大全体学生曾于五月至六月热烈参加反饥饿反内战反压迫运动,遭蒋家之憎恨。

(《晋察冀日报》1947年7月28日)

关于土地报导问题

来信

编辑同志:

关于土地改革的报导最近报纸上发表的经验总结之类的文章很不少。据我接触到一些同志的反映,对于这类文章的兴趣不高。为什么没有兴趣呢?据他们说,内容说来说去都差不多,提不出什么新问题,而且有许多经验很不成熟。六月十四日报上发表齐一丁的正太新区发动群众经验一文,引起此地许多不好的反响。齐介绍快斗快分是好经验,实际上应该否定这一条。快斗快分害多利少。采用这个办法至少有两层弊害:以白洋刺激群众,形成为白洋而斗,不能真正从思想上翻心。有党校□几个同志,曾被派到五台工作,他们说到那里的群众没有翻心,干部专以白洋去刺激,使群众看到斗争就只为白洋,甚至在斗争时喊这样的口号:"不要房不要地,只要大白洋。"白洋到了手,群众情绪也就低下去了。快斗快分还有一个弊害就是分配不合理，常常弄到该分的分不到手，不该分的反分了。如阳泉市斗倒了一个大老财，斗出白洋几万元，元宝几百个，白布几千丈，其他东西很多。当时我们同志主持分配果实，连调查也不做，谁去领就给谁发，结果是有一地主领了七十几块白洋，有许多赤贫反倒一无所得。并且分出去的东西到底给了谁了，连个登记都没有。

经验介绍的文章不爱看，希望编辑同志检查发表出去的东西是否有毛病。其实好的经验介绍的文章大家都抢着看，上个月一连转载了《晋绥日报》的几篇文章就很受欢迎。□□问题研究□□栏所发表的文章都是条文、都是八股，这也未免太偏，不过在以往所发表这些文章是否有许多内容雷同、重复、空洞、经验不成熟等等毛病，□□值得考虑。这个意见□□□，希望编者答复。

读者李农
七月二十五日

回信

李农同志：

你所提出最近关于土地改革报导几点意见，一般的我们均很同意。最近各地土地复查一般的都转向深入重点示范研究。故来稿多为经验介绍文章，各地在摸索走群众路线当中，发现了很多新问题，也创造了不少新经验。为了及时交流经验，指导工作，我们就以"问题研究"在日报上发表，提供各地工作同志参考，一方面问题是新的，经验是初步的；另一方面也由于编者选稿不当，所以最近一时期报上发表的经验总结之类的文章部分稿件中发生内容不充实、经验不成熟以至空洞重复等缺点。关于这个缺点的克服办法，我们不是要求各地工作同志少写这类文章，相反的，我们仍希望各地同志把在运动实际中所获得经验，及时反映到党报上来以实现党报对复查运动的指导作用。我们的意见是一方面加强编辑工作，慎重选用稿件；一方面我们建议此类经验文章在报上发表后，读者如发觉经验不成熟，或错误时，希望及时来信指出，征求原作者答复，如认为经验很好亦望来信提出，以资推广。原作者在工作中随着群众运动的发展，认识上亦有了发展，认为已发表的经验有不妥处甚至错误，有补充、修正的必要时，希望以对党报负责的精神及时来信说明、更正。在已发表的稿件中，如属于编者选稿不够的，经读者指出后，当由编者负责；如编者自己发觉选稿不当时，也当及时向读者说明。

我们提出这个办法，不知你的意见如何，有不妥处，仍望来信指出，以谋取更好的办法。

编者

七月二十七日

（《晋察冀日报》1947年7月28日）

关于稿费的通知

（一）四、五、六三个月及去年十二月份稿费现已结算，最近即可发出。除有通信处者尽快寄去外，原稿未注明详细通信处者仍请来函告知，以便寄递（能注明发表日期更好）。经新华社各分社转来之稿，稿费统发至分社，再由分社分发，因此类稿件大部不知通信处。

（二）已在其他报纸、刊物发表过的稿件不再发给稿费（此类稿件经分社发来者多略去署名）。

（三）一般新闻稿由本报或分社综合（集讯），投稿人数过多者，因稿费有限，分发则为数太少，又不便汇兑，故均不致酬，希写稿同志鉴谅！

（四）过去算发稿费迟误之处甚多，各地投稿同志时或来函提出意见，今后当设法以求改进。来稿时望在稿末注明详细通信处及姓名

(无论另外有信或信封上写明与否)。

本报编辑部
七月二十五日

(《晋察冀日报》1947 年 7 月 29 日)

北平民主人士追悼闻一多先生

文刀

【本报讯】据平报载,七月十五日为前西南联大教授闻一多先生被蒋家特务凶杀之周年纪念日,北大新诗社、风雨社及文艺社等二十五个团体于是日发起开会纪念。展览会除陈列闻氏生平、学术著作言论及照片外,并展览闻氏去年遇难时之血衣,该血衣仍保持原状,且当场为闻氏遗族募捐,参观者达七千余人。下午七时在北大民主广场举行纪念晚会,出席校内外人士及外籍记者共一千五百余人,会场高悬闻氏生前画像两帧,美髯厉目,口衔烟斗,一似其生前不妥协之精神。开会时,首由沙滩合唱《安息吧,勇士》一歌,然后全场默哀三分钟,继即由闻公子立鹤报告去年今日闻氏为蒋特刺杀之经过情形。闻公子当时亦曾遭到枪击,幸遇救未死,述及蒋特行刺时之凶残及闻氏牺牲时之壮烈,声泪俱下,全体与会者莫不悲恨激昂万分。闻公子报告毕,由团体朗读挽诗,最后请许德珩、冯至、马大猷等教授讲演,全会整个进程备极壮烈。

(《晋察冀日报》1947 年 7 月 30 日)

我怎样接近群众

马骥

我们剧社同志的工作村子,是完县□区西辛兴。我们到了村里,先召开了干部会,互相介绍了姓名和我们的工作任务,村干部介绍了一下村里的具体情形及土改情况,会后就分头下去,亲自接近群众、调查问题、搜集农民意见。

我先根据区干部的了解,找到一个工作比较积极的村干部,记下了村里赤贫户及穷户的花名,就去街上找人谈话了。

我到了街上,一打听名字,几个老乡立刻把疑问的眼光一齐投到我身上来了。我明白了他们的心理,可是,当时找不出合适的话来,让他们了解我,慌忙解释说:"我是工作队,想找他谈谈,没关系。"得到的回答是"没在家",或者"到地里去了"。进一步再问到哪个地里去了,干什么活去了,回答的是"不知道"。

显然我的解释是更糟了,当时我想一下子打开这僵局,进一步说明我是来这村帮助穷人翻身的,现在我想帮他干点活。可是得到的回答,只是"敬而远之"的客气话。最后,经我的努力,总算找到了一个穷人家里,可是什么都谈不出来,解释一顿,问一句,回答我的是"俺们老百姓知道什么呀?"

怎样才能改变群众对我这种态度呢?只有从自己本身检查。从思想上吗?主观上是愿意帮助穷人翻身的。从外观上吗?衣服换不了,眼镜去不了。最后我想还是从作风上吧,因为群众就要看你是哪种人的派头。

于是,我经过头一天晚上和我熟了的一个小孩的指引,我到一家栽山药的贫农地里,简单介绍了我自己一下,脱下衣服就去挑水。老乡不让我干，我看他的眼色也怕我干不了，我说服了他，就从很远的井里挑起水来，一连挑了十来多担水，老乡硬换下了我，让我休息。本来我是很累了，可是，又马上拿起山药秧栽起来，这样很快我们就一面干活，一面谈起来了。先从他的家庭生活谈起，越谈越亲近，谈谈就谈到村里的土地改革和我的工作，老乡一点也不隐瞒我。天黑了，我帮他把家具弄回家去，坚决谢绝了吃饭，在门口拉扯了好一会，老乡们看见的很多，我走开了，老乡们都去问他去了。

第二天，我又去帮他栽山药，这就熟多了。□他给我讲了的一个故事。他说："日本鬼子刚来的那年，在岳山一带，有个姓刘的成了一把子队伍（是土匪），说的是'杀富济贫'抗日救国，把很多财主都抢了。我觉得这个队伍很好，正好自己也穷的没办法，就叫上我的表弟，和同村一个穷人去参加了。当天晚上，发给了我们一支枪去站岗，哎呀！村里一夜明灯蜡烛，杀猪宰羊，闹个不断。一起吃一顿饭，一起喝一顿酒，吃的尽是白面肉，一夜吃了五顿饭。我看着他们成不了事，天一亮我们三个人就回家了。后来那把子人，被八路军解决了。"他的故事深刻地教育了我，我觉得这个故事的意义是什么，我在生活作风上，要特别注意简单朴素。

□□，这个农民给我做了宣传。后来我每天去给穷苦农民干活，脱了衣服，挽起裤腿，尽量和农民一样，泥一把，水一把，做得很自然。在田里做活的农民，一休息就围上了我，问我："你还会干这活啦？"我说："我也是穷人家里出身。"他们立刻就以亲近的口吻回答我说："八路军净是好人，净为穷人办事。"这样，我们就很自然地谈开了各种问题。

这样我的朋友很快就多起来，都是些穷朋友，我们之间发生了很深的阶级友爱，很多女人也和我说话了，开口就问："你给谁家谁家干活，做得了呵？会干吗？"我也就顺着这个题目谈起，谈到家庭，谈贫穷,又谈到应该翻身斗争……到我差不多给缺乏劳力的穷人都干过活以后,我只要往那一坐,男的女的老的小的就围了我谈起来。一说要开贫农小组会,很快就到全了,有的诉苦,有的诉冤,有的问事。

一天,一个农民给我提出了一个很有意思的问题说:"我看你来了,他们谁不请你吃饭?"还有一个说:"你们可别吃两嘴肉,喝一口酒走了呀!"我笑了,我觉得这是一种亲密的表现。虽然"他们"这两个字没有提明是谁,可是我已经了解了是指那些人,给了我个警告——不要和财主接近。

我已经了解了群众确乎和我亲近了之后,又从一个农民的谈话里得到了新的启示。一天,我问一件事,一个农民回答:"说它干吗呢?对区上、对村里说了不是一次了,就是办不到!"这句话使我警惕到我的工作□要不实际地很快解决问题,农民慢慢就会疏远我的,于是我就尽力做到这点。后来解决一个问题后,群众对我的信仰就更高些,都来感谢我,我说:"全是你们自己的力量。"他们胜利地笑了。

(《晋察冀日报》1947年8月1日)

之江等大中学大批学生被退学开除

【新华社陕北三日电】沪讯:上海蒋家所办英文《大陆报》于上月二十七日刊载证实暑期中大同、之江、沪江等私立大学及若干中学迫令大批学生退学或予以开除,系由于政治原因及参加助学运动。蒋家教育部为此于三十日慌忙发出此地无银三百两之狡辩,但并未能掩盖此一众所周知的事实。

(《晋察冀日报》1947年8月7日)

昆明青年凭吊民族歌手聂耳

【新华社陕北七日电】昆明讯：七月十八日为人民音乐家《义勇军进行曲》作者聂耳逝世十二周年纪念日，昆市各歌咏团体及爱好音乐青年，于是日上午，齐集西山墓地凭吊。

（《晋察冀日报》1947年8月9日）

暨大学生抗议蒋党解聘教授

【新华社陕北九日电】塔斯社上海八日电：据《大陆报》讯，暨南大学学生会于六日发表抗议书，抗议该校教授四十六人被蒋记当局非法解聘。抗议书中指出这些教授，以友谊精神对待学生，而被学校当局所非法解聘，这种大规模的解聘，显然违反学校传统，损害学生利益。

（《晋察冀日报》1947年8月11日）

宋家营随军剧社演出新编剧本《母亲》

效果良好，加强了军民关系教育

【新华社晋察冀前线十一日电】宋家营部随军剧社，最近在战地各单位演出《母亲》一剧，收到良好效果，对部队军民关系教育作用很大，加强了部队的政治锻炼。剧情描写某团一个参谋，带一个通讯员找向导，随便抓住一个村的民兵强迫带路，人家给他解释，该参谋怕麻烦，不听那一套，硬拉着走，还大骂老乡顽固落后。当出村时，该民兵看见武委会主任，当即跑去报告，不想参谋即下令开枪，竟将民兵打死，事后团里决定严整军纪，枪毙参谋和通讯员。而当政治主任带犯人到村里宣判时，全村群众一致请求饶恕，他们说："人已经死了，不能再死两个，现在前线正需要人！"政治主任坚持要执行命令，维持军纪。这时死者的母亲忽然跑到前边握住卫兵的步枪，跪下来眼泪横流，哀求着刀下留情，立时全场与会的人都跪了下来。这一个伟大而动人的场面，感动着每一个观众，许多战士低下头来擦眼泪，纷纷感动地说："老百姓真是我们的父母，八路军犯了罪，还那麻烦大！"最后老太太自愿认两位犯人做干儿子，全剧完结。演出后，某单位各连用两天的时间讨论，揭发了像参谋那样的军阀主义残余，每个人检讨过去犯纪律的行为，有的提出说："在紧急情况下或找不到村公所，不抓怎么办？"许多人多报告自己解释说服的例子，在任何情况下也不该犯纪律，如某次为执行任务，要锯倒一棵树。一个老太太不愿意，说树活了几十年，太可惜。我们的战士解释说："老太太，咱们活了几十年的战士死了，比那棵树更可惜！"结果她愿意让锯了。大家一致认为老百姓对军队的错误能够原谅，军队对地方工作有不够的地方，却回去打骂胡闹，这都是军阀主义残余，应该彻底纠正。

（《晋察冀日报》1947 年 8 月 13 日）

冀晋区党委宣传部、新华社冀晋分社号召学习白泉报导方法

对中心工作做系统的连续报导

【新华社冀晋讯】冀晋区党委宣传部与新华社冀晋分社顷发出指示，号召学习白泉报导方法，将通讯工作提高一步，指示内称：

"前些天我们连续发表了平定县关于白泉工作的八篇通讯报导。在一个中心工作中，将一个村庄的情形做系统的连续报导，在我区近来的通讯工作中还是第一次。这是我区每一县份都应该学习的。

"通讯报导的最大目的之一，是交流经验教育群众，那么，毫无疑问，当我们发现了一个典型以后，我们的通讯工作，将如何去及时反映其正确的领导思想、路线、工作方法，群众中各个生动活泼的场面。这样，使得我们能更好地去向群众学习，启发与提高群众自觉，使得我们的工作能提高一步。白泉报导中的访瞎牛、克服急性病、访苦经验、诉苦等等，正是做到了这一点。显然的，要是我们对这一点不明确，而只是把通讯工作变成一种流水账，或是把它做成一种陪衬，交代任务，那么，通讯报导也必然失去其意义，也就不会有什么可取的东西。今天有些地方正犯着这种毛病，这就说明了领导上还不善于运用通讯报导这一武器。

"白泉报导中，在写作方法上的最大优点，是善于抓紧一件典型的事情、典型的人物，以及在每个工作阶段中的中心环节问题。比如开始访苦时写了访瞎牛，访苦告一段落时，总结访苦经验，又提出了访苦中的主要障碍'急性病'；进入大规模的翻心诉苦时，报导训练班，有诉苦的记述；接着，又报导了贫农小组审查成分，选举委员会。不仅如此，他们也反映到群众的生动的场面，如田聚祥被害以后

的农民的英雄气概，这是我们在写作方法上应该学习和研究的。今天我们还有不少通讯是什么也想说，什么也交代不清；或是徒发空论，言之无物；或是知道抓住中心，可是又不善于从许多生动的侧面，把一个错综复杂的事物有力地报导出来。

"当然，白泉的报导并不是尽善尽美的，他们缺少一定时期的综合报导，例如访苦已告一段落，但是访苦阶段中在白泉的全面情形如何呢？读者还难于了解。在白泉访苦经验的前面，是叙述了几句，但总是有些简单，要再多叙几笔也就会解决这个问题了。

"总之，白泉的报导，由于在平定工作的同志们的努力，领导同志的关心与亲自动手，在通讯工作上有很大的收获，各地同志应该向他们学习。而平定同志们尤须继续努力，将今后白泉的各种工作情形及时地报导，以便推动整个工作的前进。"

（《晋察冀日报》1947年8月15日）

学术自由毫无保障　蒋党续解聘大批教授

【新华社冀中十三日电】蒋管区各大学行将开学之际，蒋政府续在各校非法解聘大批正直而有学问的教授。据津报消息，与上海暨南大学解聘教授四十六人的同时，开封河南大学亦非法解聘教授三十余人，包括教育系主任陈仲凡、经济系教授王毅齐、文史系教授马辑五、测量学教授段栽培。解聘之"理由"为曾充代表赴京呼吁改善待遇，正直敢言，其解聘书上甚至竟公然书明"奉中央（蒋家小朝廷）指示，因某重要事件可疑，应予解聘"等字样。南京中央大学亦停聘中文系教授吴祖缃等。平津沪各大学解聘教授问题还继续在幕后酝酿中。此为蒋政府自颁布反革命总动员令后，决心全部夺剥教育学术自由之表示。甚至拥护蒋政府的天津《大公报》在上月二十五日社论中亦不能不承认此表示学术自由实在毫无保障。各地大学教授对此至感愤激，各大学学生则正起对非法解聘教授之抗议，上海暨大与南京中大学生自治会已先后向蒋政府提出抗议。

(《晋察冀日报》1947年8月15日)

晋冀鲁豫中央局奖励新闻与创作

【新华社晋冀鲁豫十六日电】晋冀鲁豫文化简讯：（一）新华书店上半年出版新书一百八十四种，共计五十六万六千余册，销售数高达百分之九十六。其中有二十余种系本区文艺创作。苏联小说《恐惧与无畏》及描述苏沃洛夫的《兵士兼统帅》二书，经刘伯承将军推荐，已成为前线部队热爱的读物。该店邯郸分店除售书外，并组织了三百个读书小组，二千多读者。

（二）太行平顺县过去文化最落后，七区达驮村周围四十里内没有一个人识字。近年来群众翻身了，纷纷集资成立了文化社，担上书和文具下乡售卖，一年半来共销售了冬学课本及新书等四万九千余本，社员由一百五十名增至六百三十名，股金由十五万元增至二百零三万元。又创办了油印和石印，翻印各种读物。现在许多小山庄上的青年，学会了开路条和写简单的信。

（三）前线各部队的文工团，在一年紧张的战斗中，创作了三十余种部队剧，歌剧《王克勤班》《吕登科参军》及《挖工事》等受到普遍欢迎。

（四）为鼓励新闻报导及文艺创作，中共晋冀鲁豫中央局拨款二十万元，奖励《人民日报》所登之各种优秀作品，每月刊一次。第一期已于八月十二日公布,得奖者十三篇。

(五)边区文联最近自召开文艺座谈会后,正加强内部领导与工作。文联成立后陆续来边区的文艺家光未然、王亚平、欧阳山等均被聘为文联理事。

(《晋察冀日报》1947 年 8 月 18 日)

全国学联致函世界青年大会

控诉美帝援蒋内战迫害学生罪行

【新华社陕北十六日电】香港《华商报》最近发表全国学生联合会致布拉格首届国际青年节大会的函件,向全世界青年控诉美国帝国主义援蒋进行内战屠杀中国人民及迫害中国学生、教授的罪行,原函略称:"自战胜日本以来,中国就再一次陷入内战的悲惨境遇中,内战违犯人民大众的意志,内战只是为了少数家族保持并加强其地位,因此就为全民一致憎恨。现在中国的统治者,正为美国援助所鼓舞而向全中国人民挑战,中国学生在过去两年内曾不断为反对内战而奋斗,今后将继续为中国的民主和平实现而奋斗。近来中国学生的反饥饿反内战斗争,已开展至中国(按指蒋管区)每一角落,百分之八十的中国学生参加了罢课,许多学校的罢课坚持一月以上。中国反动统治者因惧怕人民力量的增长,就诉诸逮捕学生、教授、记者、自由主义者,封闭发表人民意见的报纸等公开行动。但这些报复行动的后果,恰与反动统治者的愿望相反,中国学生们已经团结起来,反抗这种迫害。"函中报告中国全国学生联合会已于六月下旬成立,并申述对世界青年同情与援助的谢忱。最后该会并向全世界表示:"我们坚信民主不久就会胜利,我们宣誓为全世界的自由民主与你们共同奋斗。"

【新华社陕北十五日电】布拉格十日电：世界青年民主联盟执行委员会，顷向全世界青年发出号召称，对德日的战争结束才两年，战争又在印度尼西亚爆发了，此刻荷兰的军舰与轰炸机正在摧毁着印尼的村镇，用武力镇压他们的自由独立。这个对印尼战争的发动正当国际青年大会闭会期间，这不仅是向印尼，而且是向全世界民主青年及联合国挑战，我们号召全世界青年行动起来，制止此种侵略战争。

【新华社陕北十六日电】布拉格讯：参与国际青年节盛会之各国青年代表，已欢度近四周，他们不但倾听着中国、埃及、印尼、德国等青年生活的报告及许多国家民主青年英勇斗争业绩，而且举行球赛、棋赛、游泳、土风舞、音乐会等等娱乐节目，各国优秀的青年艺术家、音乐家、体育家都大显身手。在许多竞赛中，苏联的青年歌手、音乐家、提琴家，荣获了第一，名为列宁格勒的排球运动员，击败了以常胜骠勇著名的捷克排球队。九日大会曾讨论青年与文化的问题，举行体育技术的表演，蒙古人民共和国青年表演摔跤，颇得好评；十日则举行大规模的狂欢会；十三日全体大会中曾讨论支援西班牙与希腊青年为自由与独立而斗争。

（《晋察冀日报》1947年8月18日）

郭沫若辟谣

他说："访魏德迈无此必要""我是一个中国人，而且我完全同意必须经过我们自己的努力来达到中国的民主复兴"。

【新华社陕北十八日电】上海消息：文化界著名领袖郭沫若氏，于十七日发表声明，驳斥美国新闻处及中央社所传播的郭氏曾去见魏德迈的谣言。郭氏说："我认为去访问魏德迈没有什么意思，而且也没有什么必要。此外我已劝告我的要访问魏德迈的朋友，不要去见他。"郭氏讽刺地说："我们用不到去分占魏德迈这个忙人的时间，他今天赴满州，明天飞台湾，后天又去广州，他在中国跑来跑去，他那高贵的耳朵已经塞满各种各样的报告了。"郭氏说："我是一个中国人，而且我完全同意我们必须经过我们自己的努力，来达到中国的民主复兴。"（按魏德迈来华后，除准备以加强援蒋内战换得蒋介石更大规模的卖国外，并曾打算以再一次"扩大"蒋介石政府，作为美国侵略和灭亡中国的掩护色。所谓"组织不包括共产党在内的'联合政府'"，即是这个意思，但此一计划的进行，遭到一切中国正义人士的拒绝。合众社南京十五日电亦承认，企图在中国组织反共的联合政府一事，甚为困难，但蒋美双方对魏德迈与若干所谓中间人士的接见仍然大肆渲染，甚至对若干著名人物，横加侮蔑，足见此一政治阴谋目下仍在加紧进行中。）

（《晋察冀日报》1947年8月20日）

苏联文化消息

【新华社陕北八月十六日电】苏联作家联盟理事会全体大会，于六月二十六日在莫斯科开幕至七月五日闭幕，出席全苏作家三千余人，会议主要议题为讨论联共中央关于文学之决定，大会选举法捷耶夫为联盟总书记，西蒙诺夫、吉洪诺夫、西渡夫斯基、卡内楚克等副之，组成联盟书记处。

戈尔巴托夫在莫斯科作家俱乐部记者招待会上宣称，左琴科已被苏联作家联盟开除，左氏最近已觉悟了自己的错误，现在正在写一本献给列宁格勒游击队的作品,如果这本书是好的,则他将获得人们的信任而重新进入苏联作家的行列。

爱伦堡以二年之力完成长达一千页之新小说《暴风雨》,现在苏联《新世界》文艺杂志与法国一刊物同时连载发表。这是他作品中最长的一部,故事发生在苏联、法国苏德前线与一九三九年到一九四六年春的德国,人物是苏、德、法的一般知识分子,每一人物的命运都与其国家的命运相融合。

人类文化史的里程碑,象征社会主义胜利的辉煌宝典,《大苏维埃百科全书》定于十月革命三十一周年纪念日问世,内容广及人类知识之每一部门,每条均由专家执笔,筹备垂二十年,乃观点正确内容充实材料新颖之巨著。

全苏政治及科学知识普及协会已于七月七日成立,该会拥有苏联杰出之学者、专家、作家、艺术家、军事家等基本会员二千余人,并有会员团体二千余个,以苏联科学院院长甘维洛夫为主席。

俄保、俄匈、俄土、俄挪与俄塞(尔维亚)字典,将于今年在苏联首次出版。苏联革命前根本没有文字的其拉特与尼尼亚两民族的字典,今年也将首次问世。著名的苏联语言学家正参加这些字典的编纂工作。

苏联著名女航空家伊万诺娃与金诺维特夫于七月二十六日驾驶VR30号与VR70号两气球在莫斯科中央大气观测研究所飞行场上升至同温层,做二十四小时以上的科学实验。

(《晋察冀日报》1947年8月20日)

东北解放区各地出版事业日趋发达

新文化书籍销数不断增加

【新华社东北十九日电】东北解放区新文化出版事业日益发达。哈尔滨、齐齐哈尔、佳木斯、牡丹江、安东、通化各地,均有规模颇大之出版社和书店。哈市东北书店,年来出版之各种名著即达二百十六种,约一百二十五万四千五百册。政治书籍中以毛主席四大名著及陈伯达之《中国四大家族》等书最受读者欢迎。随着广大翻身农民子弟之入学,该店已印中小学课本五十八种,一百卅一万五千册。其中农村政治读本一书销路最广,几乎是东北解放区青年人手一册。曾获中共东北局表扬的李之华近作《反"翻把"斗争》独幕剧,单行本也已出版,销路极广。报纸除《东北日报》日出四万份外,尚有辽东、西满、吉林、牡丹江、冀察热辽之《群众日报》,白城子之《胜利报》等十余家中型日报,销路平均皆在万份以上。哈市及齐齐哈尔等市,并有私人经营之报纸多种。另外较大县份及专区则有小型群众报。杂志以综合性之《知识》及《山北文艺》《东北画报》销路最大,印刷精美,内容丰富,著名东北作家及名流学者之作品多发表其上。电影院普及各城市,哈市一地即有十余家。东北电影制片厂新制之《民主东北》新闻纪录片已出三辑。年来东北解放区之爱国自卫战争、群众运动、工矿建设及劳英事迹,一一出现于银幕之上。《民主联军伟大的夏季攻势》一片,亦已在哈市开映,观众极为踊跃,场场满客。

(《晋察冀日报》1947年8月21日)

就魏德迈来华事全国学联发表宣言

美国的武器和枪弹正在屠杀中国的人民
美对华政策违反中国人民的愿望和利益
反对独裁、内战、饥饿、党化教育！

【新华社陕北二十日电】全国学生联合会，顷就魏德迈来华使命，发表宣言。据塔斯社沪十九日电，宣言内容如下："自一九四五年杜鲁门总统发表对华政策声明以来，美国政府曾不断反复申述他们将遵守诺言，尊重中国的独立，但无可否认的事实，是（蒋）政府已经以美国的军事与经济援助卷入大规模内战的漩涡。我们必须向美国政府提出严重警告，你们所给予（蒋）政府的武器和弹药，已经时时刻刻用于屠杀中国人民。中国民主同盟领袖，李公朴、闻一多两教授，是美国无声手枪打死的，而三个武汉大学毕业生在今年五月间反饥饿、反内战、反压迫的爱国民主运动中，也是被美制达姆弹打死的。每一个中国人都从自己的经验中认识到美国对华政策完全违反中国人民的愿望与利益，这是一种帝国主义国家的殖民地与侵略政策。因此，我全国人民现在反对并将继续坚决反对美国的这种干涉政策，及其他各种借口在军事与经济方面支持并扩大中国内战，我们要求立即取消总动员令，中止内战与独裁政府。我们反对征兵、征粮、征税、扩延内战。我们要求遵照政协决议，解决迫切的国内问题，停止对人民及人民运动的报复行动，释放被捕学生及其他爱国公民，废除解聘教授及黜退学生的命令，切实保障人权与言论、出版、集会、结社等基本自由。我们要求立即废除一党独裁与一党卵翼下的所谓多党政府的专制，我们要成立包括各党派及各阶层代表的真正民主联合政府。我们反对（蒋）政府实行饥饿政策，反对大家族资本垄断市场掠夺国家贸易与工业，反对恢复对日贸易。我们要求教育与讲学自由，及学生求学权利与教员生存权利的保证，教育经费应予提高，而党化教育与思想统治必须废除。"

（《晋察冀日报》1947年8月22日）

东 北 文 讯

【新华社东北十九日电】东北文化零讯：

（一）松江鲁艺文工团，最近集体创作彩色通俗连环画百幅，描写前方英勇战斗，后方群众积极从事翻身斗争和各种民主建设的场面。公开展览，观者极众。又该团在牡丹江乡间巡回讲唱之《新洋片》亦极受群众欢迎。该团之幻灯影片已运抵哈市，拟最近演出。

（二）哈市最大商场松江百货商场，第一商场附设长达五六十米之画窗，设置明亮整洁，《东北画报》描绘各地建设群运等画报，及东北电影制片厂之《民主东北》样片均张贴于此，极受观众欢迎。

（三）哈市十家电影院联合会，已于七月初旬成立。决定利用工余时间广播国内外新闻，并组织小学生说快板、演短剧、幻灯、设壁报及开辟阅览室等。

（四）齐齐哈尔民青总部举办之青年讲座，已于上月初旬开始，听众甚多。

（《晋察冀日报》1947年8月22日）

东南欧新民主各国文化大步发展

文盲剧减，学校、出版物大增

【新华社陕北十九日电】综合报导：东南欧新民主主义各国文化大发展。在旧政权的愚民政策下，东南欧各国一半以上的成年国民是文盲，乡村文盲更占全人口百分之八十的惊人数目，现在这些国家的民主政权保证了人民文化生活的产生与充分发展。去年一年中，南斯拉夫有三十万人学会读和写，比旧南国过去二十三年中所培养的还多。同年，在斯洛文尼亚进学校的达一百万人，超过该国立国以来就学的总人数。阿尔巴尼亚过去全国有百分之七十五以上目不识字，现在则开办了几百所学校，几十万壮年和青年男女在热情地学习，并有大量的短期工业学校，为阿国的新工业训练技术工人。捷克在去年上月，就恢复了全部在纳粹压迫下解散了的八千多所中小学，而且成立了新的更广大的工艺学校网。在这些国家中，高等教育也不再限于少数上等人的特权。捷克各高等教育的院校，包括有名的布拉格大学，都已次第恢复，而且在阿里木克还成立了拥有两千学生的新大学；由于政府拨予大量经费与奖学金，上年度专科以上院校学生的总额增至五万九千四百人。惨遭战争破坏的波兰，已在华沙、克拉科夫、托伦、但泽成立了三所大学与新的技术学院、航海学院和斯洛文语学院等。保加利亚的普罗夫迪夫、瓦尔纳与卢斯楚克，已设立了新大学，索非亚大学学生则自一万二千人增到三万人。各国出版与电影业的发达也象征着文化的进步，去年一年中波南保三国出版的书籍超过战前每年平均出版量的四倍。单波兰出版的书籍总数就达三千万册，而捷克去年单以捷克文出版的书籍竟达五千七百万册。该国解放以来摄制影片十九种，建立电影院一百五十所，在两年计划完成时，将增至六百所。

(《晋察冀日报》1947年8月22日)

蒋党统制纸张　自由书刊全停刊

【新华社陕北二十日电】上月中蒋介石颁布反革命总动员后，残存的自由主义刊物已全部被迫停刊，即整个出版事业亦在统制纸张及物价飞涨压迫下，遭受惨重打击。出版十年以上的《文摘》旬刊，已改为月刊；出版三年的《联合画报》，由双周刊改为月刊；所谓"幽默"的《西风杂志》，亦被迫将其出版中心移往重庆；其他基础较薄弱的刊物，缩小及停办者将及半数。上月二日，《联合画报》发行人舒宗侨指出沪市出版界厄运称，出版界之定价虽再提高，然亦无法保持其最低资本，照月前经济情形继续下去，恐两三个月后，靠发行维持之刊物将全部停刊，书店亦将纷纷关闭。

(《晋察冀日报》1947年8月23日)

全国学联复致魏德迈以备忘录

揭露蒋党法西斯本质

【新华社陕北二十二日电】南京讯：全国学生联合会对魏德迈来华使命发表宣言之后，复已备忘录一件经由美大使司徒雷登转交魏德迈，要求美国改变对华政策，撤退在华驻军，并附有学生在五六月间所受迫害的大量照片与资料，揭露并证明蒋政府的法西斯本质。另据美联社南京二十一日电称，中央大学学生举行了一次小规模的民意测验，在所测验四十人中（包括教授），有廿六人认为魏德迈过去在促进中国民主统一上毫无贡献,投票中显示出多数人相信美国正图扩展台湾为远东战略基地,美国援助中国(蒋)政府对中国内战实为火上加油。

(《晋察冀日报》1947年8月24日)

迎接"九一"记者节

晋冀鲁豫新闻工作者开展学习检查运动

【新华社晋冀鲁豫廿四日电】此间新闻工作者正以紧张的学习检查运动迎接"九一"节。新华社晋冀鲁豫总分社,于本月十五日即向太行、太岳、冀南、冀鲁豫各分社及报纸发出通知,号召在"九一"前掀起学习热潮,配合全区查阶级、查思想来检查为农民服务的阶级立场及清算"客里空"现象,更好地为人民的新闻事业服务。并指出应着重:(一)公开地清算一切新闻工作者(包括通讯员)在报导土地改革中地主阶级思想的各种表现,表扬坚决拥护农民利益的新闻干部,揭发利用党报打击群众运动的隐蔽地主分子。(二)内外勤就在写稿编稿中所有的"客里空"事实进行深刻反省。(三)具体研究今后如何为农民服务,成为党与农民的真正喉舌。现总分社及边区人民日报全体干部,正分头开始检查。太行新华日报社及太行分社召开的通讯员大会,已就上述各点进行检查并取得很大成绩。

(《晋察冀日报》1947年8月28日)

一条和事实不符的新闻

晋察冀日报社:

我们读了七月二十九日报纸(二五三二期)第一版头条新闻第

二个"本报讯"文中，末了一句是"石家庄向北向东伸进之敌，共四个团的兵力，亦已窜回，辛安车站已为我收复，滹沱河北岸已无敌踪"，这和事实不符。

据我们了解，敌人是用了七师两个团的兵力和保警队赵金廉部九个中队的兵力，向正藁县赵庄、南梦一带突击，回窜后一个团到河南岸去了，留一个团驻于正定城（位于滹沱河北岸）南大、小庄子和南关一带，保卫队在城内和东关一带驻防。

"辛安车站已为我收复"一事更不对，辛安是我县属的一个村，敌这次重陷我正定城后，根本就未到过该村，我地方干部和民兵始终未离过。不光是辛安车站，再往南边的吴兴村、岸下村，我民兵、地方干部也不断去（敌人也去过）。

"滹沱河北岸已无敌踪"更不对，城就在北岸么，未收复怎么就无敌踪呢？不但有敌人而且这几天敌保警队还不断地突到我永安等村并突到三区的刁桥、南岗一次（距敌十一里）。

我们认为该文应为"侵犯我正藁之敌（数按上边）已窜回正定"，特此敬告。希纠正之！

冀晋正定县委宣传部

正定县委宣传部来信指出这一与事实不符的新闻，我们认为是非常必要的。这种爱护党报的精神和对党报认真负责的态度，也是值得表扬的。我们极望各地读者同志在贯彻"全党办报"方针下，随时发现问题随时提出，反对新闻工作中的"客里空"倾向，务使新闻合乎事实，这对党报的改进是极有意义的。

编者

（《晋察冀日报》1947年8月28日）

《自卫战争新闻第一号》介绍

汪洋

《自卫战争新闻第一号》已在前方部队机关中放映了将近三十次，现在还在继续巡回放映中。有很多同志提意见，要我们写点东西介绍一下，如何克服困难在农村中搞成电影的。有些还没有看到的同志，也希望我们介绍一下全片的内容，及观众的批评意见。下边就简单地谈一谈。

过去我们搞电影，都存着一种教条主义，说电影离开了城市就搞不成功，没有那一套完整的设备也搞不成。我们这次大胆的尝试，说明了这不是城市和乡村的问题，而是决定在同志们的努力和一般具备了的条件。起先我们的目的在于试验，成功失败没有关系，成功了就是成绩，差一点可以继续研究，逐渐地提高，有了总是比没有强。有声的搞不成，我们就做无声的；无声的都弄不成，我们就来制作幻灯。

结果这些试验都成功了！录音机是用了原有的一只录音开麦拉和十六厘米的扩大器改造的，拷贝机是用的一只五十年前法国造的老"派特"电影摄影机改成的，做了三个小木头药水槽子，每次洗片子最多不超过一百五十尺，加上药料、片子、电瓶、剪接用具、充电器、马达，即全部制作器材重量共一千二百斤，载在一辆胶皮大车上，可以到处流动制作。有一次发生情况，全部东西装在大车上只费了一小时的工夫。

在制作过程中，我们想了各种办法克服所发生的困难和找代用品，真可以说是电影史上没有前例的，限于篇幅这里不一一细述。但要提一下的是参加这一工作的同志，尽管困难多，信心却在克服困难

中逐步提高，而且觉得很有意思。

这部片子从摄影、制造机器到完成，共费了三个半月的时间，其中的缺点是拷贝机改造得尚不够完善，放映出来的片子有的地方清楚，有的地方稍有一点模糊，音带有的地方印歪了，声音就小了一点。在内容上反映得还不够全面和生动。拷贝机现在已在重新设计，摄影工作正在接受过去经验，加强起来。我想只要我们努力，是会有进步的。

此片长一千五百尺，放映二十分钟，共四个内容。一、钢铁第一营授奖式。介绍钢铁第一营全体同志，参加刘家沟战斗英雄特写，旅长易耀彩同志讲话发奖旗，营长朱彪同志代表全体英雄受奖。二、解放定县。起初是两幅卡迫地图，说明整个保南战役，直到箭头指向定县，战斗开始，炮击城墙，步兵占领车站，烟雾中步兵登城，车站搜索，零星俘虏，在庄严的再接再厉的乐声中，我军拂晓开进定县城。在塔下，陈司令员、胡政委以"解放定县的先锋"奖旗发给××旅二团八连。有名的定县塔在悠扬的笛声中渐入定县鸟瞰。安民布告，涂抹定县国民党部，写上蒋介石十大罪状，大幅实行土地改革的标语，发放赈济粮，县长讲话，群众领粮，有的背着、有的扛着、有的抱着，男女老幼一个个很愉快地走了出去，在街上集成了一大群的行列，以《没有共产党就没有中国》的曲子伴奏，在一面高墙上正有人写"中国共产党万岁"大幅标语结束。三、正定大捷。捷报如雪片飞来，各种报纸的特写，炮兵发出了口令、纠正、指挥，各色炮齐鸣，炮声爆炸声不绝，步兵冲锋，杨成武司令员和陶参谋长指挥作战，杨得志司令员听取龙政委作战报告。指挥部队登城，在敌机下，群众向火线送水、救护伤员，靠近火线的一个老太太给伤员喂水，妇女喂鸡蛋，民兵担架队在炮火中冲上去，大军冲进突破口，战斗结束。只看见打坏了的炮楼、车站、敌人的军营。介绍四丈多高的正定城，城之宽，七年前日寇打开的突破口，我们打开的突破口，×旅十四团三营第七连登城第一功的奖旗。英雄大写，正定登城第一名建立了特功的老战士王儒同志；新战士李占民、孝德茂，解放战士姚燕彪同志，他们是登城的二三四名，建立了大功。三营副营长毕鸿恩同志深入城边侦察，随突击组登城，建立大功。在整齐的步伐、雄壮的歌声中，经过天佛寺天主堂，很多老百姓出来看人民解放军这强大的行列。在庆祝胜利的欢声中，俘虏军官、小俘虏、老俘虏，一堆一堆的一群一群的都出现在观众的面前。四、向胜利挺进。这是一个胜利的动员大会，讲话的结语是"我们在毛主席、朱德总司令的领导下，向胜利挺进！"军号响了，歌声起了，步兵、炮兵、民兵，向胜利进军，打大胜仗，歼灭敌人，为人民立功，迎接大反攻！至此全片完结。

总括几十次放映所搜集到的意见，观众给了我们不少的鼓励。干部战士过去不相信我们自己能拍电影，这次在银幕上看到了自己，都很高兴，都很惊奇。这样困难条件下，能够完成一部有声新闻片，奖励了我们为兵服务的精神。

自己的东西看起就特别的亲切，演到那里就扯开了自己的战斗经过，看到打正定的英雄的时候，"正定登城第一名可真露了脸啦！""将来咱们打好了也给咱们拍一个吧！"大家都觉得这次自己的电影，鼓动了斗志，激励了士气，提高了战斗和立功热忱，使解放战士对晋察冀的力量将会更有好的认识，希望我们多多地摄制这样的电影。

其次对我们的批评，非常宝贵的，首先一般的都说太短，"刚看得过瘾就没有了！"有些地方看不清楚，有些地方声音小，有些画面剪接得太短，"还没有看得明白又换了一个"。的确，这是一个很重要的问题，应该把电影中国化，让工农兵都看得懂。这不能以知识分子的感觉代替群众，拍摄技巧上要把开麦拉镜头变成为群众的眼睛，中景远景大写各色构图，应迎合群众的喜爱。在内容上不尖锐，一般化，表现火力的地方多，反映英勇的场面少，敌人工事（外壕、地堡）反映不足，以及克服这些工事设备的战斗动作更少，这是攻坚战主要的一环，某些火线上来不及拍的材料，最好能下来补拍。群众对于自卫战争的关心盼望和协助参加也反映不够，摄影取材上的不够深入，因此给人的印象也不够深刻，这是由于我们对战争生活尚不够熟悉，他们喜欢我们常去，帮助我们拍出更好的东西。

这些批评对我们是一个很好的教育，应该以这些意见来指导我们今后的摄制工作。为了开展解放区的新电影事业，还希望大家多给我们批评！

(《晋察冀日报》1947年8月29日)

又一条新闻和事实不符

《晋察冀日报》负责同志：

（上略）今见到八月三日第二五三七期报载《我军收复望都定县》消息，我感觉与事实不符。敌人只一小股是上月廿四日窜入定城，并未停一时，怎么说我军于八一收复定城呢？有的同志问我："敌人根本未占领定县，为什么我们倒说'收复'？"这样会使有些人连别的消息也不相信的。以上问题是我的感觉，也是战士们的反映，正确否希给予解答，是盼。（下略）

致

敬礼

第×旅侦察连 邓国良

八月六日

邓国良同志来函指出这一条新闻与事实不符，我们认为这是读者同志爱护党报认真负责的态度。在反对新闻工作的"客里空"倾向中，我们希望各地读者同志对不真实的新闻随时检举，使新闻工作者得到群众的监督，党报工作得到及时的改进。

编者

(《晋察冀日报》1947年8月30日)

北大教育系纪念陶行知

【新华社陕北二十八日电】北平讯：（迟到）上月二十五日为人民教育家陶行知氏逝世周年纪念，北大教育系会于四日上午举行纪念会，请邱椿、许德珩等教授演讲，并举行陶氏作品生平教育事业照片展览，内容有教育论文、诗歌、创作，介绍育才学校生活和成绩，介绍陶氏传记图片遗作等。按：陶氏逝世一年以来，其生前所创立之社会大学及育才学校，已先后于去年十二月及今年三月为法西斯头子蒋介石下令封闭。

（《晋察冀日报》1947 年 8 月 30 日）

学习《晋绥日报》的自我批评

新华社

【新华社陕北二十九日电】《晋绥日报》于六月二十五六两日，发表了《"不真实新闻"与"客里空"之揭露》（"客里空"是苏联名剧《前线》中的一个信口开河的新闻记者）一文。《晋绥日报》在这篇文字中，严格揭露了自己工作的缺点，寻根究底追寻错误的由来。在这个自我批评的工作中，他们也揭露了我们的新闻工作者中有像艾柏这样的人，为了自私自利的目的，曾经站在地主方面反对农民。《晋绥日报》此次的自我批评是很好的。最近一时期，晋绥与其他解放区一样，正在进行土地改革；《晋绥日报》的自我批评，是土地改革中的一个收获，它必将使新闻工作更加向前推进一步。这种自我批评不仅各解放区的新闻工作者要学习，而且一切工作部门都应当向它学习，以便更加改进自己的工作。在这个意义上，《晋绥日报》的这一倡导是非常有意义的。

《晋绥日报》的自我批评，是在国内战争与土地改革的新形势下进行的。

现在我们是处在历史上空前规模的内战之中，人民的敌人是蒋介石反动集团，这个反动集团有美国帝国主义的援助。中国人民要以自己的力量战胜这个敌人，最重要的保证之一就是土地问题的彻底解决。首先是解放区土地问题的彻底解决。一九二五年至一九二七年的大革命，曾经因为陈独秀的机会主义，不敢领导农民解决土地问题，以致遭到失败。内战时期，帝国主义与蒋介石反动集团向革命势力做严重的进攻，但是由于我党坚决赞助和领导了土地革命，所以革命运动仍能坚持和发展。抗日战争时期，我国曾经建成了包括蒋介石在内的民族统一战线，我们党的土地政策改变为减租减息与没收汉奸财产的政策是正确的。现在的情势与抗日时期已经不同，我国仍有广大的为民族独立、民主自由而奋斗的统一战线，但这个统一战线已不包括蒋介石在内，相反的蒋介石集团现在是卖国贼、法西斯和战争罪犯的集团，是人民的公敌。在这种情形之下，我党的土地政策改变到彻底平分田地，使无地少地的农民得到土地、农具、牲畜、种子、粮食、衣服和住所，同时又照顾地主的生活，让地主和农民同样分得一部土地乃是绝对必要的。坚决执行这个政策，则人民一定能够战胜蒋介石；如果在这时候重复陈独秀的机会主义错误，则革命运动会有失败的危险。

从抗日民族统一战线与减租减息变到国内战争与平分田地，这个变化不能不对我们的一切工作提出新的问题，和发生具有深刻意义的影响。因为新的形势要求我们的一切工作都有必要的改进，来适应这种形势，来推动土地改革与争取战争的胜利。凡是阻碍土地改革与妨碍争取战争胜利的必须予以革除。每一个革命者对于这个改进工作的任务决不能漠视无睹，深闭固拒。

在革命运动由抗日战争与减租减息推进到现在的国内战争与平分田地时，就革命的性质来说是没有变化的。两者都仍旧是属于新民主主义的性质。但是就具体内容来说，则已经有了变化。这个变化中的最重要之点，就是在地主与农民之间展开的斗争。我们的队伍中有许多革命的知识分子，其中很多出身于地主富农的家庭，在与帝国主义和大地主大资产阶级斗争时，立场常常比较坚定。但是在革命运动深入到普遍的土地改革，普遍的消灭封建制度时，出身于地主富农家庭的知识分子，因为他们与封建制度有若干联系，如果舍不得割掉封建的尾巴，舍不得为整个革命的利益而牺牲个人的和家庭的利益，就会发生立场上的动摇。其中一部分就有堕落到拥护地主反对农民的立场上去，或者堕落到自私自利独占农民斗争的果实的富农立场上去。这是民主革命运动发展中必然产生的现象。如果不坚决反对这种动摇与堕落，对于革命运动的发展就会发生妨害，对于个人就不能治病救人。现在与抗日阶段的重要的不同点之一，就是土地改革由减租减息与没收汉奸财产发展成为普遍的平分田地，消灭封建。在这个时候，我们队伍中一切由地主富农家庭出身的革命知识分子，必须警惕到自己的立场，即是在地主与农民之间的斗争中，要坚决站在为农民服务的立场上，然后才会有正派的作风。应该指出，在反帝国主义反大地主大资产阶级的问题上，从抗日阶段到现在阶段，从反对日汪转到反对美蒋，我们的整个队伍是十分坚定而毫不动摇的。在土地问题上，从抗日阶段到现在阶段，从减租减息没收汉奸财产深入到普遍的彻底的平分田地与消灭封建，我们的整个队伍仍然是坚决的；但在个别人员、个别部门甚至个别地区，则表现出某种动摇，有些个别人员则表现出立场上的堕落，而不正派的作风也就发生出来。主要地表现于拥护地主、打击农民、窃取果实、欺骗上级。这种错误的立场与不正派的作风，使得党在某些环节某些地区发生脱离群众的现象。这种现象在若干地方表现得很严重。这种脱离群众的现象，在不少地区已被警觉到和纠正过来，但是还有些地区没有纠正过来，还要用很大的努力才能纠正。这是在新的形势下我们队伍之中所发生的新的变化。我们的党是经过了整风运动的党，是团结一致在我们领袖毛泽东同志和中央委员会的领导之下的。但是我们应该看到这个新的变化，因而决不能自满，要以很大的努力来肃清走向脱离群众的现象，肃清我们队伍中动摇堕落和作风不正派的现象，使我们的队伍更加团结一致，改进工作，争取战争的胜利和新民主主义的实现。

为了达到这个目的，公开的自我批评是我们有力的武器。这种公开的自我批评，不但不会降低我们党的威信，相反的它只能提高我们党的威信。因为只有我们的党，对于中国民主革命事业才是这样郑重其事，这样负起责任。这种自我批评与对于英雄模范的表扬，是一件事情的两方面，两者不可缺一，其目的都是为了改进工作，以求实现彻底的土地改革与争取爱国自卫战争的胜利。

（《晋察冀日报》1947年9月1日）

晋绥新闻界彻底整顿阵容
发动群众揭发失实新闻

广大读者认为这是彻底改进新闻工作的正确道路

【新华社晋绥二十八日电】晋绥新闻界深入自我批评，发动群众揭露不真实的新闻，检举"客里空"。《晋绥日报》从去秋以来，陆续发表批评性的消息，对各项工作起了很大的推动作用，报纸的威信空前提高，读者经常拿报纸的新闻对证实际工作，结果发现很多报导失实。报社和新华总分社接到读者来信后，开始时择要在新闻业务刊物《新闻研究》和报纸上发表，后来读者的信件愈来愈多，揭发的事情也随着增多，而且极为严重，因此决心彻底整顿新闻阵容。从六月下旬起，《晋绥日报》连续刊载《不真实新闻与"客里空"之揭露》一长文，号召大家来检举"客里空"，并责成写稿的记者、通讯员和编辑人员，向人民做负责的反省和声明，进行悔过和道歉。经过反复的讨论，又进一步发现产生不真实新闻的根源，牵涉范围很广，如对新闻干部缺乏政策思想以及政治修养的教育和培养，缺乏实事求是的工作作风，采访不走群众路线，跳不出干部圈子，写新闻不求旁证，甚至把文艺写作方法搬来写新闻和通讯；但主要是土地改革中，不少新闻干部立场不稳，思想未澄清，有的新闻是故意捏造的，但也有的是"老老实实"的谣言。因此克服不真实新闻，不仅是报纸和通讯社的责任，同时也是其他各工作部门的责任，必须各单位普遍起来检查才能彻底肃清。经新闻工作者严格自己反省后，各地广大读者都反应良好，认为这是彻底改进新闻工作的正确道路，是人民新闻工作者应有的作风。许多读者自动来帮助检查，河曲县的区干部亲自到报导失实最多的村庄，请群众提出批评和意见，并决定以后凡是写群众活动的稿件，一定要经过群众审查。岢岚县某村干部因病放松领导救荒，但报上批评他"自私"，他看报后说："别的都是事实，只这一点实在冤枉！"报社接到他要求更正的来信时，就叫写稿的通讯员向该村长公开道歉。在群众力量感召下，目前还没被检举的部分新闻工作者已经自动进行反省。但也有少数人员认为这样做法是打击个人，因此表现情绪低落，甚至不愿写稿。现在新闻界正贯彻坚定的方针，加强内部为人民服务的教育，放手发动群众继续检举"客里空"。

（《晋察冀日报》1947年9月1日）

晋冀鲁豫开展思想检查　从土改中改造新闻工作

【新华社晋冀鲁豫三十日电】新华社晋冀鲁豫总分社及人民日报社迎接全区即将到来的大复查运动，旬日来积极进行思想检查。总分社自三十日开始检查一年来个人在土地改革中的立场，反省各自与地主阶级（包括家庭舍亲及各种关系）思想的物质的联系，第一星期为个人反省，第二第三星期为反省报告及小组讨论，对每人做一总结后，即进行一年来工作大检查。公开讨论与揭发一切不符合立场及群众路线的事实，制定改造全部工作的方案，同时并与太行分社共同研究将通讯等建立在贫雇农骨干基础上的方针。现正多方搜集材料，并派专人至工农通讯工作做得好的黎城北流、涉县王金庄等地调查□准备在复查中创造经验。《人民日报》工作同志从上月二十日即在中直总支查田、查阶级、查思想的指示下投入学习，学习中发现编辑部门有些干部尚存在"我家不是解放区，是城市长大的"或"很早离开了家庭，思想上没什么问题"等阻碍深入的思想。本月中旬，该社又介绍了太行通讯员，会议中检查立场与"客里空"思想的经验。中央局宣传部亦号召每个新闻工作者应该很好地检查地主思想，检查面向工农、面向本区、面向现实，该社同志决心彻底检查自己思想，以达到改造自己改造报纸的目的。

（《晋察冀日报》1947年9月1日）

沪港文化界抨击蒋摧残文化事业

【新华社陕北三十日电】沪港文化界一致抨击蒋贼摧残文化事业。港《时代评论》复刊号称，蒋介石扼杀文化，已远胜于满清及北洋军阀张宗昌、孙传芳，民国二十三年时，全国九百家报纸中，已有六百七十余家为其统制。"惨胜"劫收后，民营报业现寥寥无几，甚至通讯社、广播电台、制片厂亦为其一手控制，上海民营广播电台一封即达几十家。新闻纸统制后全国每月只准用五百至一千吨，但上海一地，即需三千七百吨，故大批报纸均被扼死。《文群》等刊物未出版即被禁售，致使大批刊物胎死腹中。至于统制印刷厂搜查书店，以大卡车搬抢书刊、压迫摊贩、禁运禁售等卑鄙手段，更层出不穷，使堂堂大城市如金华宝鸡等地，竟看不到上海出版的刊物。小说《铁流》《毁灭》等均列入禁书，连大托尔斯泰、普希金等已故俄国作家，均被目为"左"倾。凡呼吁恢复政协路线、抗议美军暴行的全国作家、学者、艺人，均被目为"罪人"。至此，全国出版业濒于崩溃，连商务印书馆亦负债累累，《辞源》等巨著无力再版。作家生活更苦，所得不抵一个苦工，全国职业作家现仅剩二十余人。教育事业则更不堪言喻，预算仅占全国总预算百分之三点七。四川自贡工专经费仅抵一个中央银行高级职员薪金，浙江大学每月生活补助费，只够剃一次头，至发生中山大学教授全家吃野菜中毒惨剧，金陵大学学生四分之一患肺病，重庆全市学生十分之九不健康，整个教育界充满惨象。

复大教授储安平于《观察》周刊评《文汇》《联合》《新民》三报被封称："因为三报专刊（蒋）政府引为禁忌的新闻，可是他们所登的都是事实，都是（蒋）政府所不愿让大家知道的。（蒋）政府把新闻发表权统归中央社，无奈中央社的消息不要看的人愈来愈多。而三报所发新闻，（蒋）政府愈顾忌读者愈要看。（蒋）政府无法防止，就只好停止。这是一种希特勒式的作风。"

名记者隆诒在香港《光明报周刊》十九期撰文指出，蒋贼摧残文化暴行，"是做贼心虚，面临崩溃命运而发出的战栗"。继即号召全国新闻从业员："让我们所有记者之笔都团结起来、集中起来，扫荡这一群摧残中国民间新闻事业的罪魁，创造为人民服务为人民说话的民主新闻事业。"

(《晋察冀日报》1947年9月1日)

锻炼我们的立场与作风

学习《晋绥日报》检查工作

新华社编辑部

【新华社陕北二十八日电】人民的新闻事业区别于反动阶级新闻事业的主要标志是立场与作风，我们的立场是为人民服务，首先为占人口最大多数的工农兵服务。我们的作风是求真实，就是以事情的真实情形告诉人民；是求精深，就是我们的新闻与评论必须写得好，经过调查研究分析，能够为人民解释问题与解决问题。这种立场与这种作风两者是不能分离的，这样的立场、这样的作风是我们向来所提倡的。

经过抗日战争和两年来争取和平民主的斗争，人民的新闻事业已发展成为一支强大的军队，它是人民解放运动中一个有力的思想战斗武器。它的发行最大量，影响最普遍，反应最迅速，因此与人民联系最密切。这一支军队必须练好，才能有效地为人民服务。在目前国内战争阶段与土地改革大运动中，更须加强这一武器，帮助人民战胜敌人。过去各解放区都曾做过一些改进新闻军的工作，而且也有若干成绩，但是如像《晋绥日报》六月下旬开始的这一群众性的复查工作，则没有做过。所以《晋绥日报》这次的反对"客里空"运动，在人民新闻事业建设过程中是有历史意义的,而且不但对晋绥一地有意义,对其他解放区同样有意义。

根据《晋绥日报》此次初步检查结果,一方面发现了新闻报导及新闻工作其他环节中有严重的不负责任不实际的(客里空)作风,同时更加值得注意的,是发现了新闻工作中的阶级立场问题,这是晋绥土地改革中一大收获。过去我们新闻工作中不仅不断进行过立场教育,而且也已收到极明显的效果,但一般地说,这主要的是关于在反帝反大地主大资产阶级的斗争中的立场问题。在土地问题上,农民与地主关系中的立场问题则较少具体注意,这是因为过去土地问题还限于减租减息,没有深入到普遍的平分土地。另一方面,所以有这种现象,当然还与我们新闻军的成员的阶级出身有关,绝大部分由小资产阶级知识分子组成的新闻军,在反帝反大地主大资产阶级的斗争中,立场很容易鲜明;而在农民与地主关系中,却有一部分立场会模糊,这是因为小资产阶级知识分子大半与土地有关。记者艾柏把地主说成"中农",并强迫群众退还斗争果实,这一事实需要我们大加警惕。对于这种人应有愤慨,大家努力把我们新闻军的立场锻炼提高一步。

《晋绥日报》又检查出来了下列的相当严重的现象,即在写作上凭空制造"英雄模范",采访上的道听途说捕风捉影,编辑工作中的并无根据、任意删改,译电校对等工作中的马马虎虎等这种不认真不精致的作风,是极坏的作风。产生这种坏作风的思想根源,在于有些同志还在兢兢于个人名誉、地位、权力、待遇、兴趣等所谓"个人成就"的打算,还不能全心全意脚踏实地为人民工作。另外一个根源是旧习惯。新闻军里面的小资产阶级知识分子中,有一些人还带来了没落的封建阶级那种自高懒惰清谈苟且敷衍,对于人民事业应付旁观,缺乏热情。这种没落的没有前途的个人主义思想与陈腐的习惯,对于人民新闻事业造成了而且造成着不断的损失,需要我们坚决起来与之做不调和的斗争。

上面这些坏现象一般地说虽在我们新闻军中已不占统治地位，但仍大有害于人民事业的。我们全体新闻工作同志必须认识，如果我们不下决心改正这些缺点，我们就会下降，就会退化，换句话说就会脱离人民。

那么怎样来进行改造呢？《晋绥日报》已经提供了初步的正确的方法，就是公开地群众性地彻底地进行检查。以后凡是做得好的单位部门及个人应受到公开的表扬，做得坏的应受到公开的批评指责，而且应以群众力量督促其非改正错误不可。认真改正了错误的同志，应受到欢迎，我们应当很好地团结他们。对于那些坚持错误的，应当毫无保留地撤销他们的职务，直到他们愿意改正错误时才再任用他们。

也许有人以为这样会打击干部，其实这正是爱护干部教育干部真正进步的最有效的方法。因为我们的新闻事业是属于人民的，而又是经常地公开地与人民相见的。我们队伍中有缺点，好像人民脸上有污点，是人所共见的。因此，必须公开改正错误，才能保持人民新闻事业及其干部在人民中的威信。有了公开错误不能公开改正，就不会有真正威信。有了公开错误能够公开改正，就仍然会有威信。

各解放区的新闻工作单位部门及个人，均应普遍在公开的群众性的方式下，彻底检查自己的立场与作风，要由此开展一个普遍的学习运动。有些人很强调技术学习，他们就必须知道，只有在正确的立场与作风基础之上，技术对于人民才有意义。阶级立场是一切之本，立场正确了，作风才会真正正派起来，才能有认真负责的态度，不至于马虎从事敷衍塞责，也才能力求精致细心分析，不至于人云亦云，自满于一知半解。只有这样才能经常坚决地清醒地研究敌人、判断敌人，不致被敌人虚声骇倒与欺骗蒙蔽。也只有这样，才能对我们自己的成绩既不抹杀也不夸大，更不易为假成绩所迷惑。也只有这样才能有真正的勇敢来正视我们自己的缺点,不致麻木不仁、熟视无睹,更不致粉饰太平包庇缺陷。

我们的党已经是中国人民一切希望所寄托,已经有力量决定中国政局的大党,在国际上已有很高的威信。中国已经有一万万三千万人民获得解放。作为中国党与人民耳目喉舌的人民新闻事业及其工作人员,应以此为标准来进行自己的改造。

(《晋察冀日报》1947 年 9 月 1 日)

蒋党治下生活逼人　郭沫若被迫卖字

【新华社陕北三十日电】据津报讯:我国文化界著名领袖郭沫若全家困居上海,在物价高涨下,无以聊生,近由友人建议卖字维持家用,分对联、扇面、招牌等,润格自三万元至二十四万元不等。一般咸认郭先生一代文豪,举世共仰,目前竟被迫卖字维生,足见蒋介石统治下上海文化界生活的艰窘。

(《晋察冀日报》1947 年 9 月 1 日)

保证新闻的真实性

不要把番号数字弄错了

编辑同志:

贵报八月一日刊载总部发表之《一年战绩总结》第一号公报中,华东战场歼敌三十个整旅,番号中的"四十一旅、六十旅、五师"实际应为"四十旅、二十旅、十五师"之误(最近我看到其他战略区报纸是这样的）。又晋冀鲁豫战场歼敌六个整旅，括号内却变了七个旅的番号，其中"十旅"也可能是误排入的。请查究一下，登报声明，如原稿就是那样，须向新华总社去电询问。新闻要真实，战报数目字更不可有丝毫错误，这正像商店的会计不能把九千元给雇主写成一万一样。不然那就要减低自己的信誉。宣传的强有力，首先是建筑在真实确切上。新华社的宣传从来都是真实的，因此它能取得全国全世界人民的信任。这一点已没有问题。但有时下面个别部门，却往往不细心。经常一篇社论，错几个字；很重要的数字，也会遗误；或者是读者异常关切的数字，看了半天，揣摩了一阵，也认不清楚——因为印得不显亮。这一点确是我们做宣传工作的同志与印刷厂工人需要下决心克服的。

如这次战报，我看过五种报纸（《渤海》《大众日报》《人民战士》《冀晋》）数字各有出入，我想这个问题在我们目前宣传工作上实在是一个大的问题，提出来，引起改正。

谨致

敬礼

读者田凡

八月二十五日

田凡同志：

来信所提应注意报纸新闻真实性等有关意见，我们完全接受，并将在今后工作中努力克服缺点。你仔细校阅各种报纸，追求报导的准确性，这种爱护党报的热忱，我们十分敬佩，并希各地读者学习这种精神，对报纸经常提供意见，以帮助改进我们的党报工作。

关于《一年战绩总结》中几个番号数字问题谨答如下：

华东战场歼敌三十个整旅番号中，"五师"确为"十五师"，乃为排印之误，"四十一旅及六十旅"则是对的，原来电稿所发"四十旅、二十旅"可能系总社电台把电码发错了。因为四十旅属整编二十五师,迄今尚未全旅被歼。二十旅属整三师,该师(辖三旅、二十旅)系在晋冀鲁豫战场被歼,并已统计在晋冀鲁豫数字之内(蒋军旅的番号仅有一个是重复的,即七十师与三二师各有一个一三九旅,此外没有同时并存的重复番号)。四十一旅属整编二十六师,于去年十二月在宿迁战役中被歼;六十旅属整编六十九师,亦在宿迁战役中被歼(华东战场歼敌八个整师中,已将二十六师、六十九师统计在内)。你所提晋冀鲁豫战场歼顾部六个整旅中多了一个第十旅,这确定我们不细心给弄错了。

再者其他报纸所载华东战场歼敌旅的数字中有"三旅"的番号,"三旅"应改为"预三旅",三旅属整三师,系在晋冀鲁豫战场被歼,上面已经说了。预三旅属整编五十七师,亦系去冬宿迁战役中全部就歼(宿迁东北地区的歼灭战,是在去年十二月十二日至十七日进行和完成的,此役歼敌上述三个整旅及十一师一部共两万余人)。

(《晋察冀日报》1947年9月1日)

不真实新闻与"客里空"之揭露

《晋绥日报》编辑部

一、从《女游击队长李桂芳》谈起

在我们编辑工作中,存在极严重的缺点,首先就是处理信件上不够认真负责,不够严肃慎重,缺乏反复研究的精神。因此虽然有许多新闻通讯,编辑确是很难判断其真伪的,但是由于我们的疏忽,粗枝大叶,有不少的"客里空"或比"客里空"更坏的新闻通讯被刊登在我们的报纸上,还有不少新闻通讯是被编辑成错了的,以致使真实新闻变成不完全真实的。这使我们的读者受了骗，使党报遭到很大的损失。

去年五月二十六日，本报副刊上发了一篇《女游击队长李桂芳——绥远人民抗战故事》，这一天的报纸到达绥蒙之后，幸经当地党委将其扣留未发。这是一篇完全撒谎的通讯。这篇通讯的作者成青昭，在某旅工作，现在尚给《新闻报》写稿。他把一个拆烂污的女子竟报导为女游击队长。这事发现后，我们曾写信追究过，但始终未得到回信。这也许由于当时战争原因函件遗失，但我们却再未追究下去。这说明了我们对这种严重的问题，没有引起足够的重视。（作者为什么要这样颠倒是非，最近我们又写信去问，希望作者向党报有负责的声明。有知道底细的同志，也希望能告诉我们。）

正是因为我们没有拿对人民对党报高度负责的精神来对待这一问题，对"客里空"或比"客里空"更坏的严重性重视不够，这以后，虽然在《通讯研究》上不断地揭发与号召揭发不真实的新闻，但报上仍然登了不少的不真实新闻，而且有些是同《女游击队长李桂芳》一样的十分严重。如去年十一月十六日，本报第二版《临县张家湾抢收》一讯，作者艾柏，当时在临县县委任宣传干事，是本报的通讯员，现在太岳某纵队当记者。这条消息中，对地主张顺鸿的女儿张焕爱吹嘘了一番，说那女子"一边织布，一边看场，织机一停就又跑到场上拿起□耙"。在这次土地改革中，该村老乡供给工作团同志的材料，揭穿艾柏这一报导的动机是恶劣的。据说：艾柏被派到张家湾调查所谓"侵犯中农"的情形，他一去就住在地主张顺鸿家里，帮助该地主夺回群众清算斗争果实，硬说该地主是一个"中农"。他之所以尽力帮助地主反对群众，就是因为他看中了地主女儿张焕爱，要和她结婚，以后因群众反对，结婚才作罢。而这天的报纸到达该村，引起群众对报纸很大不满。

四月二十一日本报一版《李宏瑞当众伏法》一讯，当我们接到后非常吃惊，李逆为汾阳昌宁宫人，曾充日寇警察、便衣特务，于日寇投降后混入我地方武装，杀人抢劫，强奸妇女，破坏革命，罪恶昭彰，三月二十七日经七分区机关部队及驻地群众公审后枪决。但我们的报纸在去年十一月二十二日与十二月二十七日四版，曾发表过对李逆表扬的通讯，第一篇题目是《李宏瑞和他的武工队》，另一篇是《李宏瑞又建奇功》，把李逆写得好像一个人民英雄。我们立即写信给作者谷曼——吕梁新华分社记者，谷同志已回信，对此已有所检讨（原信另发表）。这又是如何值得我们高度警惕的事啊！

最近对于"客里空"与比"客里空"更坏的人，已引起了读者较普遍的注意，并已收到不少口头和书面的揭发材料，有的正在做必要的调查研究，有的准备写专文发表。下面先发表一批，同时希望大家继续大胆地揭露，不管过去的或现在的，如果能将其不真实的原因及其动机，或"客里空"式的思想作风一起详细揭发出来，更为欢迎！编辑改错的亦希继续揭露。今后报纸拟陆续刊出这些材料以引起大家的警惕注意。

二、关于杨椿报导《地主杀人要偿命》的来信

编者同志：

六月十四日《晋绥日报》四版中署名杨椿的《地主杀人要偿命》一文，其中有两件事情是不符合事实的报导。（1）按该文第十二行："……带到旧县政府（按指阎锡山的县政府）后，旧县县长即判这六人为抢刘浩生主犯，除放回刘子仁、刘拖儿外，其余王竹、贺占贵等四人都被枪毙在临县城北门外。"真实情形不是如此，按刘子仁、刘拖儿两人，当时确被枪毙，并未放回，另郝家坡群众被枪毙四人，除刘子仁、刘拖儿外，尚有王竹、□东生二人，其中并没有贺占贵。贺

系当时被捕人之一，但未被枪毙，现在他仍健壮地活着，并积极参加土地改革工作。

（2）又按该文中第十八行："……并把这个杀人犯刘浩生送民主政府依法惩办，要他偿命。"按该恶霸地主刘浩生经群众斗争后，已扫地出门，暂时送往民主政府扣押的不是刘浩生，而是他的儿子刘荣昌，因刘荣昌是杀人主谋凶犯，现暂扣押政府静候群众公断及民主政府的判决。这种对群众对党报不负责任不真实的报导，硬把活人"枪毙"却把死人"放回"，又错误地报导群众对地主恶霸的处理，损害了党报在郝家坡及附近村庄群众中的信仰。群众看报后有来工作团质问者，且以为这篇稿子是工作团发的，我们曾予以解释说明。最后希望你们将此信迅速发出，予该文以更正，并向郝家坡与贺占贵本人及读者致歉意。

郝家坡工作团（六月十六日）

编者按：本文作者杨椿系战斗剧社的，担任何种工作不详。他曾两次寄来同样的稿子，第一次怕有误未用，第二次稿作者并附信说明此材料是他听了工作团某负责同志的报告后，又经过访问而写的。我们希望杨椿同志见报后向本报负责说明，并希剧社负责同志对杨椿此事予以检查。最后我们请郝家坡工作团代我们向郝家坡群众与贺占贵深致歉意！

三、忻县消息连错三条，还有一条是改错的

编辑同志：

最近报上登了一些忻县的消息，这些消息中有不合事实的，有过分夸大的，也有把人名村名闹错的。举几个例子：

（一）四月二十三日一版头条消息："忻县某村得地农民组织翻身游击队，保卫土地抢耕抢种"（编者按：作者是纪希晨，雁门新华

分社记者），消息中讲得地农民如何组织翻身游击队，就与事实不合。据我和该村农会秘书及农会干事等干部谈话得悉，这并不是由得地农民组织的翻身游击队，而是县上从七区和五区抽调的干部民兵组成的参战队，该村只有少数干部和民兵参加。事实上该村民兵基干队，直到现在还存在着脱离群众、对敌斗争不积极等现象。消息中还说该村"实行劳武结合，抢耕抢种""三天内浇地三千亩……"，而事实上，当时敌人正盘踞在奇村一带，离该村很近，该村群众情绪有些不安，据该村农会秘书说，顶多浇了二千亩。

（二）四月二十七日一版消息《共产党员农会秘书蔚巨福英勇就义》，原稿本来是我写的，并没有说他是共产党员，当时记者希晨同志问我他是不是共产党员，我告诉他不是，但报上却不知怎样说起他是共产党员来了。

（三）四月三十日一版消息："忻县边沿区两个区群众组成七支游击队，反抗阎顽暴行"（作者也是纪希晨），其中说到"南高村小商人冯福智，被阎军三十九师抓住用刺刀刺死"，事实上被刺死的是在奇村卖饼子的楚有治，三十二岁，不是冯福智，冯是敌"治村"村副，政治上很反动。

（四）五月五日一版消息："□□□军民围困爆炸下，□村等地重获解放"，其中两处都与事实有出入。一处说到阎军九十余"进到东南高村（实系东高村），忽遇武工队鸣枪射击，阎军仓皇找坟堆隐蔽，武工队预埋之地雷立即爆炸，阎军中队长及一士兵毙命"，事实上该中队长及一士兵只是受了重伤，并未毙命。（编者按：原稿确肯定写的是重伤，而且炸得头破腿断。）又一处说到忻口等地阎军出动，"进到南铺上，触地雷三颗，炸死敌连长以下三名"，事实上该三人也都没有毙命，而是连长重伤，两名士兵轻伤。（编者按：原稿写"炸死顽连长一名，伤士兵两名"，改为"炸死伤连长以下三名"，因粗心将"伤"字掉了,未校正。)

还有把人名地名闹错的也很多,如五月四日《侵占奇村顽军强掠屠杀残暴异常》消息中,就把"孙天彪"错成"孙天虎","温村"错成"混村","明望村"错成"明生村"。(下略)

李玉明(五月二十日)

编者按:(甲)李玉明同志所举出的例子,都是雁门新华分社的来稿。我们曾电告雁门分社予以查究,据来电,关于翻身游击队的报导,确是"有些夸大";关于蔚巨福是否共产党员,据称曾问过忻县县委副书记,说是共产党员,记者没有把握,只在电文后面附了一句"蔚巨福是共产党员",编辑部则是根据这一附注在正文里加进去的。

(乙)我们深感雁门分社的答复是不能令人满意的。也许为了电报字数限制所致。见报后望该分社深入检查,关于第一与第三点,并须由纪希晨同志来函向报纸读者做公开的负责的声明与自我检讨。

(丙)第四点,重伤误为毙命,系电讯科改稿同志改错了的。据说是笔误。最后关于地方人名闹错的,系译电之误。因原电码稿已不存,系发译或收译错的,已无法咨考。

四、关于胡、康报导下川坪分配果实问题

三月二十四日登载保德下川坪分配斗争果实一稿,于四月初旬又前后收到本报记者梁明和通讯员张连国、张正学同志对该村分配斗争果实的两则批评报导,经三稿对照,发现三月二十四日的报导与事实全部违背。该稿是胡辅邦、康溥泉两同志合写的,胡是保德四区区委,康为通讯干事,报导说:该村分配斗争果实的是贫苦抗属,农民以每口四垧地计算,好坏搭配,不足者补齐,并照顾受害深重的贫苦群众。分配中并进行了"农民一家人"的教育,克服了"谁受害谁分"的错误意见,使群众接受了统一分配的原则。最后在民主讨论

下，使三家贫苦抗属、四十四户贫农获得了土地和大部粮食，九户中农分了四石粮。在分配中又纠正了干部郝拉生给中农郝仲明分好地与要私情的偏向。

后来的两稿，主要内容则说该村分配原则是头头有数，以公粮反比例计算法来分配的，全村四十五户中，有三十九户分了斗争果实（缺黄金山村材料），六户未分的是高家四户和二户封建富农。但在三十九户中尚有高登凯、郝镛谋两户富农也分到果实。因为分配原则错误，干部和群众都互争果实，逐渐形成小派别，互相攻击，弄得几乎打起架来。而领导该村工作的胡辅邦同志，未能及时制止这种纷争，害怕惹人，放弃了对群众的教育，使正派农民在会上不敢抬头，认为"谁能说话谁就能多分"，造成干部和群众之间严重的不团结现象。在这种情况下，胡辅邦同志眼见再分不下去了，未等土地房窑分配完毕就离开了下川坪。事后县上又派张正学同志前往纠正，把不应分果实的富农和二流子所分得的重新退还群众。

为此，报社曾向通干康溥泉去信查询，但至今尚未获答复。目前正继续研究中，希康、胡两同志见报迅速向党报负责说明真实情况。

五、究竟谁的意见是事实？

邱文山、杨培德两同志关于河曲一区民兵配合部队击退朱匪七次进犯的来信——

一月三日本报二版刊载河曲一区民兵配合部队击退朱匪七次进犯的消息后，不久就收到独五团亲自参加楼子营战斗的邱文山同志来信，提出该消息有六处与事实不符：（一）给部队带路的，在十日晚上选来十来个人，并没有七八十个。（二）天然村民兵给指挥所往返火线送信，仅仅是民兵由大宓到树儿梁送了几次信，大宓民兵只到前面抬伤兵，并没有往火线送过信。（三）云梯只是民兵借梯和绳子，有的还是部队自己借自己绑,抬云梯也并没有抬到城下。(四)九日晚朱顽六十余人偷渡赵家口,民兵沉着迎击打了五个手榴弹,击伤一敌人……也不确实。(五)杨大队长亲自率领二组民兵袭入大窊,打了二三个钟头,实际上大窊根本没有敌人。顽匪只在黄昏时到大窊村抢劫,天黑民兵去袭扰了一下,顽匪即向楼子营逸去。(六)民兵在六十里河防上岗哨林立,戒备朱顽进犯,事实上是在二十四日晚上敌人过来抢了南园群众的三头牛等,民兵当时没有发觉。

对以上各点,河曲宣传部长章哲同志接到报社去信后,进行了调查,并由作者杨培德(保德二区区大队长)写信给报社,对邱同志所提六点不实之处,说明如下:(一)八日战斗开始,我亲自带了七八十名民兵给部队带路,准备到□畔和部队取得联络,因部队已出发,就把民兵分散担任了警戒和抬运伤兵工作。(二)大窊叶中队长带六七个民兵和团指挥所相跟,仍配合通讯员在火线上送过信,可由团部参谋作证。(三)绑云梯由大峪村民兵绑四架,是我亲自领导的,贾参谋当时报导过;辛家坪绑三架,有七架云梯是民兵抬到城附近,辛家坪民兵一架云梯抬到城下。(四)朱匪偷袭赵家口,由我民兵排长秦连同志打了五个手榴弹,打伤一名顽军,是由罗□堡一个老太太亲自看见的,我问过那个老太太,关于民兵沉着迎击,确是写得有些夸大。(五)原稿是袭击大峪,而报社误写为袭入大窊。(六)六十里河防岗哨林立,实际上民兵沿河的哨位也不算少,唐家会至梁家□就有河防哨二十五处,南园敌人偷渡没有发觉是事实,但民兵哨位并不能把每一个地方都派上哨,后来也是民兵发觉的。

在章哲来信中也认为字句上夸大,如"岗哨林立",但对具体事实尚认为确实。但这两个信都同时出于亲自参加的同志写的,而事实就完全不一样,还是很值得研究的。

六、张保宏帮六个复员军人成家的新闻是夸大的!

今年一月二十八日本报一版《河曲曲峪村长张保宏帮助六个复员军人成家》的消息发表后,贺司令员于三十日特致函张保宏表示谢意,该函刊登于二月四日本报。二月十九日本报一版又刊登了张村长函复贺司令员的消息。

最近我们得到口头反映,说张村长帮助复员军人,并非如消息中所说的那样,真正由他帮助结婚的只有一人(?),并非六人。这个报导系本报派往河曲的记者梁明写的,据梁明同志谈:去年腊月,他从河曲五区往县上,路过该村住了一宿,和住该村工作已有一月多的区干部老邬及区大队长住在一起。当时问起该村选举劳模的情形,老邬说得票最多的是第一名张村长,第三名是中队长(复员军人),当天就请中队长谈话,中队长特别说到张村长帮他娶过两个女人,并说他村还有五个复员军人的老婆都是村长帮助娶的。当夜即约定中队长和村长第二天都到老邬那里。第二天一早,村长、中队长、民兵指导员、分队长王根熊都去了他的那个屋里(这时区大队长走出去了,光有他和老邬),他就很快要村长谈他如何帮助六个复员军人娶了七个老婆,要按顺序,先帮谁后帮谁,一个一个地往下说。他一边掏出笔记本子,并向大家说了一句"若村长有记不确的地方,你们可随时帮着补充材料",一边叫老邬也提些意见。接着村长从头至尾地报告开了,他一边记一边不断地发问,只是中队长和王根熊插话补充了一些材料(多是订正结婚时间和女人的名字),其余在场的人——指导员、老邬都没说什么。把材料收好他就走了。

这件事情的经过,究竟是否如梁明同志所说的那样,希望河曲五区老邬等同志给本报来信。而张村长给贺司令员写的复信,是张村长自己写的,还是谁写的,我们想写这封信的同志也应该对这件事有所说明。该信系由河曲通讯干事朱元同志寄给报社的。

七、怎样把凶犯李宏瑞报导成英雄的？

编辑同志：

来信收到了。问我关于我去年前后两次对李宏瑞稿子的采访经过和我自己的检讨，写在后面。

去年十月二十五日，汾阳城工部在昌宁宫村召开武工队会议，我赶到该村后，听到×部长谈武工队的活动，引起我的注意，并从他那里得到新闻线索。我乘他们休会便去找了李宏瑞，由李谈了他们的两次作战情况，其他组员补充，几个组员都说李厉害，白天就敢空手向碉堡要子弹。这有点像童话。我怕材料不够，第二天又和李谈了一次，做过思想上的了解，于是就动笔写了。当时领导上也认为他打仗打得不错，我就相信这材料是可靠的。

第二篇稿子是去年十二月写的，那时环境吃紧，写他的动机是因为他的武工组在孝汾公路上阻击敌人，缴获了二辆自行车，写信给政委被我看见了，恰好武工队有个同志来县委领东西，我和他拉拉杂杂谈了一次就写了。

就这件事情，我想了一想，检讨了自己：第一，采访工作没有走群众路线。从□部长那里得到新闻线索后，我就只在李和他的队员中去搜集材料。其中忽略了两个方面，一方面没有把这些材料和几个武工队员仔细斟酌，可能他们当李的面说几句奉承话，背了面或者会吐出真情来；另一方面没有到群众中去了解，看看群众对他们的反映。没有这样经过深入正反的参证就把假□当作□实了。第二，对李的本质认识不够。我写的时候，是想从一个人的英勇事迹来鼓励和号召更多的人去英勇斗争，没有深刻地认识英勇建立在那个基础上（个人或群众），并忽略了对李的本质的了解，由此得到相反的结果，造成了对党报的损失。

以上□就个人的回忆而写的,等×部长回汾阳再检讨一下后告你们吧。

谷曼

六月七日

(《晋察冀日报》1947年9月1日)

怀着争功夺利的思想写了说谎骗人的稿子

《女游击队长李桂芳》作者的检讨

【新华社晋绥一日电】被揭露的不真实新闻《女游击队长李桂芳》作者成青昭,顷在《晋绥日报》发表其采访与写作的检讨称:"在绥包战役前随军北上途中,我因摔伤了腿,在石玉县野战医院休养,遇到一位中年妇女,她谈到她过去曾在绥远之凉城、和林、清水河一带当过游击队长,因挂彩回后方休养。我觉得这材料很新颖。第二天又找她详谈,于是她就大谈其如何摆脱封建家庭而参加革命,如何与日寇特务斗争坚持工作,如何伏击敌人,等等。我把她说的记录下来,写好后曾念给她听过,她没意见。当时我怀着争功夺利的个人想法,深恐别人知道这一材料去采访,因此就毫不加思索调查,只注意李桂芳谈的优点,没从她举止中发现她'拆烂污',说谎骗人。写好后没交给上级负责人看,也没有这样去想,也没想到应老老实实向党报负责,替报纸编辑设想,他们是不能对每篇稿子的事实进行调查的,就扬扬得意地寄出去了。因此对这篇不真实的报导,我应负主要的责任,并向人民道歉!"

(《晋察冀日报》1947年9月3日)

东北解放区新闻事业

现有廿余种报纸十五个通讯社　坚持对敌斗争提高了群众觉悟

【新华社东北一日电】一年来东北解放区新闻事业已拥有二十余家大小报纸，十五个新华通讯社分支社，七家口语广播电台，十余名新闻工作者以及广大通讯员，在爱国自卫战争、土地改革及解放区各种生产建设中，做了伟大的贡献。《东北日报》现有三百多新闻干部，已逐渐成为全东北解放区在政治上、思想上、工作上的指导中心。南满新闻工作者于民主联军撤离安东及通化后，始终坚持长白山脉，展开对敌斗争，有的深入敌区及边沿区开展通讯工作，保持报纸的出版。今年五月并将《辽东新报》胜利复刊。冀察热辽各地新闻干部，在过去半年中亦以英勇姿态坚持对敌斗争，该区最大报纸《群众日报》业务已逐渐扩大，威信日高。热东地区《新热辽报》曾在极度艰苦的敌后环境下不断改进业务，得到党委的记功奖励。冀热察地区的《冀热察报》，一直处于战争频繁的紧张环境中，坚持在平北出版，现已达百期。《西满日报》及合江、吉林、黑龙江、牡丹江、冀东及辽吉各省区报纸，对反映群众生活、交流各地土改经验与培养新闻干部方面均有成绩，其中尤以《新黑龙江报》文字通俗，对于教育翻身农民及培养工农通讯员起了极大作用。大量民营报纸与外文报纸之出版，是东北解放区新闻事业的一个特点，如哈尔滨市一地即有《哈尔滨公报》《午报》《哈尔滨工商日报》《大华日报》及俄文波兰文报等，王爷庙并有蒙汉文之民族性报纸《内蒙自治报》。东北解放区的通讯社工作亦逐渐健全，现在新华社东北总分社以下拥有西满、辽东、吉林、冀察热辽、冀东五个分社及八个支社。热东支社于去年九月民主联军撤离兴隆后，即迁入七十余里方圆的山林中，以极稀少之棒子和野菜糊口坚持传播胜利消息,并帮助群众备战和耕作。本社特派记者刘白羽、杨广、华山及各随军记者年来随军采访,与第一线将士共同生活,完成报导任务。民主联军各兵团野战分社亦次第成立,总部《自卫报》以下各兵团出版之数十种部队报均能及时介绍作战经验,表扬英雄模范,极受广大指战员的欢迎。广播电台除安东恢复不久外,哈尔滨、佳木斯、牡丹江、延吉等市的声音,年来每日出现,正为国内外许多听众所熟悉。

(《晋察冀日报》1947年9月3日)

纪念"九一"暨创刊二周年

《冀晋日报》开始检查工作

决学习《晋绥日报》检查立场

【新华社冀晋讯】《冀晋日报》为了纪念创刊两周年暨"九一"记者节,编辑部全体同志自八月二十七日开始检查报纸工作,对内容、标题、版式、通讯指导以及工作联系方面,都做了初步检查,并提出不少改进意见,主要的有以下几点:一、内容太零碎一般化,指导作用不大。二、标题有的不够明确生动。三、版式太老气平板,不够活泼,稿件位置有时放得不适当。四、三版的特点表现得不明显,有时一二版上也放进文艺诗歌之类的作品。五、由于通讯指导工作薄弱和通讯机构的不健全,稿件数量质量上不见提高,反见降低,使编辑工作处于被动地位。六、由于技术上不熟练,缺乏计划性,再加以事务主义的工作方式,因而在工作上没有足够的联系,业务学习和研究都做得很少。经此次检查后,确定立即加强通讯报导工作,提高通讯质量和数量,使编辑工作获得主动;编辑部门组织业务学习,强调综合改写工作，提高质量；（现已发起组织业务学习小组）在三版上把原有文艺诗歌通讯之类的作品，明显地辟为副刊，改变过去新闻与文艺杂文等混编的面目，并从业务学习上提高技术；在掌握方针政策上，以及标题推敲上，随时随地交换意见，力求精致。这次检查，只是开始，多是从形式上去着眼，极为肤浅粗糙，今后计划学习《晋绥日报》检查新闻工作的精神，继续深刻检查思想、检查立场、检查工作作风，以求新闻工作的改进和提高。

（《晋察冀日报》1947年9月5日）

东北新闻界热烈纪念"九一"

《东北日报》号召密切结合群运 西满各报决定进行业务检查

【新华社东北三日电】东北解放区四大文化重镇——哈尔滨、齐齐哈尔、延吉、通化等地新闻界，热烈纪念"九一"记者节。哈市一日下午召开大会，到会《东北日报》《哈尔滨日报》《哈尔滨工农日报》《午报》《大华日报》《哈尔滨公报》《东北画报》及本社东北总分社等代表一百九十余人，会议除讨论如何改进今后业务外，并改组市记者协会。该市民营历史最长的午报社社长赵展跃在演说时说："今天办报和过去有基本的不同，去年我们为了想获利采取老办法，以较大篇幅登载'桃色新闻'，不料销路从每日一千份跌至八百份。以后在记协帮助下赶快改变方针，报导市民的各种翻身生活，销路激增至四千份，这证明今天解放区人民的思想情绪和过去发生了很大的变化。"前任记协理事长关鸿翼，盛赞民主政府大力扶助各民营报纸之成绩，今年四月间，当各报经费最困难时，《工商日报》《哈尔滨公报》《午报》等各得市政府贷款三十万元（每元合蒋币十元）。《东北日报》在"九一"社论中号召进一步与群众运动结合，并决定自本月起检查通讯工作。西满之《胜利报》《新黑龙江报》《齐市新闻》等十余家报社,亦均决定学习"《晋绥日报》的自我批评"精神,进行业务检查。通化《辽东日报》在"九一"社论中指出,今后要更好地做军事报导。

(《晋察冀日报》1947年9月5日)

失 实 新 闻

医大并未缩短学期

据医大政治处来函称,本报八月二十四日登载《白求恩医科大学决缩短学期提前毕业》新闻,与事实不符。一、该校虽曾修改教育计划,缩短前期课增加后期课,整个学期并未缩短;二、不久即可毕业分配工作的系两期短讯班同学二百五十人,并不是"已有二百多位同学分配工作"。

按这一条消息的作者是军区民运部陈玉田同志,过去常给本报写稿,但此稿并没有经白校负责人签字,这一点我们编辑部处理稿件时的确疏忽了。希望陈玉田同志把采访线索以及所以失实的经过向读者做负责的说明。

编者

九月四日

(《晋察冀日报》1947年9月5日)

平津学生灾难重重

毕业即失业大多数学生困恼

学费昂贵富豪子弟才能念书

政治经济压迫大学教授出国

青岛四华女中学生遭蒋军调戏殴打

【新华社陕北二日电】综合社报讯：失学与失业问题正困恼着平津学生。本届北大毕业生四五一人、清华二九六人皆有三分之二以上未找得职业，北平师院毕业生找得教师职位的不足十分之一，燕大一一零人职业问题大多数未解决。女毕业生更为烦恼，因蒋记各机关均拒用女性。

平津大中小学的学费在物价高涨中激增了，私立燕大的学杂费由上学期的蒋币十五万一跃而为九十万元。据平市私立中学联合会统一决定，高中规定收费蒋币四十万至四十五万元，初中三十万至三十五万元，小学方面则规定初小以二十万元，高小以二十五万元为最高额。平市各校伙食如北大清华及一般私立中学每月均为四十万元。目前蒋管区教育实际上已成为富豪地主子弟的专利品。

自蒋家教育部悍然取消公费生制度后，平津区国立大学先修班学生为维持学业计，已组成争取继续大学公费制度联合会，向蒋政府教育部抗争。该会并已派出代表南京与京、沪学生联络，交大武大先修班学生均将响应，并将组织全国性的联合组织，为坚持恢复公费制度而斗争。

在物价高涨与政治压迫下，平津各大学教授纷纷出国。北大文学院院长汤用彤、生物系主任汪敬熙、史学系教授邓嗣禹等，已先后出国；史学系教授向达、经济学教授杨西孟等正在候机中；休假期满应返校的教授，亦因平津物价高涨，生活不易，而不愿返国。在此情形下，平津各大学师资已感拮据，北大中国史与西洋史一课已缺教授。

在失学失业、无法生活的困境中，平津学生正纷纷经平绥、北宁铁路及天津分赴察哈尔、东北及冀中解放区，谋求光明出路，其中以赴东北及冀中者为最多，因一出天津三十里，即为冀中解放区。

【新华社陕北二日电】蒋介石反人民内战所造成的通货膨胀与物价飞腾，剥夺了大部分学生就学的机会。据合众社沪三十一日讯，暑假过后，上海大部分学生将被夺去入学机会，本学期各校收费仍超过蒋记沪教育局规定之最高限额！小学收费为蒋币六十五万元，初中为九十五万元，高中为一百万元，大学则在二百万以上。沪市已出现"维护学生继续求学权利委员会"，要求各私校收费减低百分之三十。

【新华社山东二十三日电】青岛迟到消息，蒋家第八军青岛留守处官兵八九十人于上月四日拥入四华中学女生考场，喧哗调戏，丑态百出。学生数度交涉无效，该部官兵反而动武，以石子树枝掷打学生，并冲入宿舍行凶。学生当被殴伤六名，内四名重伤，本舍门窗被砸坏，损失颇大。

（《晋察冀日报》1947年9月5日）

把反"客里空"运动推进到胜利！

《晋绥日报》"九一"社论

号召新闻工作者更虚心和更勇敢更彻底地揭发错误

【新华社晋绥三日电】《晋绥日报》及晋绥新华总分社于"九一"节以《更虚心更勇敢更彻底地揭露与改正错误》为题发表社论，号召新闻工作者继续以严正的自我批评精神，更深入地检查与揭发错误。社论指出许多被揭露过错误的同志，已公开严肃地向读者进行了自我批评与检讨，可是还有少数同志直到今天还不能勇敢地向读者承认已被揭露的错误，有的则借口各种理由拒绝公开向党报进行检讨或声明。这说明在检举"客里空"运动的前进路上，还存在着绊脚石。社论强调揭露不真实新闻与"客里空"是不分领导、编辑、作者、记者和通讯员的，公开揭露错误是为了改进工作。有人提到要防止以"客里空"反对"客里空"，这是不必顾虑的。我们揭露错误是对人民负责，在揭发别人错误的时候，必须是抱"治病救人"的方针，采取严肃负责的态度，而被揭露了错误的同志，则应抱"有则改之，无则加勉"的态度，不应讳疾忌医。对别人的错误也要坚决负责揭露与批评。在检讨中必须追□检讨我们的立场是否全心全意站在农民方面，是否和地主割断了一切联系，是否还有个人打算，对本身的业务是否埋头钻研、力求精通，对于新闻采访写作和编辑是否采取了实事求是细致精确的作风，是否完全革除了道听途说、捕风捉影、好高骛远等坏作风，只有这样我们才能把反"客里空"运动推进到胜利。

(《晋察冀日报》1947年9月7日)

陕甘宁新闻工作者决检查思想提高业务

【新华社西北五日电】新华社西北总分社、陕甘宁边区《群众报》等新闻工作者，"九一"节举行盛大集会。会上杜副社长于总结半年工作后，指出深入检查思想，建立正确作风，提高业务，以求更好地为边区人民服务。并将于九月□进行检查。边府林主席及中共西北局副书记马明方也亲临讲话，着重指示要使笔杆和枪杆更好配合，共同完成消灭胡宗南、解放大西北的任务。并指出边区新闻报导大大落后于实际工作，今后应更广泛而深刻地反映自卫战争、土地改革和生产中的人民英雄业绩；同时加强批评各项工作中的缺点，帮助领导机关指导实际工作向前发展。为此，特号召各地干部普遍地更好地重视新闻工作，从各方面予以照顾和帮助。到会的新闻工作者一致表示决心继承边区《群众报》的光荣传统，彻底检查思想、改进工作，适应客观需要，向其他解放区的新闻军兄弟部队看齐。另悉：新闻业务刊物《新闻研究》创刊号，已于"九一"出版，内容丰富，包括有《反"客里空"》及《学习〈晋绥日报〉的自我批评》《锻炼我们的立场与作风》等论文。

（《晋察冀日报》1947年9月7日）

研究写稿就是研究本职工作

——介绍八专署实业科的通讯工作

八专署实业科是八分区分区级通讯工作的模范单位。

科长赤明同志去年写稿约三十篇，他认为帮助下级和其他干部同志写更为主要，他每帮助别人写作之前先提出写作意见，写好后又提出具体修改意见。科员下乡工作前都给予具体报导任务，说明要从通讯上了解你的工作，回来后还检查报导任务。因此，实业科三个科员中已有两个出色的（王吉、杨学墨）和一个积极的通讯员。

为什么赤科长这样重视通讯工作？因为他体验到在实际工作中能了解干部，在研究通讯稿件中同样能了解干部。假若干部工作方式主观教条，不走群众路线，那么他写的稿件是不易登出来的，深入细腻研究他的稿件，会发现他工作上的优缺点。有一位同志过去工作上存在着教条的毛病，领导上对他多是在研究稿件中了解的。

平常开科务会，为了帮助一个同志纠正思想及工作上的缺点，大家在提出意见时总是在脑子里来回地盘算怎么提合适，但在研究一个同志的稿件时则不是这样，大家都没有以上的顾虑，各自提的意见都很深刻，能从稿件中的一个事情提到原则高度去认识，联系到批评一个同志的思想方法。写稿的同志扯起当时自己的写作思想，也很赤裸，自然，接受大家的意见也快，这无形中帮助了干部工作上的进步和思想上的改造。

长时期的研究，使干部在工作上、思想上都有了显著的进步：王吉同志的原则性提高了；杨学墨同志通过研究卢瑞年合作社解决了工作如何深入的问题，研究河工报导解决了如何走群众路线的问题；通过研究报导文安的冬前生产，田景风同志工作不深入的毛病也予以不少纠正，缺点虽不是彻底解决，但给一个干部的启示是非常之大的。

过去赤科长与科员杨学墨同志当中有着隔阂，主要是因为互相间了解不够，在研究稿件中相互了解透彻了，被领导者真正体验到领导对自己的关心，关系逐渐密切起来。

他们体验到通讯工作不但与本职工作无冲突，而且还两利，因为做什么写什么，所以研究稿件就是研究本职工作。去年做生产总结，手下材料很零星，领导上提出利用报纸做总结，因为去年整个实业科重视了生产报导，这个材料顺利地找到了而完成了全年总结。

去年召开贸易工作会议，需要解决的问题很多，但苦于没有下层实际情况，而不能做出指示和决定。正当此时，青沧地区报导了下层缉私情况，实业科拿它做了指示的有力参考和根据。（新华社冀中分社稿）

（《晋察冀日报》1947 年 9 月 8 日）

晋冀鲁豫边区首次文教奖金揭晓

【新华社晋冀鲁豫六日电】文化简讯：

（一）边区政府教育厅第一次文教作品奖金，经评选结果已于日前揭晓，计有文艺、新闻通讯、杂志、教材等四类，共一百二十件作品获奖。作家赵树理的小说获特等奖，得奖金八万元。其余每人得三千元至两万元不等。获奖作品中群众创造占四分之一，说明了群众翻身后在歌唱自己的斗争，大大发挥了自己的创作天才。（二）作家欧阳山，已将其在陕北写成之长篇小说《高乾大》交新华书店出版。该篇长达十万余言，反映陕北合作事业的发展。作家赵树理正撰文加以推荐。（三）晋南广大地区获得解放后，晋南《人民报》已于上月初发刊，新华社晋南支社亦已成立，正式发稿。

（《晋察冀日报》1947年9月8日）

陕甘宁新闻工作者战争环境中坚持奋斗

【新华社西北六日电】陕甘宁边区新闻工作者，在频繁的战争中坚持工作。边区《群众报》铅印版在蒋军"清剿"中从未中断，关中、陇东、三边、绥德、延属等分区报亦坚持油印出版。关中分区新闻工作者，在游击战中坚持工作的事迹尤为动人：关中人民热爱的《关中三日刊》，予敌后坚持斗争群众很大鼓舞。赤水县群众看到该报兴奋地说："能看到咱们的报纸了，咱们一定能胜利！"该报并曾派出编辑记者，通过封锁线深入蒋区，创办《南线报》，编印宣传品，向蒋占之大关中散发。该区新宁县通讯员吴怀信，在蒋军侵占期间，亦能经常写稿。在延属分区，记者淮洛随延安游击队深入火线采访，他所写的通讯，鼓舞了游击队员们的战斗情绪。现前线野战军已成立野战分社，记者纷纷深入连队及火线采访。战时边区新闻工作的另一特点即黑板报、小型报的大量出现。如绥德发动参军运动时即出版油印参军小报，表扬和批评参军中的好坏例子。义合镇黑板报连续登载干部党员带头参军消息，在推动参军中起了很大作用。

（《晋察冀日报》1947年9月8日）

察省新闻界开座谈会　讨论为人民服务方针

【本报讯】九月一日省委、省政府、司令部、察省新闻界举行座谈会，政治部、武装部均有代表参加。省委武光同志于说明《察哈尔日报》一年来的进步后，强调指出报导必须真实，并要掌握党的政策，站稳为人民服务的立场与实际工作密切结合，到会的很多同志对报纸在群众运动中的作用与目前察省新闻工作中的缺点均加以检讨。

【本报讯】察省委于八月二十六日召开通讯报导工作座谈会，交换对报纸、通讯工作的意见，及树立报纸通讯工作应全心全意为人民服务的方针。到会有省委武光同志、张苏主席及各地委及察哈尔日报社负责同志共十余人，晋察冀日报社长邓拓同志亦往参加。首由武光同志说明开会意义，继有各地委同志提出对报纸及通讯工作的意见，主要有：（一）报导工作的指导思想不明确。（二）报导重点应与各地区工作重点相一致。（三）对工作中成功的好的方面报导得多，对失败的、缺点的一方面报导得少，不能看出一个问题或一件工作的全部真实情况。（四）通讯工作应与实际运动相结合。（五）各地领导上对审稿马虎，以后要切实负责。（六）军事报导不及时。（七）报纸上大块文章多，内容重复一般化的现象严重存在，标题呆板老一套。察哈尔日报社丁原等同志对报纸工作进行了检讨，着重提出加强与通讯员及实际工作联系，并健全通讯组织机构，对报导工作中的群众观点、真实性、掌握政策等问题亦做了检查，认为：无论编辑、记者，必须树立起为人民服务的勤务员思想，要很好地帮助通讯员（尤其是工农通讯员）写稿、改稿，克服过去编辑工作中怕麻烦的现象。刘平、王士元等同志举述了《王元寿访瞎牛》《林泉比光景分果实》等报导在实际工作中起了很大推动作用；有些不真实的报导，严重地损害了党与党报通讯工作的诚信。

（《晋察冀日报》1947年9月10日）

平津沈学生包围下朱家骅窘态百出

【新华社陕北九日电】蒋政府教育部长朱家骅，上月中下旬赴平津沈各地借视察各校为名，布置各地党团特务活动，企图镇压秋后的学生运动，遭到学生反抗，且三度为学生包围，窘态百出。据津报讯：上月二十二日朱氏在沈阳东北大学视察后，登车正欲离去，学生紧闭大门，包围汽车不放行。朱氏无奈下车折返校长室，学生又包围校长室，高呼口号，该校学生自治会及各院代表二人，当即提出保障学术自由、公费按物价指数计算、改善教授待遇、改善图书□器设备等要求。朱氏在学生包围下，俯首答复时，校外突驶来蒋家警察宪兵两车，企图镇压，学生情绪更趋激昂，坚持全部要求当场答复，朱氏被迫下令警宪退出校外，并一一答允学生要求，始狼狈脱身而去。上月十五日，朱氏在平视察北大时，被北平师院学生包围，要求朱氏当面解决师院复大问题，朱氏不敢与学生交谈，借词从旁门遁出。十六日在清华大学时,又被学生团团围困,朱氏无法脱身,被迫与学生晤面。朱氏因迭被学生包围后,胆战心惊,十六日晚宴会亦临时易地举行。

(《晋察冀日报》1947 年 9 月 11 日)

平津学生展开自救助学运动

蒋记政府屡加阻挠破坏　学生异常激愤决定坚持

【新华社陕北八日电】平津报讯:在蒋政府取消公费生制度与物价高涨两重压迫下,平津学生热烈展开自救的助学运动。津市学生助学委员会已于上月下旬成立,参加工作者遍及大中学贸专门学校三十九单位,目前正展开街头义卖、募捐、演剧、音乐会等筹募工作。平市的助学运动亦正普遍进行中。学生在街头义卖助学章、肥皂、糖果时,市民对此深表同情,争相购买。仅上月二十二日一天内,即募得蒋币一亿八千万元。义卖物品一部初系募捐得来,一部系商家照成本批发。蒋政府自食诺言取消公费生制度,迫使大量学生失学于前,复妄图进而剥夺平津学生此一自救运动于后。上月二十三日平市政负责人竟污辱学生此种伟大自救运动为"形同乞丐",要"尊重法令(!)迅速停止!"二十八日蒋记津市长杜建时亦诬蔑此为"影响社会秩序",要"停止该项运动"。蒋政府此种丧尽天良的行径,已在平津学生中激起普遍愤慨,他们决定不顾蒋政府阻挠破坏,继续坚决展开助学运动,同时进行要求立即恢复公费生制度之运动。

(《晋察冀日报》1947 年 9 月 11 日)

美术为战士服务　曹振峰立大功

自我锻炼出来的青年美术工作者

【本报前线讯】前线记者榕城报导：曹振峰同志是县里宣传部的一个干事，是战士们喜读爱看的《前进画报》的编辑。

他今年才二十二岁，参军九年，从事部队美术工作已八年半。他没有进过美术学校，主要是自我锻炼与党培养出来的。

他生在保定南关里的一个贫民家庭，"七七"事变他刚念完初小就失了学，那时才十二岁。

十三岁，他在高阳参加了八路军独一师宣传队（即战线剧社），是舞蹈队的队员。

一九三九年，剧社见他爱画，把他编在书画组里，他年岁小，志向不小，一有空就每天出整张的大画报，和大人们一块垫着凳子画壁画。当年九月，他在纪念边区创立二周年的美术比赛会上荣获第一，那时他才十四岁。从此以后，部队里、地方上，就有许多来要他画画，每天总得突击好几十幅，还得自画、自编、自刻、自印油印的《战斗画报》。

创作不少

在这八年半的美术活动里，他除画报、宣传品以外，创作了《打杀希特勒》《日寇的假面具》《五勇士》《子弟兵》《李勇》《永远的春天》《平常的故事》《红谷米》《葛存的故事》《英雄集会》《近视眼犯错误》《恩惠》《在和平民主道路上》和《最后的动员与最后的审判》等十□画集。其中一九四一年创作的《五勇士》还荣获鲁迅文学奖金。他早在一九四三年下半年反"扫荡"的林泉战斗中，即

根据部队的需要，出版了描写战斗的画报，特别是他在一九四六年九月怀来战役中，在火线上结合着战斗与战士生活创办的战士读物——《战斗画报》，他更出色地做到了美术与战争结合。

为战士、为农民

他检讨自己从联大出来以后，中间曾有过很短期间想只凭自己的想象去创作的想法。但是幻想的《李勇》创作出来不像真实的李勇以后，他决心到连队、到群众生活中去刻苦学习。不到一年的工夫，他思想进步很大，坚决立下"美术为群众服务"的决心，纠正过去只凭想象创作的观点了。

确定"美术为群众服务"的观点后，他常常深入连队、深入火线去采访，去素描，到连队里，给战士们画个画，搜集战士画稿与创作题材，帮助出画报，那是很平常的事。一九四五年八月扩大解放区的沟外的战斗中，他常从工事枪眼里面去观察与速写每一个战斗场面，并迅速地出版。一九四六年九月怀来战役最激烈时，敌机整天轰炸不停，把他在那里刻画报的地下室门口都炸塌了，桌子震翻了，蜡纸压坏了，但他仍坚持着出版，前后画了三次才完成了第一期的《战斗画报》。

正因为他的创作与实际紧密地结合，所以他的画报战士们非常爱看。一看见他们的战斗故事，就指画着这个是谁，那个是谁，把画片剪下来藏到日记本里。他在一九四四年给龙华县葛存村画的《葛存的故事》，该县人民一直把它保存到一九四六年拿到张家口出版。

朴素的作风

这位在抗日战争中久经锻炼的贫民的儿子有着非常明确的阶级立场，到了城市毫不忘本。一九四六年二月，他奉命到冀察军区政治部工作时，他还是一样的简单朴素，他说："生活越艰苦，就越能看清事物，更不会使物质问题来腐蚀自己的阶级思想。"他说生活艰苦反倒容易接近战士。在那短短的三个月期间，还埋头创作了一本揭露地主恶霸欺压人民的画册——《恩惠》。

他时时刻刻惦记着出版一个战士□□□要的战士画报。同年四月他到兴和×团，就是为了研究、准备画报出版的工作去的。一个□□□□□怀来火线上实现。

战地画画

他非常刻苦地在埋头工作，为了出版及时，他经常背着一块铁板、一枝铁笔、一筒蜡纸、一个滚子到战地去。抗日期间，常常随着游击队活动，为了采访材料，从这个山头跑到那个山头，一天跑好几趟，回来又得马上刻画出来油印。有时进不了村，就在山顶上、石头上刻，连夜印起来；冬天穿着单衣，外面下雪，就到牛棚里、石头洞里去刻印画报。一九四三年冬天反"扫荡"时，他在街头墙上写丈把二丈高的壁画，画笔一□就冻硬，哈口气把笔化了又继续画。有时为了突击一个材料，就好几晚上不睡觉。今天自卫战争里，他还是保持着这个作风。所以常常在战斗结束后一天，反映当时战斗的画报就出来了。

曹振峰同志立大功，是给机关工作人员、美术工作人员做了一个榜样。

（《晋察冀日报》1947年9月11日）

察新闻界检查工作

要求读者揭发不真实新闻　省委指示认真检讨报导工作

【新华社察哈尔十日电】察省新闻工作者热烈响应总社号召,自"九一"起开始进行全面的检查工作。《察哈尔日报》及新华分社全体记者、编辑正结合新党章学习进行检查反省,同时并向各地读者发出大批征求意见信,要求大家提出改进报纸及通讯工作的意见,对不确实的新闻予以严正的揭发。新华分社于九月二日向各支社、通干发出指示,要求全面检查各地通讯报导工作,订出改进方案,并派出干部分赴五、七两分区,协助支社进行检查通讯组织,征求对报纸的意见。中共察哈尔省委亦于日前发出通知,要求各地党委认真研究检查过去报纸,根据群众反映提出具体意见,号召全体党员对过去的报纸通讯工作展开讨论,保证收到征求意见信的同志切实填写,按时寄回。同时并要求各级党委认真检查过去对本区通讯工作的领导,帮助支社、通干检查工作。

(《晋察冀日报》1947 年 9 月 12 日)

批评与建议

关于表扬功臣和办文艺刊物

日报编辑同志:

我有下面几点管见,与大家商量,并请转有关部门,如能答复更好:

一、我晋察冀自开展立功运动以来,解放军内出现了不少杀敌及其他方面的英雄功臣,特别是特等功臣,他们的动天地、泣鬼神的英勇事迹表示了对民族对人民的无比忠心与自我牺牲精神。这些特等功臣,应受到边区每一个人的尊崇,故边府应予以通令嘉奖,使他们的荣誉走出部队范围而到边区各界,以便激发新英雄主义(其他政民功臣同此),密切军民关系和启发群众参战。

二、我感觉边区的文化、文艺刊物太少了,不能用文艺反映我们的现实斗争,也可能使文艺工作者感到无有园地。我们部队各级干部对一些通俗短小的文艺作品是极端欢迎的,这一点我觉得咱边区不如友区搞得活跃,是否能克服困难办起几种来?

此致
敬礼

张平
八月二十五

(《晋察冀日报》1947年9月16日)

经济、文化建设年来长足进步

两年来东北解放区工商、铁路、文化等建设也有长足的进步,各地工矿业已次第恢复,煤的产量已超过伪满时代,解放区用煤充裕无缺。与民生有关的面粉、纺织、皮革、造纸等轻工业原料充足,入夏以来,均为支援前线而突击生产。民主政府更大力援助民间组织,如齐齐哈尔一地,半年间富户由三百余增至三千余,若干地区穿衣问题已可自给自足。敌伪统治时代东北农村一家数口穿一条裤子的惨状已一去不返,交通、邮电二业在为人民与生产服务也起了很大作用,占全东北铁路线百分之六十九点六的长达六千六百余公里的铁路,东至绥芬河,西达满洲里,北抵佳木斯,均已通车无阻。长达九千二百余公里的铁路,其中二分之一为解放后新建。伪满时代农村不设邮路,现较大村镇均有邮政代办所。电报电话线长达六千四百余公里，把东北大小城市密如蛛网般地联结一起，拍发迅速，价格低廉，商旅莫不称便。全区一万余所大中小学校，计有九十二万五千余学生得受民主教育，翻身人民子弟求学者日增。文化出版事业日益发达，哈市东北书店年来出版之各种名著即达二百余种，一百二十五万余册。报纸以《东北日报》最受群众欢迎，日出四万余份，余如辽东、西满、吉林等十余家中型日报，销路均在万份以上。各都市之商业均有发展，如齐齐哈尔现有商店三千余家，较初解放时增加××家。过去城市商业为游资投机市场，现均一变过去，采取以"城市为农民和战争服务、供给农民以低价的日用品及农具"的方针，最近各地商家均纷纷贩运大量布匹及日用品，准备售予农民过冬。去年来日益扩大的东北解放区，已在各方面建立了新民主中国的雏形，打下了解放整个东北以及支援解放军全国反攻胜利的稳固基础。

(《晋察冀日报》1947年9月20日)

北平教授要求改善待遇

【本报讯】津报载，平北大教授马鉴、赵迺搏、樊弘、向达、容肇祖、杨人楩、杨西孟、蔡枢衡、□邦彦、费青、崔书琴、俞平伯等三十余人联名致函胡适，以粉笔生活已至难于维持之绝境，要求蒋政府改善待遇。原函提出蒋区教育界之凄惨状态称："我们一个月的收入不能维持半个月的生活，谈不到子女的教育费用，更谈不到应付即将到来的严冬，这是一种什么生活？"并警告称："吃不饱，仅有起码的工作设备，我们力不从心，恐怕也难继续工作。"

(《晋察冀日报》1947年9月21日)

边区简讯

边区联合中学文工团十六日出发到各地做巡回演出。该团出发前，曾经十天突击，除将原有旧剧整理外，并排好新编的《一家人》及《改变旧作风》两剧。

(《晋察冀日报》1947年9月21日)

群众剧社小型宣传队几点经验

王莘

在大反攻中由于战争频繁，人民忙于生产、战勤、土改等工作，大剧团的演出活动就要受到时间经济许多限制，而小型宣传队是战时文艺工作较好的活动方式，最易普遍深入群众。这次我们在涿鹿、涞水组织了两个小型宣传队，每队均十余人，活动了一个月，走了二十余村，为群众和部队演出了三十余次，创作出了八个剧本，十余个歌子，一般都得到了群众的欢迎。兹将我们所得几条经验简要介绍出来，提供给诸文艺工作者参考研究，如有不妥之处，并望指正。

一、宣传队组织领导问题

宣传队为了轻便灵活，人数不宜过多，一般的十余人即可。其中最好各种人才都有一些（创作、演出、演奏、书画），根据能力强弱可以参差配备，最好由剧社负责同志亲自领导，携带一些轻便乐器，一两块幕布，一些简单的化装品，就可以活动了。但还须解决两个思想问题，一个是人少能不能演戏，演不好会不会给剧社丢人；第二个是工作如何分工。我们的答复是，人少能够演戏（大戏当然困难），丢人的想法是不正确的。第二，为了人少所以创作、演出，以致一切舞台事务工作应大家一齐动手，只要领导同志群众观点强，帮助大家发挥具体力量，工作一定能做好。这样还能克服剧社平时只重视几个老演员，而忽视培养大家的毛病，使每个同志普遍都能得到锻炼的机会。

二、下乡创作演出三者结合起来

过去剧社下乡时单纯下乡，集中后靠几个人创作，创作出东西来再进行演出，这样做一来使文艺宣传赶不上实际需要，往往和现实斗争脱节；二来不能使大家参加整个创作过程，在实际锻炼中提高，以致造成各干各的，或关门提高，且不能使文艺宣传普遍深入群众。下乡、创作、演出三者结合的做法，能解决以上的几个问题。首先分组下乡参加实际工作（如参加土改，即可组成工作小组，受当地县区或工作团领导），待工作告一段落可以抽出时，即组成小型宣传队，根据当时当地的实际情况或具体典型，用集体创作和走群众路线的写作方法（和群众一起写作，或深入调查研究后再写出来，再经群众审查的方法），写出各种文艺作品，进行流动演出，以推动实际工作。如在未经复查的地区，还可起发动群众点火的作用，或做典型经验推广介绍。此次我们编演的《别上当》《贫农当家》《反倒算》，曾经起过这样的作用，并受到群众欢迎。在演出中，经过群众的考验可以不断修改我们的作品，流动演出告一段落后，即可集中总结工作，再做新的工作准备。在结合过程中也会发生几种毛病，一种是为了迅速反映现实和配合工作，创作时间紧迫，作品未免粗糙（如这次我们的剧本大部分是用幕表剧排出然后再记录的），但为了工作不用怕粗糙，经过逐步修改整理可以解决的。另外专做创作工作的同志，往往愿意下乡或创作，而不愿参加演出活动，而一些青年同志或新同志，实习工作做长了，就会厌烦不安心，这是常有的现象。但为了使大家能参加整个创作过程，锻炼实际工作能力、创作能力和演出水平，这种思想必须克服，我们把下乡、创作、演出三者结合的做法，当作一个思想作风改造来看待的。

三、宣传队作风问题

宣传队第一要有刻苦耐劳的作风。无论在工作上生活上都要刻苦，尽量争取多演出，在演出工作中一切自己动手，不要麻烦群众。这次我们有些同志开始主张在大村或区所在地集中演出，少演出几次，演精彩些；有些同志在演出事务工作中，麻烦群众过多，但后来都克服了。我们主动直接去找各村各部队演出，不管山沟小道人多人少，特别看戏很少或根本未见过演戏的边缘地区、地方兵团，更得尽量多演。这点群众反映特别好，说我们这个演戏团好，不用请自己找上门，演的尽是好戏，对工作有帮助……再拿吃苦来说，每个同志在工作中也都体会到了，战士忙于战斗警戒，群众忙于生产战勤，比我们辛苦得多，我们应向他们学习。

第二，要有朴素节约的作风。演出力求简单朴素不择条件，这次我们大部分在白天或傍晚演出，有时晚上演出两三个钟头，最多用一斤到斤半植物油。过去剧团演戏必须点汽灯，但一个纱罩就一万多，二三斤煤油又得两三万，而且是输入品，尽可不用它。其实白天演（不怕空袭地区）效果也很好，有一次我们在太平堡演出，观众达三千余人，秩序不乱，效果很好，但总有些同志不习惯，认为白天观众视线不集中，或嫌上台害臊，这应慢慢克服。此外，我们的戏一般都是秧歌剧、梆子戏或地方形式，不用布景，演出方便，但群众却很熟悉喜欢，文武场一响就把大家吸引住了。我们的化装品都是临时用锅灰、细红土、猪油、羊毛、杏胶等自制的，虽很简陋，但也做了工作，涿鹿队演出十七次未花一个演出费。这是一个进步，我们演出地点一般都利用旧戏楼，无戏楼就广场演或街头演，不搭棚，更不用大幕布大帐篷。这些虽是小问题，提到今天节约支援自卫战来，却是一件大事了。

第三，要有群众化的作风。群众因为喜欢看戏，往往把我们当作客人或特殊人来招待来慰劳，因此养成了一些同志看慰劳演戏的坏作风。这次我们在这方面较好，因人少未起火，到村里就派饭给粮票菜金，到部队就入大伙房，和群众吃一样的饭，遇到慰劳都尽量婉言推却。但仍有些同志看到村干部借东西办事不积极就影响情绪，有一次涿鹿队在某村演出，村干部因忙于支援军队，对我们冷淡了一些，第一天演完后，群众热情挽留续演一天，但我们一早连饭都未吃冒雨离开了那个村子，后来检讨这仍是向群众要代价的思想。当演出后，和战士、群众熟悉了，一见面就要求唱歌。只要他们要求，我们就拉就唱，有一次正遇新战士上前线，我们一路休息中乘机演唱给他们鼓励不小。经过这样做法，我们和群众有了更深的友情。以上这些作风问题虽很琐碎，但都是我们的思想锻炼上的问题，对工作的开展极端重要。

（《晋察冀日报》1947年9月21日）

蒋管区：人吃人、人压迫人、人欺骗人
解放区：人爱人、人帮助人、人教育人

名教授尚钺谈话

【本报讯】渤海消息：名教授尚钺氏由蒋区来解放区后，现正在山东解放区潜心研究，刻从事写作殷周时代社会性质约八万字之著作。尚氏在与记者谈话中，曾尖锐对比蒋区教授与解放区教授之生活情况，尚氏称："我离开上海的时候，大学教授每月拿廿万元的薪金，解放区的大学教授，如果是一家四口，再加上一匹马、一个勤务，每月实物供给，等于蒋币一百万元到一百五十万元（按：迄目前，北平大学教授每月所得尚仅在一百万元上下，而蒋区物价则已暴涨数倍），物价又是这样悬殊，蒋管区大学教授怎么能生活下去呢？"尚氏当听到郭沫若氏在上海靠卖字为生时愤激地称："一代文豪的郭先生，生活竟受到这样的压迫，蒋管区还有人活的地方吗？在蒋管区，我看到的是一片暴戾之气，人吃人、人压迫人、人欺骗人的世界；在解放区所看到的是人爱人、人帮助人、人教育人的世界。特别是使我惊奇的是这儿真正复活了的农民，农民真正做了主人。在滨海一个村庄，我看到农民竟然在教育拿着枪的军队，这确是新时代的指标！"按尚氏河南罗山人，今年四十五岁，先从事文学，后研究古代史，曾任云南大学及西南联大教授。

（《晋察冀日报》1947 年 9 月 30 日）

唐县县委怎样领导通讯工作

贾洪勋　王桂冀

唐县县委对党报通讯工作重视，启发了全体通讯员的努力，半年来获很大成绩，经常有二百四十人写稿，每月收稿都在二百件以上，三月份曾收稿三百四十件。八月份开展写好稿运动以来，五号至二十号，半月当中即收稿一百四十件，报纸发表二十九件。为什么会获得这些成绩呢？在领导上是这样做的：

一、亲自动笔和领导通干

县委组织部长贾洪勋同志,工人出身,过去未亲自写过稿,但在这次复查中,也亲自写了好几篇综合性的报导。民运部长席士杰半年来写稿十六篇,副组织部长石双琪写了一百八十篇未登出也不灰心;此次复查中仅在西大洋一村就和别人合写了四篇,登出来了两篇。社会部长胡彭年工作中的每个段落都能将特务地主的恶霸活动,给予揭露。县委除自己动笔外,对通干的领导也很具体耐心的,如县书安愚同志,经常和通干共同研讨通讯工作计划,了解情况。如最近敌人出击被击溃后,就马上告诉通干组织战绩报导和转移群众的经验介绍,把敌人的罪行事实材料,供给通干马上揭露报导。县委召开各种会议都叫通干参加,便于了解领导意图,去指导通讯工作。有时县委会议报告工作后,县委就讨论,如何组织报导,讨论好后由通干执笔或县委一人执笔。有时在县委会议上决定每个县委写什么,决定后大家都能自觉地完成。

二、通讯和工作密切结合

通讯和工作密切结合有两个办法:第一,是用写报导向上级反映情况,作为工作报告,这点在唐县已成为自觉的经常的习惯。下乡干部写了报导,在家的干部要详细看一遍了解下层情况;区里写了报导,有时直接寄自己上级阅后转通干,有时先交通干。重要稿件由通干交有关部门审查,这样一方面使上级了解情况,同时又加强了写稿的真实性。下乡回机关后汇报了工作,就推一人写份通讯,交到上级就顶了工作报告。在县委会议上也是这样结合的,如最近县委将干部思想领导做了研究,写成材料一份作为会议传达,一份就寄报社或《工作研究》,介绍到其他地区。第二,是使用报纸推动工作。县委曾不断指出报纸所载重要材料经验介绍,作为每个时期的中心学习材料,特别是报上所载本县重要稿件如《西大洋走群众路线干部中的思想障碍》，《工作研究》所载《西上素解决群众矛盾的经验》，许多区曾进行了热烈讨论。在各个任务中的典型模范，由于报导及时抓紧，都于报纸发表进行了鼓励，对工作推动作用很大。

三、多奖励少批评，将写通讯列入立功标准

通讯工作如果单纯地死刻数字便会引起别人的厌恶，所以唐县县委掌握了多奖励的原则。在二月份全县二百余人的扩干会上，将大家评定出的二十四个模范通讯员进行了奖励，由县书亲自发奖，每人赠《怎样写新闻通讯》一本。八月份开展"写好稿"运动中，又将写通讯列入立功标准，具体规定登出一份，甲等乙等稿子记一小功，登出二份丙等丁等稿子记一小功，更加启发了通讯员的写稿情绪，有许多同志因写稿有成绩立了功。

四、开会布置通讯，随地舆论通讯

每次较大会议都传达通讯工作。有时县委谈，有时通干谈，在会上公布通讯工作情况。好的坏的都谈出来，在各部门会议上由部门首长布置。如开区长、财粮助理员会议时，就由黎县长布置通讯工作（通干帮助应整理材料）。这样使大家更加重视，并将写通讯造成舆论，当作见面礼，见面就问："你现在写什么材料？""谁谁的稿子登出来了。""谁登出了稿子？"大家就向他报喜，访问他有何经验以利互相学习。

五、集体写作提高质量

县委经常号召集体写作，所以集体写的稿件是比较多的，从通讯员来稿和报纸上发表的稿件中都可看出。如八月份半月中收稿一百四十份，其中二人合写的六十份，三人以上集体写作者五十份，一人写的仅二十份，唐县集体写稿已成为习惯，无论各部门和区县干部一块下乡就一块写稿，打破了部门、区县之界线。写稿的方式为大家在一

块搜集材料,后推一人执笔,写好后共同研究,这样可以提高质量,同时也加强了真实性。

检查起来,唐县通讯工作,当前存在着的主要缺点,仍是质量较低和材料的零碎,在领导上还须更有计划地组织,有系统地综合性报导,使现有的成绩巩固和坚持下去。

(《晋察冀日报》1947 年 10 月 2 日)

平教授生活缩影

周作仁
一月薪金只够半月用

【新华社冀中三十日电】北大周作仁、向达两教授生活苦况可以视为蒋管区教授生活处境的一个缩影。据十七日天津《大公报》彭子冈《秋风里访教授们》一文报导:周氏任教北大十九年,从未间断,亦未尝休假。他说:他目前一家七口,每月食米一百五十斤,就去了他全月薪水蒋币一百六十万元的半数。一个月薪水只够半个月用,现已完全恢复过去在昆明薪水买了米就不能买菜,买了菜就不能买衣服的苦况。他四个孩子中,三个侥幸上了市立中学,小的再三请托人情,进了市立小学,始幸而免于失学。生活的重担压得这个才五十多岁的教授,当得起"瘦骨嶙峋"四个字。周氏是教授银行货币学的,他认为在现况下"改革币制是没有用的,这不过是为了计算法(蒋)币时便当一点而已"。

向达
抛弃假期去坐冷板凳

西域史权威向达教授,在北大任教八年,今年刚好轮到他休假,但为了偿还北大三百万元的债务和冬季用煤问题，不得不抛弃假期，南下到研究院坐冷板凳，赚几文津贴使家属冬季不受冻□！

(《晋察冀日报》1947年10月3日)

冀晋剧社到火线去

曹增银

【本报讯】为进一步了解战士感情，体验战场生活，冀晋剧社在西县某村战斗中，决定了一部分人员到战斗中实际锻炼。该剧社入伍共分三组，到火线上做宣传鼓动和军事报导等工作。从九月十五日夜随部队冒雨出发，至二十二日八天中参加了三次战斗，入伍后每个人都在战场上亲身体验到前方战士的无比英勇，增加了自己虚心向战士们学习的决心，因此入伍人员在部队中都放下了客人架子，深入班排，在战斗中积极工作。如英团小组自动找担架大车，使伤员迅速运下火线，因而得到部队的好评。

(《晋察冀日报》1947年10月9日)

制匾立碑编剧上演　人民功臣蔡春吉不朽

【本报前线讯】为永远纪念带兵模范特等功臣蔡春吉同志，某旅司政两部特决定追赠英雄以纪念匾，并立一纪念碑。碑文正在拟制，匾上题字已拟好，上款为："人民特等功臣蔡春吉同志纪念"，正题为"带兵奇功"，纪念匾现正赶制，完成后即携往蔡同志家乡，偕同地方择日悼念悬挂。又某旅文工队已将蔡春吉同志英雄事迹编为剧本，名为《蔡春吉钢铁班》，经十余昼夜编写，已初步完成，不日即可演出。

(《晋察冀日报》1947年10月14日)

怎能让穷人出米，富人上学!?

阜平贫雇农文化未翻身

过去办学阶级路线搞错了
查学运动中查出立场不对

【本报讯】阜平于十五日至二十三日召开小学教师座谈会，进行"查学运动"。首先查出过去领导上没有明确的阶级观点，致使大部村庄的学校教育工作走了地主富农路线，造成"农民出米，地主富农上学"，广大贫苦儿童关在学校门外的现象。因此学校没有群众基础，在土地复查期间，大部学校陷于停顿。另外在分配教员时，往往把最好的教员派到富裕、集中的大村镇去，为县上装饰门面，山沟小道贫困村庄则派没教过书没经验的教员去，认为富有的村庄非有有经验的教员去不行，因此富有村庄学校搞得好，偏僻穷困村庄搞不好。还有的对贫困村子请不起教员，领导上不管，任其自流的现象，如白河村请不起教员，领导上从没替这村想过办法。在民办公助的方针执行上也缺乏阶级路线，只听取了地主富农的呼声，只一般地空喊组织贫苦儿童入学，但没有把组织贫苦儿童入学当作方针。同时在四三年时曾实行"强迫入学"办法，地主富农子弟没有困难，自然受不到处罚，因而能够大量入学，实际受到处罚的还是贫苦农民，这就无形中失掉了立场。在使用教员上，由于领导思想的错误，教员大多地主富农出身，只去管教地主富农的子弟，对贫苦儿童不加组织吸收，而说贫苦儿童家长落后。如张××到××村教书找村干动员儿童入学时，村干召开家长会议，把贫苦儿童家长大骂一顿。这些教员认为地主富农子弟入学是"开明"，在对待学生上，如有钱的学生家长请教员吃饭，教员就特别照顾有钱的学生。对贫苦儿童则表现冷淡、看不起，因此贫苦学生即得到上学机会也不积极。（高顺古）

【又讯】阜平县委宣传部发出发动群众"查学""办校"的指示。指示中指出：第一，要明确树立教育为贫雇农服务的思想。第二，发动群众查、办。根据全县实际情况，今天对学校不是精简、停办或缓办，而是大大加强；绝大多数村庄不是办不起，而是办不好，不能满足群众要求，因而广泛征求群众办学意见。根据群众意见办学非常必要，在发动群众中，应以贫雇农及翻身农民为主。第三，过去县、区党委对国民教育不够重视，因而领导很弱，此次查学运动中党委必须拿出相当力量，配合公粮征收来很好地进行。

（《晋察冀日报》1947年10月30日）

鲁迅逝世十一周年平津学生集会纪念

【新华社陕北一日电】津报讯：上月十九日为我国革命文豪鲁迅逝世十一周年纪念，平津各大学员生，于蒋匪特务恣肆横行之下，仍纷纷集会纪念。平市学生于是日午前假北大游艺室举行纪念会，有报告鲁迅生平及诗朗读等节目，北大壁报联合会除于日间举行鲁迅书刊展览会外，复于晚间集会纪念，邀请冯志、李广田、丁易等教授演讲，并有朗诵及短剧演出，各壁报亦纷纷出版纪念专号。天津南开新诗社及文艺社，亦于当日晚八时在该校民主厅举行纪念会，由郭口遗教授演讲《鲁迅的作品》，张道科教授讲《鲁迅的思想与道路》及讨论鲁迅遗作《过客》等节目,参加者三百余人。

(《晋察冀日报》1947年11月4日)

本 报 启 事

为庆祝苏联十月革命节三十周年,本报明天(七号)增出四大版,八号休假一天,九号照常出版。特此通知

(《晋察冀日报》1947年11月6日)

摄制映片,公演戏剧,展画说唱

陕甘宁文化兵活跃前线

【新华社西北四日电】陕甘宁边区的文化兵活跃于前线。西北文艺工作团随军转战各地,已公演三十余次。反映军民关系的《红布条》与反映对敌斗争的《进城》两剧,深受群众赞扬。该团并以连环画、铅画、时事图解、说书、歌谣等在部队、在村中进行宣传,总计观众达四万一千余人。延长县小型宣传队携带新洋片在五十余个村庄巡回出演,观众达六千余人。边区电影工作者半年来亦已在前线摄制新闻纪录片三千五百余,内容包括保卫延安后之自卫动员与陕北战役中边区军民的英雄模范,现正加紧拍摄中共中央与毛主席坚持陕北工作及边区农民踊跃参军等镜头。全片将长达五千呎以上,制成后将尽速分发各地放映。

(《晋察冀日报》1947年11月6日)

蒋匪出卖教育主权

设立美对华教育基金会　放任美帝实行文化侵略

【新华社陕北十三日电】蒋匪政府出卖中国教育主权，放任美帝国主义对华实行文化侵略之蒋美《设立美国对华教育基金会协定》已于十日在南京正式签订协定，规定蒋政府须以美国剩□物资售款二千万美元等价之蒋币交付美国政府，做美国二十年对华文化侵略之费用。在此项基金"资助之下"，美国公民可在中国境内一切学校或高等学府从事所谓"研究教育及其他教育活动"；而"中国公民"在美国之教育活动，则仅限于美国夏威夷、阿拉斯加、阿留申群岛等边远之地。美国得在南京设立一以美国大使为主席之美国对华教育基金会"五人指导委员会"，直接负责此项教育计划下"管理与指导"，蒋匪当局只能委任五人以下之顾问出席"指委会"会议，"但无投票权"，一切听令于美国主子。该"指委会"其他四人，除美大使馆职员二人外，尚规定必须包括在华美国商人及教育人员各一人，促使他们积极参与此项文化侵略活动。"指委会"及其各附属小组委员会之会议"可在中国任何地点举行"。"基金会任何职员"只要经"指委会"之"核准"，即可在中国一切地点"活动"，显示美帝国主义今后对华文化侵略活动将无孔不入。

【又讯】据新华社陕北八日消息称，蒋匪外交部长王世杰上月二十三日在纽约"华美协进会"演讲中供认此项谈判去年马歇尔在华时即已进行。

（《晋察冀日报》1947年11月17日）

部队阶级教育新方式

雪立

对比展览会

辽东某营在诉苦运动中,借用本地斗争地主的财宝浮物和穷人的破烂衣物对比地布置了一个展览会,把地主的被褥毛毯、绸缎皮货以及大烟枪上都标明了价值,折合当时粮价,说明需要穷人多少租子。如地主的一件貂皮袍子,就折合了一个穷人二十一年的吃穿;另外是穷人的"祖传"棉袄,用过几十年的枕头,破衣烂盆,标明这些东西用了多少年月。会上有干部和积极分子加以说明,把死的实物变成活的教材,大大提高战士们的阶级觉悟。

连环画

在展览会中,又进行了连环画的讲解。二连受苦最深的张富贵把自己的悲惨历史,讲给文书,由文书把它用彩色一幅幅衔接地画出在展览会上,由张富贵自己指着画向大家讲:"这是俺爹砸死在开平煤矿,被撩进万人坑;这是俺姐因为家穷卖给地主当了丫头;这是俺娘死了没处埋……"讲着讲着就泣不成声了,听的人也都为之心酸,一个个也都诉起自己苦来。

灵前宣誓

某团在诉苦运动中经过充分的酝酿准备,隆重地扎了一个灵棚,用白布条扎些花彩,棚中央供两个牌位,以蓝纸白字写着"为阶级事业牺牲烈士之灵""死难父母叔伯大爷之灵",两边排列着许多名字的小牌位。宣誓时,大家肃穆地列队走进灵堂,指导员代表全体献祭后,静默致哀,接着由最贫苦的战士宣誓。吴传恩说:"娘呀,你死了连个坑也找不到埋你,俺过去抬起头来望望东边是仇人,西边是冤家,最后才找到共产党,找到了穷人的家。"在宣誓中,有些解放战士激动得掏出伪军符号、金戒指,交给上级,表示坚决为人民干到底。(新华社东北十五日电)

(《晋察冀日报》1947年11月19日)

摄影记者孟振江、宋谦二同志光荣殉职

羊君

【本报讯】冀晋军区摄影记者孟振江同志,在解放石庄战役中身临前线摄影,不幸中弹,光荣牺牲。又冀中某旅摄影记者宋谦同志,最近随军转战平津保三角地带,不幸于大清河北战斗中光荣殉职。孟、宋两同志在抗日战争及自卫战争中,一贯积极工作,对军事斗争及土地改革的摄影报导,均有贡献。噩耗传来,孟、宋两同志所在部队及各地战友莫不痛惜,晋察冀画报社除决定于《摄影网通讯》刊物上出版追悼专刊外,并专函唁慰二同志家属。

(《晋察冀日报》1947年11月27日)

各地同志注意

从廿六起,我们报纸,要连着发表《中国土地法大纲》、边区土地会议、边区农会临时代表会和各地方土地改革的消息、文章和政府的布告,希望大家接到我们的报纸,马上念给群众听,组织群众阅

读、宣传、讨论。把群众的意见告诉我们，把各地方土地改革的情形告诉我们，越快越好！

（《晋察冀日报》1947年11月28日）

石家庄新华分社业已成立正式发稿

【新华社石家庄二十五日电】石家庄解放后，新华社分社已筹备就绪，自今日起正式发稿。

（《晋察冀日报》1947年11月28日）

火 线 拍 照

摄影工作者高宏、曹智才、陈庆祥等同志光荣负伤完成任务

【新华社晋察冀前线二十六日电】我部队摄影工作者，在保定南北战役和解放石家庄大捷中，都亲临火线，排除种种困难，英勇地拍摄了五百多张珍贵的战地照片。印度洋部青年摄影员高宏，当突破西南合战斗时，右臂被子弹打穿，仍坚持完成摄影任务。在徐水围攻战中，大西洋部摄影干事曹智才，为了摄取步炮协同的战斗场面，中敌炮弹四处重伤。陶山部摄影干事陈庆祥，在保北阻击战中，和"钢铁第一营"一起，冒着敌人猛烈的炮火，始终坚守阵地，进行工作。他们拍摄的照片，现已分发各部队传阅，并到各处展览，有的已成为前线宣传员有力的政攻武器。

（《晋察冀日报》1947年11月29日）

新华社总社电唁孟振江、宋谦同志

【本报讯】新华通讯：总社得知冀晋军区摄影记者孟振江及冀中军区某旅摄影记者宋谦两同志光荣殉职的消息，在二十九日特打电报给孟、宋两同志家属，表示吊唁。

（《晋察冀日报》1947年12月2日）

本 报 启 事

因本报机器发生故障，昨日停报一期，今日继续出版。

（《晋察冀日报》1947年12月9日）

阜平县群众读报的反映

【本报讯】阜平县委给本报写了封信，说他们县土地会议上，农民代表和群众都喜欢听人给他们念最近的《晋察冀日报》。他们听了，都说"听得懂""愿意听""是事实"。并打听"谁上了报"。各组读《告农民书》后，普遍反映"净是庄稼话""一点不错""说得好""这下可明白了"。读了以后，多是热烈发言，诉说地主的罪恶、过去的痛苦，收效很大。广城、□沟六个雇贫农同志都说："过去一念不懂，还得说说，现在跟说话一样了。"特别是最近雇贫农对报纸有了感情，主动叫人念给听，说是"净痛快话"。

（我们希望各地方给我们多写信，把群众对本报的意见多多告诉

我们。——编者）

(《晋察冀日报》1947年12月10日)

蒋区学运波澜壮阔

各大城市学生都曾卷入斗争　平津各校成立"人权保障会"

【本报讯】据新华社陕北息，上月中旬蒋管区学生反压迫争自由正义运动，规模壮阔，卷入罢课斗争中的学校除以前报导者外尚有上海中华、商专、上海法学院、东吴、暨南、同济及同济高职，南京金陵女大，北平中法、朝阳，天津的各学校在罢课期间，纷纷发表告师长同学书、告全国同胞书，控诉刽子手蒋介石在各地逮捕屠杀学生罪行。举行于子三烈士追悼会，为于烈士家属募捐，通电支持浙大同学正义要求。昆明三十余大中学二万余学生，由上月六日起总罢课，至上月十四日仍未停止。蒋匪当局解散云大学生自治会，逮捕各校学运积极分子，□迫学生家长领回子弟，甚至以解散学校相威胁，仍未能遏止学生的英勇斗争，二万余学生在要求释放被捕同学的示威游行中，曾喊出"不达目的誓不休止！"等坚决口号。南京中大、金陵女大等校，投票表决罢课时，均以绝大多数压倒蒋特三青团阻挠罢课的叫嚣。交大罢课时，曾揭露蒋特以煤油纵火的阴谋。同济罢课时，中午鸣钟十二下，以示抗议，并素食一餐志哀外，校内遍贴抗议蒋匪暴行的口号、标语、漫画。十日上午，全校学生在校内广场上，列队游行三周，高呼"保障人权"等悲壮口号。平津各校纷纷成立"人权保障委员会"，清华曾于五月举行"控诉会"，南开于六、九日两度举行"反迫害晚会"，演出《团结就是力量》《茶馆小调》《于子三被害》等戏剧，控诉蒋匪血腥罪恶，教职员学生均踊跃到会，每次有千人以上。

(《晋察冀日报》1947年12月11日)

东北文化零讯

获斯大林奖金之苏联西蒙诺夫名剧《俄罗斯问题》已由此间英文研究会翻译出版,并经松江文工团在哈市演出。该剧写出美帝国主义者资本家和战争贩子们"为什么"和"怎样"进行反苏反共、煽动新战等宣传,演出时,大受观众欢迎。

东北电影厂新出品的《民主东北》第四辑和傀儡剧《皇帝梦》亦已开始在哈市放映,前者描画解放区工人和农民力量的伟大及东北资源之丰富,后者描写蒋美丑恶及其狗腿青(年)民(社)党等串演的"大登殿"仅是一场龌龊的"皇帝梦"。

(《晋察冀日报》1947年12月17日)

华中土地复查中　文教事业发达

【新华社华东二日电】华中各地土改复查中,农村文教事业有显著发展。书报方面据苏中二分区新华书店统计,半年来全分区销书四万五千余册,其中通俗读物占百分之八十五以上。人民画报社出版的《大众画刊》,更受欢迎,因之各地代销处林立,仅秦潼(原镇,改组为县),即有固定的农村书报代销处二十四处。翻身农民自己组织的农村剧团更如雨后春笋,二分区各乡自动组织的剧团达六十六个,淮海区九个县并相继成立工农文协。一年来群众自己创作完整的通俗剧本四十余部及鼓词十余种,其中《看看想想》《七□半》等剧本及鼓词多种,均获得群众好评,及分区文协的奖金。各地群众文化学习情绪尤高,仅据海(门)启(东)县两个区九月份统计,各乡成人学习组即有六十多个,千余人参加学习,农妇季展兰半年来由文盲进步到能读写一千字以上。紫石(新设县,治设海安)傅马村群众合力创起了一所小学,并慎重地选择了教师。淮海泗(阳)沭(阳)县文教会议亦决定普遍由群众审查教师,求得进一步改造乡村教师成分。

(《晋察冀日报》1947年12月25日)

"我们也得救出喜儿!"

石庄演出《白毛女》等剧

【石家庄讯】前线剧社于十二、十三两晚,在石市一二区连演名剧《血泪仇》,群众大受感动。一个卖杂面的魏掌柜看到蒋匪用绳拴王仁厚的儿子去当兵时,他流着泪说:"就是这样,我全家被国民党闹得没吃没穿,还硬逼我十五岁的孩子替他们当兵。"观众们看到王仁厚受尽折磨逃到陕甘宁边区得到民主政府救济和帮助时,都异口同声地说:"跟共产党解放石家庄一模一样!"

冀中二中文工团近在石市连演六次名歌剧《白毛女》,许多看戏的人都看得哭了。在建国堂演出的那次,一个卖破烂的老太太大哭着说:"这是我自己的事啊,我不忍再看下去!"非常难受地跑走了。汽车修理厂工人吴金和看了戏,心里很难受,他说:"咱石庄不知有多少杨白劳和喜儿啊,我们也得救出喜儿。"

华北联大文工团一行七十余人由团长周巍峙率领，已于日前抵达石市，现正积极准备于最近进行街头演出。

(《晋察冀日报》1947年12月26日)

在"中美亲善"幌子下美积极进行文化侵略

企图奴化蒋区同胞民族意识

【新华社陕北廿五日电】综合报导，美帝国主义在掠夺中国军事基地、中国经济、政治权益的同时，正在"中美文化交流""中美亲善"等虚伪幌子下，攫取中国教育主权，进行文化思想侵略，奴化蒋管区同胞民族意识的活动。自上月十日，蒋美在南京签《美国对华教育基金协定》后，以美国董事五人"指导监督"该协定实施之董事会，已于本月十六日在南京成立。而美驻蒋大使馆文化联络部主任赫尔斯，亦已于十五日抵宁，积极执行文化侵略工作。美国务院官员，十二月一日对蒋匪中央社记者表示，该协定基金可能用以协助所谓（漏八个字）生"研究"《美国长期援华（蒋）方法》，美帝国主义通过此一协定，以辅助其军事、经济、政治侵略之用心已完全暴露。

在十月二十七日签订的美蒋《救济协定》中，美帝国主义者命令其走狗蒋介石"准许"，并安排充分与继续之宣传，所有美国救济物资，及由此制成之物品或容器上，"应□尽量于显著地位上，以标记戳记烙印，或贴签"，企图借此炫耀其实际上是援蒋内战、危害人民的假恩假惠，而作为美国文化侵略。××理教传道会，亦加强其活动，拟就一九四八年以四十五万七千美元，扩充该会在华活动计划。

为了妄图进一步将蒋管区人民的灵魂，也出卖给美国主人，汉奸

卖国贼蒋介石正仰承意旨，以种种无聊行动，贯彻美帝国主义侵略方针。十二月十五日，蒋匪教育部表示已向美国购买电教器材三十万美元，明年"社会教育"，将以美化电影教育为中心；目前已在四川、云南、河南、浙江、江西、广西、福建、安徽、汝南、宁夏、辽北、南京、上海、北平等等各地成立电化教育辅导处；未成立者，明年一律成立，并准备调训各省电化电教工作人员，以便利美帝国主义使唤。

十月二十四日，蒋匪行政院通过充满独裁卖国臭味之蒋匪新《出版法》，新增了"外籍人民得以本法规定申请登记发行出版品"（第一章第八条）及"出版品不得为妨害本国或友邦元首名誉之记载"（第四章二十二条）。据外国通讯社事具透露，前者系对美国请求便利美国文化侵略而增加者，后者显在企图禁止中美人民日益增长的对美帝国主义及其走狗蒋介石的舆论。

（《晋察冀日报》1947年12月28日）

老母猪半天还乡梦

【新华社华东二十六日电】这是冀中如皋县一个富有戏剧性的暴露封建面目的纪事，已编为剧本，为农村剧团轮回在全县各地演出，有"戏中戏"之称。它深刻地教育了观众认识封建势力复辟阴谋是如何狠毒险恶，应该如何提高警惕来对付封建僵尸。

老母猪（绰号）吴启康是该县东横家埭一个封建大恶霸，由于他只有一条线样的独眼，人们又称他"蛇眼三爷"，他一心想投靠到亲戚蒋匪自卫中队长王学山那里，去进行还乡复辟。

十月二十九日，他跑了一夜，天刚亮到如（皋）新（生港）公路的老虎庄,看到看夜的民兵,他问:"这什么地方?"当听到回答"是老虎庄"时,他丧气地说:"不好!摸了一夜又摸到新四军窝里来了。"民兵们机警地走近去,安慰他"老爷,不碍事",一面指着一个穿黄袄子的说:"他就是我们的乡队副。"老母猪犹豫了一会,就相信了,往地下一坐,就骂了起来:"土匪多坏呀,我家的东西都被分光了,我正想上学山那里去,你们要帮我报仇呀!"民兵们一听到是反动地主,进而请教他的姓名和住址,客气地招待他吃饭,并告诉他学山"今天出发向西清乡去了"。这时另一个民兵忙跑到东横家埭,将全部情形告诉了指导员和王村长,东横家埭便立即被化装成一个蒋匪的"清剿部"全庄戒严。

不一会四个扮装乡队员的青年,气喘地跑去向老母猪报告:"老爷,王队长、卢区队副今天扫荡东横家埭,九龙口匪军的连指导员、村长、老百姓一个也没有跑掉,王队长特叫我们来接你。"老母猪听罢,旱烟杆一夹,就三步作两步地跟着来人向家奔,一面跑来一面骂:"入妈妈的,我得了势看是谁斗争谁呀。"一进庄,看见村长门口摆满了东西,他手一横说:"那个少掉了我一点东西,看他怎么过关!"再跑跑看见他的猪子从草里钻出来时,他咬牙切齿地说:"谁动了我一根毫毛,我要他偿命!"走进"营部"一个高个子起身笑脸相迎:"老王回来了,你可认识我?"老母猪说:"先生,我不认识。"假清乡队员马上介绍说:"卢区队副,那是乡长。"二人便命令说:"既然老王来了,把犯人带上来审吧。"这时,消息传遍了全庄,二百余群众兴奋地集合起来,"看排戏去"。他们都一声不响地互相丢着眼色,站在门外。

第一个被×的是村长和指导员,为使门外群众听得清楚一些,卢区队副对老母猪说:"我的耳朵被炮声震聋了,你说话要高点才听得见。"老母猪连连称是。他一见被绑的指导员就狠声地说:"他就是指导员,他们人凶,他还有支盒子枪(其实是没有)。"卢区队副命令:"关到房内去,给他一顿毒打。"老母猪很得意:"你今朝认得我啦,你会分田分东西啦。"当在房内正假装打两个女同志时,老母猪听出响声不对，就在外面发问："这不是打在肉上的声音呀？"区队副故意做怒容，把执刑的士兵骂了几句，里面真的打了几下。老母猪一听点点头说："这倒不错。"便深信不疑。区队副再问庄上还有哪些坏人，老母猪抢着说："多侥多侥，民兵、妇女还是马四奶奶顶坏。"立即将马四奶奶抓来跪下，老母猪使着侮辱而自鸣得意的神气说："你分了我两件衣裳，还穿在身上扭呀，扭得屁股不在路上，今朝你可领着妇女向我要洋钱啦。"当卢区队副问怎样处置这些"犯人"时，老母猪杀气腾腾地说："指导员、马四奶奶两个要刀杀，乡长、村长饶他得个全尸活窖，其余十几个民兵把点苦给他们吃了再枪毙。"门外的群众个个大指头直伸。

谈到村里治安问题，卢区队副问老母猪，他说："我年纪太大了，又不识字，不妨叫我大儿子做副保长，叫我侄儿做正保长。"卢区队副表示尊重他的意见，于是他又转过来拍卢的马屁，他说："你们都辛苦了，我们也要收点捐，弄几只肥猪，来慰劳慰劳你们。"

老母猪得了势，立即召开村民大会，准备正式××并慰劳"国军"。此时，卢区队副骤然卸了伪装，对老母猪说："你再仔细看看我是谁，我不是蒋匪的什么卢区队副，我是民主区政府里派来的！"这一惊，非同小可，把老母猪吓得眼睛直瞪，民兵一拥而上，将他绑起。马四奶奶指着他骂道："你好毒呀！你当了半天还乡团，就这样威风，要是你真的投降了蒋匪，全庄的人你还不都想灭掉？"愤怒的人群里响起一阵喊打声，有的则大声说："田鸡要命，蛇也要饱，留下他，还有我们（以下电码不明）。"

（《晋察冀日报》1947年12月29日）

晋冀鲁豫文化短讯

【新华社晋冀鲁豫二十五日电】△本区发行最广的通俗月刊《新大众》，为适应农民翻身后的文化要求，已决定自明年元旦起改为四开版的《新大众》报，每周出一张，由作家赵树理任编辑，以特约各县翻身农民担任通讯员。

△土改后太行各地中、小学雇贫农民子弟，入学大增，平顺一高最近贫农子弟激增至四十余，黎城三高为解决新翻身农民子弟入学的困难，特决定除伙食外，书籍、文具、菜金均由学校生产供给。

△太行、太岳两区，已开始冬学运动，农村均已建立以雇贫农民互教互学为主的冬季民众学校。教育方针在提高农民文化与时事生产教育。

△冀鲁豫文联为开展通俗文艺运动，特举办一二十万元的文艺奖金，并成立农村文艺工作训练班。又该区七镇委为开展年关娱乐与大反攻宣传，特以十五元奖金，征求文娱节目。

△边区文联绘制之新洋片《土地还家》，在武安各村演唱，深受翻身农民欢迎，农民认为"看得懂、听得清、都是实事"。现文联正绘制新片，准备推广。

△冀鲁豫黄河以南各县相继收复，各县因战争停刊之报刊，亦相继复刊。现该地区有报纸、画刊三十七种。

△太岳新华书店创设战地流动书店，身负书籍深入战地为战士服务，前在运城前线出售《毛泽东的故事》《刘伯承将军》等小册子，深受战士们的欢迎。

（《晋察冀日报》1948年1月3日）

《晋绥日报》、新华总分社反"客里空"运动继续推进

【新华社晋绥电】此间《晋绥日报》、新华总分社反"客里空"运动，最近由于发现重要土改通讯《贫农单身汉张红奴服毒得救》

一稿被积压之问题,而继续推进。该稿系报导保德化树报村土改中,地主富农造谣挑拨,污蔑贫农张红奴不好好过光景,村干部于分救灾粮时,未调查研究,遂不分给张红奴,中农又随声附和批评,致张气愤服毒,幸为群众发觉,始免于死。原稿自八月中旬寄到总分社通讯科转交分社副刊部后,即被积压至今。九月间作者曾亲至报社探讯,但通讯科向副刊部索稿未获,竟以"没有收到"予以哄骗,后因其他同志亦对压稿问题提出批评,该稿始被发掘出来。为此,《晋绥日报》特以《再深入开展反"客里空"运动》为题,发表讨论,着重指出:特别是九月正是我们着重检讨领导和内勤的时期,然而这件事竟被漏过,这说明我们对"客里空"的检查是何等的不深入。这充分暴露了我们工作中的立场与作风存在的问题是何等严重。评论最后指出:"'九一八'以来,报社总分社的反'客里空'运动,自然而然地和查阶级、查立场、查思想融合起来了。还在这一运动刚刚开始深入中,已经证明只有这样才能更好地发现问题,才能从不自觉到自觉,从少数人的自觉到大多数人的自觉,如果没有大多数人的自觉,反'客里空'是反不彻底的。"副刊编辑胡正为此检讨该稿被压称,自己不是以雇贫农的立场十分重视关于土改的每一稿件,没有把雇贫农所遭遇到的一切就像自己所遭遇的一样,不是把党报当作雇贫农的喉舌,为雇贫农说话撑腰。通讯科陈蝉鸣亦为此检讨说:"这是害怕自我批评、害怕对作者公开地批评错误,缺乏勇气,因此不惜用欺骗手段来掩盖错误,忘记了一个党报工作者对作者应负的责任。"

(《晋察冀日报》1948年1月4日)

《晋察冀日报》一年来错误报导的检举

本报编辑部

一年来,我们报纸关于自卫战争、土地改革及其他工作,有过很多错误的报道,其中有些是失掉了立场的。当边区正在进行整党与平分土地的时候,特先将我们过去在土改生产新闻报导上的错误事实的一部分,已经证明确实是错了的揭露出来,希望大家更进一步地给我们批评和帮助。关于军事报道及其他方面的错误,我们将继续检举。

夸大土地改革成绩

一九四七年一月到四月,我们报上连着登载了好多土地改革"完成了""胜利了"的消息,有的说"土地改革已经全部完成",有的说"实现了耕者有其田",有的说"赤贫农已经绝迹"。这些消息里,有好多都是不真实的。

七月十一日,报上登了涞水土地改革消息,说是"据七十九个村庄统计,七千余亩土地回老家,一千三百六十四户贫农上升中农,一、二、三区已告一段落进入深入阶段,四、五两区亦获初步胜利"。从这稿子的本身看,是很具体的,可就是不实在。写这稿子的曹汉章同志检讨说:"这篇稿件的材料,是根据县里开会时汇报情况中几个区村的数字,另外又和一、二、五区的干部谈了一下复查的情况,材料既不精确,又未经县里负责同志共同讨论。同时,果实尚未分配,千余户贫农上升中农也没有事实的根据。当时我看到其他地区这类稿件不少,就捕风捉影地写成了这篇新闻稿,目的是'让其他地区看看涞水的成绩'。"

二月十七日,本报登的定襄土改消息说:"定襄土地改革已经完成,二、三、四、五、六区九四一户贫农、雇农、赤贫户,全部上升中农。"这个消息中说到"五区赤贫农绝迹",是郭修真同志写的,据边区土地会议检查,郭修真同志当时仅仅根据区干部联席会上牛台村一个村的材料,估计了一下,就写出"五区赤贫农大部绝迹"的消息,这个稿子到了冀晋分社,分社又把"大部"改成了"全部"。

一月四日,本报登了《曲阳翻心工作做得好,十二万人参加斗争》的消息,说是"曲阳土地改革中,农民翻心工作下的力量最大,成绩最好,因而使群众发动比较广泛"。但实际据写稿的侯德章同志检讨,"写该文的动机是:各地土改都有报导,独曲阳没有,心中'难过'得很,于是,向农会问了一下,搜集了几个试验村的材料,便动了笔。全县一般干部,都用十分之八甚至十分之九的时间,去组织农民的回忆诉苦,直到农民完全明白了过去的受压迫和今天如何清算之后,才去组织大会□□这一项,当时的曲阳根本没有(即如南管头等典型村亦未完全如此)。写时,明知道南关等地的群众发动闹了几个月,还是不够彻底,可是写时,却硬写成群众'完全明白了'"。"全县参加斗争的,达十二万人之多,占全县人口的百分之六十。"写时以燕赵为根据(全村二千余口人,参加斗争者一千四百人,占百分之七十),开会时,除了一部分小孩和老年人之外,不是都要去参加吗?这样一估计、一加减,"十二万人参加斗争"的数字便出来了。从该文中看曲阳的土地改革,早在春耕之前已完成了,群众发动得很好,特务也镇压了。其实,到今天,曲阳的土改仍存在着严重问题,甚至地主也有漏网的。

三月二十一日,登的平山消息,说是"平山土地改革,经过三次大检查,已全部胜利完成,除边沿区一个村庄外,抗属烈属连同贫农七千户,全部由贫农、赤贫农变为中农……轰轰烈烈的生产热潮即将到来"。写稿的人是张深、王景名同志,这个消息据边区土地会议的检查，是夸大了的，不真实的。

报社编辑部对于这些"客里空"的消息，是毫无批判的，编辑部本身也有严重的"客里空"。二月廿一日登冀中消息时，报纸的标题是《冀中土地改革成绩辉煌》，新闻导语中有"中心地区，大体完成，农村面貌，焕然一新"。三月二十二日的生产消息是编辑部写的，在它的新闻导语中，又出现了"边区农民经过土地改革，拔去了吮吸人民千万年的穷根后，生产情绪空前高涨，辛勤、愉快地从事生产"。坐在编辑部里，写农民"辛勤愉快"，这确确实实是"客里空"的作风。还有在二月十六日的报上，登了吉林土地改革的消息，新华社的电讯说是"初步告一段落"，而我们编辑部却用大号字标题为《吉林完成土地改革》，这些证明我们编辑部自己是"客里空"又当了"客里空"的贩子。

颂扬地主

一九四七年三月十九日，报上登了宁晋地主武望众的消息和通讯，说是"宁晋各地主，□已悔悟过去不劳而获……而积极从事生产"，在《宁晋大地主武望众先生访问记》的题目下说他已经进步到"自己劳动自己吃是愉快的"。这个消息实在是替反动地主分子歌功颂德。

武望众究竟是怎么一个人？是不是进步了？据边区土地会议和冀中十一分区土地会议的检查，武望众原来是宁晋第一等大地主，他哥哥是个给日寇汉奸办事的有名的特务，他自己在抗战时期做过宁晋的伪商会主任，儿子也给敌人办事情。在土地改革中他并没有进步，仍然是个很顽固的汉奸地主，在土地复查的时期，他逃到蒋匪区去了。写这个稿子的是冀中十一分区记者星火。

一九四七年二月二十日登的《阜平地主段吉庆学习张永泰》，把一个被清算的地主,仍然还当粮秣委员的人,写成"群众部队,无不称赞"。

一月十六日登《地主孔庆从合家劳动》,□说是"孔家有地四顷,土改后留下四十多亩,献出(?)武器,群众又退给他一头牛,作为献枪的'还礼'"。这实际也是拥护地主利益,退了胜利果实。

过去我们报纸,曾经表扬过地主分子,如像地主张树凤,她钻进了冀晋保育院,把保育院做她的防空洞,可是我们过去却曾经表扬她是"妇女劳动英雄""拥军模范"。

宣传富农路线

一九四七年一月十一日报上有一条新闻,拿《谁下米谁吃饭,反对张嘴等着吃》做题目,来鼓励谁斗谁分,客观上是把没有发动起来的老实雇贫农丢在一边。

一月九日载深县《如何分浮财》的消息中说,分法是"按需分配",办法是"根据功劳和斗争中的积极程度,把各户分为七等",把果实合成钱,每户拿应分的钱去买,买多了,可以给现款交付。这实际上一面是"谁斗谁分",一面是便利富有的,名号叫"按需分配",穷人没有钱,哪里能去买他需要的?

捏造与夸大生产成绩

一月十一日报上登了曲阳生产消息,说是"一年来曲阳生产获得空前成绩,全县增产粮食一万大石,土布已达到自给。全年播种各种作物四十六万三千四百三十五亩(每人平均二亩多)。许多村庄达到耕三余一,大部分村子够吃够穿。在大生产运动中,科学方法得到进一步发展,选种浸种已为群众接受而行动了"。这个消息,是不实在的,写稿的侯德章同志自己检讨说:"这消息写时的根据是县生委会的总结,另加上自己的观察。该总结罗列了不少的事实,说明一九四六年的大生产,是'超过'了往年。"写时,十分不相信这材料的真实性,因为去年(指一九四六年)曲阳某些地区的灾情是很严重的,实地调查了解,尚不及一九四五年。但又考虑到去年的领导口号是"超过任何一年",要写报导,必抓住这个特点,不然一年的生产便无成就,报导也没有意义,因而就把连自己也不相信的,实际上并没有的"增产粮食万石"作为主题,其他的全是陪报。发表后,不断有人问我根据何在,我答以"'生产总结',于是一切人闭口了,自己扬扬得意"。

一九四七年七月一日,报上登了辛集《张英祥发明造纸机》的消息,说是"经二百四十一天的苦心钻研,已于二月初制造成功。每小时可出两面光的纸五百张,与外来白报纸一样张面"。得消息后,本报即派纸厂同志前往辛集采购,不想到了之后那个造纸机还未试验成功。这个消息,据冀中十一分区通讯会议的检查,是这样:张英祥自小跑江湖,自称能做造纸机,政府拨款扶助,用时半年多制成一造纸机,试验时第一张贴了在滚子上,他是完全失败了。当他还在造模型时,看到冯玉同志,张即大吹大擂,结果,冯玉同志因采访粗枝大叶,就写了这样一个新闻。

(《晋察冀日报》1948 年 1 月 28 日)

曲阳东关贫农团检举不真实的报导

县委号召开展反"客里空"运动

【本报讯】曲阳东关贫农团,看了去年十二月十六日(二六七○期)《晋察冀日报》上登着的《曲阳发现假贫农团》消息以后,立时

写了一封信，派专人送交曲阳县委。信内说："兹有东关村长杨凤双，见到日报上登出一节不真实的事情，说东关村长杨凤双，在土改时分了四处房。事实在土改时，并未分房。现在村长的家庭，也是贫农，房无一间，地无一垄。不知是何等分子，造了这一段，我们要求将这登报之人，详细查一下，希望县委各位同志，登报更正一下。"信末写着东关贫农团主任杨桂九，副主任窦桃云。〔编者按：报上所登的一段是这样的：……村长杨凤双（土改时分了四处房子，祖父是富农，现在降为中农）等人，冒充所谓"贫农代表"，封了六家地主富农的门……〕县委接到东关的信后，立时派宣传部干事赵岭峻同志，到东关调查，先问了杨凤双本人，又征求了代表和几个贫农的意见，并到杨凤双的房东田洛良及同住在一处的窦桃云家去调查，还追问了反映这材料的村干部方洛臭（上中农），最后召集全村贫农大会讨论。经过两天的工夫，才查明事实的真相。关于杨凤双的报告，原来是城关工作组的负责人郑克峰同志（前县委）调查的，他听了该村坏干部方洛臭个人的反映，不去分析，不在群众中仔细地考察，便马虎地向县委做了报告。县委也没有详细地审查，便写成通报发到各地。我们报纸根据《曲阳土改通报》写成了这个新闻，也没有调查就登了出来。

杨凤双的祖父没有地，靠做小买卖维持生活，房有一间半，不是富农。到他的父亲时，全家九口人，没房没地，卖扒糕，后来当牲口牙纪，生活很困难。到如今还有七口人，种着九亩半地，有四亩是土改后才分的，其余的是租地，他父亲仍当牲口牙纪，每集能收入一两万。凤双弟兄二人，有时也借钱做本贩牲口，生活比以前好点了，但也不是中农。杨凤双住着的四处房子，并不是土改中分到的，大部分是用私人关系借住的，并且有的还出房租。杨凤双是去年（按阴历说是今年）秋天征公粮时，新选的村长，并没有参加当时的贫农组，更不是代表，在本村封六家地主富农的门时，他根本就没有在家。根据以上这些材料证明，报上登的杨凤双的事，完全不是真的。

  为什么会发生这种假报告呢？曲阳县委说，这是因为本县有些工作同志，不深入群众，只听少数人的反映，不做详细的调查研究所造成的。这是严重的官僚主义的作风，不老实不负责任的态度，写出来了不真实的报告，群众对我们提出批评是完全对的。反映这不真实材料的郑克峰同志，应诚恳地接受群众的批评，并应马上向该村贫民团，承认错误和道歉（向群众道歉的情形和群众的反映应该继续报导——编者）。县委《土改通报》，报导此项消息未加仔细调查，也要进行自我批评。县委并号召开展反"客里空"运动，对群众讲话，向上级做报告，一字一句务须真实，要说真话，做实事，反对骗党骗人民，说假话。领导机关接到任何一个报告，要审查详细后再做处理；每个工作同志写报告写通讯，特别是写当地群众的事情，最好交当地的贫农团或新农会审查，如写一人一家，或一个贫农团的事，要念给这一个人一家或一个贫农团听，让他们提出意见。他们同意以后，再向上级报导，主要的是问他们是否合乎事实，只要是事实，不管群众同意与否，都可以报导。我们要养成这样一种习惯。东关贫农团，看到不合事实的新闻，不光敢发言，而且敢于提出批评，这是很好的，是完全应该的。曲阳县委特别表示感谢东关贫农团。（编者按：曲阳县委为了这件事，起草了一个文件，并且念给东关贫农团听了，得到他们的同意以后发出来，这种精神是很好的。我们报纸不光登了错误的消息，并且写社论时还把它当过例子，很不对，现在一并更正，并向曲阳东关贫农团道歉。）

（《晋察冀日报》1948年1月29日）

《冀中导报》检查不真实和失掉立场的新闻

【本报讯】《冀中导报》在本月上旬登载检举不真实的新闻和失掉立场的新闻。先后发表冀中各分区各县干部在边区土地会议上初步检查材料，十分区土地会议的检查，十一分区十月通讯会议的检讨，和许多同志的揭发与自我批评。

道听途说　信口开河

从检查中看到，有的消息是凭估计凭推测，或道听途说写出来的。如三月里深县民教馆张紫云写的《深县普落透雨》，原来是那天早晨，他一出门见道上水挺多，就写了这个消息。其实，离城八里以外的地方，就没有下雨，城里下的雨也没不到二指。又如新乐沈英、戴光毅写的，八月一日五区马头南村两个区小队战士，检查大车，查获两驾盒子、两支手枪、两挺机枪的消息，据一读者的揭发和写稿同志的检讨，□消息完全是假的。材料来源是五区副治安员的□□，治安员是听到区干部李正纪说的，李正纪又是听一个堤头村的小孩说的。

把活人写成了死人　把奸细写成了英雄

有的不真实的新闻甚至把活人写成死人，如胜芳二区一间农会主任，现在还在做买卖，通讯干部齐心就报导过他已死了。胜芳唱戏的李二麻子，现在给敌人当保长，齐心的报道中却说敌人把他杀了。有的写新闻，已经不单是为了报导一件事情，而是增加了别的不正确的目的，如二月廿二日新乐大队俘虏蒋匪飞机驾驶员的消息，写稿的李秀民同志说，是公安局的人捉到的，因为当时分区曾经严令新乐大队一定要捉到,李秀民和大队副政委感情很好,怕他受处分,就写成了县大队。有的消息失掉立场,如津武的"郭氏父子"是个流氓,还曾经拿着枪要娶别人的小婆,可是通讯干部李泠把他写成"民兵英雄"。甚至还有把反革命写成革命的,如固安有个王天成,是个奸细,想着瓦解我们固安大队,投了敌,阳光把他写成了"农民武装英雄"。

轻视工农通讯员

对于工农通讯员的稿件,和农民的生活情况,检查中看到有些同志的态度是瞧不起,不写。如固安通讯干事石力行,瞧不起工农干部写的稿子,嫌文字不流利,打回去的很多,好多工农干部就不敢写了。又如津武有一个区农会主任,从六岁就要饭,十二岁扛长活受过好多苦,有一回,他在县区干部会上诉苦,听的人很多哭了,好多同志说让通干李泠写一下,可是一直没有写出来。

克服"客里空" 努力改造自己

在检查这些不真实的失掉立场的新闻的时候,有好多同志做了反省。韩涛同志在反省他的《土地改革后,群众生产一满高》一稿时说:"当时的出发点是写得适应报纸的需要,登出来好显露自己。"展春蕾同志检讨自己说:"过去给党报写稿子的目的一是给报社领导人看,表示我完成'任务'了;二是给有文化水平的人看;三是为了自己出风头。"好多同志在检查中表示说自己造成罪过,向人民道歉,并决心努力改造自己。

(《晋察冀日报》1948 年 1 月 29 日)

我对"客里空"报导的反省

郝志信

"客里空"的思想在我的脑子里早就存在,可是我并没有发觉它是"客里空"。过去我写稿的态度是:(一)认为老老实实稿件登不出来,必须加以扩大或捏造,才会得到发表。因之在写稿时,捕风捉影,道听途说。(二)因为自己思想上有毛病,因此对报上发表的别人的文章也以一半真一半假的眼光去看,故此更助长我的捏造与夸大。(三)看到别人的稿件发表得很多时,自己的又总赶不上去,就生了"先斩后奏"的写稿方法,就是先写后做,甚至有时把刚做成的一个工作计划,报导成已经完成。以前我认为报纸是为了鼓动大家,所以捏造些、夸大些没有关系。我究竟写了哪些与事实不符合的稿子呢?(一)《冀晋日报》去年七月廿八日第四版所载《英雄何连荣回忆翻身经过》一文中开头一句"在我七八岁时爹娘就给我说了一个婆家",其实何连荣并没有这样说,是我自己觉得这样写出才显出何连荣的苦。下边一段"租种着和尚二十五亩山坡地,每年要交租子六石四",其中二十五亩是我把原来三十亩缩小的;"山坡地"三字是我加的,交租六石四是扩大的。这样一写,显得地生古租子大。又下边一段"后来×东湖社李××要卖地,这时公公愿意买下,便人托人地向东头老财周老汉借了三百块白洋",其中"李××""周老汉""三百块"都是假造的,不是何连荣说的。(二)去年"六六"《冀晋日报》第四版所载《纪念六六我要为死去的郝老师复仇》,去年五月间《冀晋日报》载的《灵寿东柏山生产工作提高一步》,同月《冀晋日报》发表的《为迎接六六,灵寿东柏山中心小校加强时事学习》,八月《冀晋日报》发表的《灵寿城南高级组开展百斤菜运动》等几篇新闻中很多内容是自己捏造、道听途说,与事实不符合。在查思想查立场时开始不愿说,怕说了报社以后不相信自己,怕只是自己说了别人不检讨,想自己暗地里改正。经过很尖锐的思想斗争后,才揭露了那些"客里空"新闻与"客里空"思想。今后我要改正错误,站稳立场,献身为人民大众的新民主主义新闻事业奋斗到底。

(《晋察冀日报》1948年1月29日)

《察哈尔日报》初步检查"客里空"

【本报讯】《察哈尔日报》在去年九月间,进行了对"客里空"的一些初步检查,平西地委曾召集通讯会议,察南支社也开过会,做了许多检讨。有些通讯员和做新闻工作的同志,做了反省。涞水特约通讯员曹汉章反省说:"去年六月中我在涞水城里写了一篇《黑板报与屋顶广播结合》,在这篇稿中我曾写出'有个推小车卖杂货的李有成,每逢到集市上来就把车放下,忙看十字街头黑板报上的好消息'。但实际上,看黑板报的人虽不少,但并没有李有成这个具体人,李有成这个名字,根本是我捏造的。当时我想,捏造一个人,也没多大关系,反正读者不会看了报纸以后去找李有成这个人,我只为把稿子写得具体一些,在报纸上出风头,没有想到一篇不真实的新闻,会给报纸在群众中造成如何不良影响。此外还写了一些夸大的、不合事实的新闻消息。"杜唐同志在检讨自己写蔚县稿子时说:"自己好久不写了,想'一鸣惊人',便道听途说地写了一个近万字的大文章,其中有写蔚县下皂的事情。登出来后,蔚县区干部很为诧异,两次写信说不确实,群众很怀疑报纸,但我怕弄得满城风雨,把他的来信压起来。"杜唐同志还检讨另一个新闻说一封"报告情况的信,提到区干部张明昌家中被'清剿'、敌人的凶残等情形,我便借风转舵,凭空捏造说'区干部张明昌家中被"清剿",家中人等被敌杀光'。当时张明昌正在学习,见报忙赶回家去看,结果人口俱在,只物资受了些损失"。杜唐同志在检讨自己说"当时我想，在混乱局面下，有材料就写，管他真实不真实""一点半点不真实的错误，算不了什么""今天检查，'客里空'已找到我这个藏身之处，这是由于对于全心全意为人民服务的意识不够，使党报威信受到不应有的损失"。其他像芮民、王一等同志，也都做了检讨。另外，涞水二区干部开会时，也检查了报纸通讯工作，举出了十一条不真实的新闻，检讨出原因是"一、干部汇报工作不老实，夸大了工作的成绩，有的同志根据报道写稿而未实际采访，以致报导与原来的事实不符。二是有的同志写稿交代不清楚，编辑就稿改稿，把稿改错了"。同时还对报社提出了意见，说"过去对工农通讯员未很好进行帮助，退回稿件，也不写明意见，写稿的同志不知该怎么闹，写了稿不见登，就没有信心再写了"。

(《晋察冀日报》1948年1月29日)

盂县候党村

雇贫农办黑板报　说出自己心里话

盂县七区候党村，雇贫农听了《土地法大纲》《告农民书》，高兴得不行，有一个从河北省顺德府移住到这个村来的贫农王春小，放羊、当长工、钉鞋、刨坡地，□来年了，一个字也不识。这一回高兴就和几个人一起编出了好几首内容生动语句流利的口歌，写在黑板报上。现在抄录几□在下面：

土地埋的夜明珠，无光似亮到如今，八路军吹□浮上土，贫苦农民放光明。

贫雇农团结铁一般，大家拥护共产党，穷人才能把身翻。

贫农中农一股劲，反对走狗两面派。

地主恶霸你来看，土地法大纲要实现。

不怨地来不怨天，怨你剥削多少年。

无人问你买□粮，□土粉水拌上糠。

穷人往你门上站，狗把衣裳咬个烂。

叫声地主把狗看，你还嫌穷人来讨饭。

穷人叩头赛捣蒜，财主说话快滚转。

穷人抬起头来看，财主的眼赛灯□。

(《晋察冀日报》1948年1月29日)

晋绥翻身农民积极为自己报纸写稿

编辑部把培养农民通讯员当作最重要业务

【新华社晋绥二十七日电】在土地改革与反"客里空"运动中，许多翻身农民积极为自己的报纸写稿，保德三、四两区业已组织四十七名农民通讯员，区农民代表会并专门讨论了通讯工作。识字的翻身农民酝酿参加通讯小组，有些不识字的农民也自愿供给材料和加入小组参加讨论。现该两区已建立十个通讯小组，向报纸投稿二十三件。报纸则以显著地位刊出十六件，并予以赞扬。这些稿件的最大特点是内容实际，反映了当地工作和群众要求，语言的生动和群众化。农民通讯员们对稿件□□性和政治意义极为注意，对自己报纸绝对负责，写稿之前先□□，写好后念给大家听，经小组审查再送区委审查（重要稿件送县委审查）。经报纸刊用后，□□又读报，看编辑修改得对不对,和为什么要这样修改,以学习写作。报纸编辑部对农民通讯员的稿件,也同样予以最大的关心,无论刊用与否,都尽心地□□□提供意见,以培养农民通讯员为最重要的业务。

(《晋察冀日报》1948年1月30日)

"枪杆诗"

华中部队政治工作新武器

【新华社华东前线二十八日电】 华中解放军某部的"枪杆诗"运动,已成为该部政治工作中的新式武器。去年八月,华中开始转入反攻后,解放军士气高涨,该部某支队炮兵连指导员刘干声和连长仿效苏军进攻柏林时炮弹坦克上都写着"打到柏林去"的做法,根据各种枪炮技术上的优缺点和对它的要求,写成短诗歌,贴在枪炮上。如某炮手的平射炮上贴着:"平射炮,剖剖叫,南洋岸(地名在叶挺城附近)打得好,团里旅里都知道,这次不能打白掉(丢脸的意思)。"

又如某战士的八二迫击炮上贴着:"八二炮,你的年龄真不小,可是你威信不很高,这次反攻到,不能再落后了。"

这种诗歌出现后,立刻获得广大战士的欢迎,他们纷纷把自己的立功计划也写成诗歌,贴在各人的武器上,并叫它为"枪杆诗"。此一创造,经领导上提倡推广,就迅速成为普通的群众运动。指挥员旗子上写着:"我的旗子红通通,战斗指挥少伤亡。"

某连重机枪上写着:"马克沁重机如条龙,打起仗来它冲锋,这次再能打得好,表功会上立大功。"

炊事员封安全的淘米箩上写着:"淘米箩不大不小装上米,不多不少在水里，三擦四捣把沙子泥粒淘掉，同志们都说卫生很好，大家都吃得挺饱，反攻打仗多把枪缴，打了胜仗我也有功劳。"

运动开始后该部在军事政治文化各方面均有显著提高。八二迫击炮被贴上《不要落后了》一诗后，全班战士日夜精心研究，终于想出种种办法，提高了它的效力。某营机炮连战士沈洪海，在步枪上贴着"我的七九枪，擦得亮堂堂，这次去反攻，拼命打老蒋"。以后，他就天天擦枪练武，某次战斗中，出□□刚下，他就跃出阵地大喊"我的七九亮堂堂"，一股勇杀向敌人。行军疲劳时，大家念起"学文学武不怕吃苦"的"枪杆诗"，脚底下立刻就加了劲。南线攻势中，沿途群众热烈欢迎帮助，战士们纷纷作诗感谢，表明决心。余元坤写的是："受了人民尊敬，决心消灭敌人，作战上了战场，报国报党报人民。"

根据已有经验，这种"枪杆诗"有三大好处：（一）人人可以写，不会写的叫人代写，随时随地可以念，吸收了广大指战员参加，打破了过去宣传鼓动工作只限于少数干部和积极分子的狭小圈子，而且宣传鼓动口号就是根据各人的要求用各人自己的语言写成，因此非常具体有效。(二）把立功计划诗歌化，战士们容易记住，而且非常灵活，随时按照新任务写新诗歌，因而有力地推动了各项工作。（三）提高了战士的文化水平，战士们编好了自己的"枪杆诗"，就很有兴趣地去念它、看它、写它，这样把许多生字都记熟了。

（《晋察冀日报》1948年1月31日）

向文艺工作同志征稿

文艺工作同志们：

边区各地的平分土地运动已经展开。为了及时反映这样一个伟大的运动，并推动它前进，我们热烈地希望一切能动笔写文章的同志，特别是参加土改的每一文艺工作同志抓紧时机，赶快动手来写，写出农民在这个正义斗争中内心的喜悦和义愤、需要和要求，反映运动发展的真实情况与执行政策中的问题。不限长短，新闻报导也好，文艺通讯也好，剧本也好，小说、诗歌也好，木刻图画也好，你们感到怎样表现方便就怎样表现好了，但要力求大众化，采用群众的语言与群众所喜欢和容易接受的形式。

除了文艺工作同志自己的作品之外，还望随时随地注意收集农民群众与民间艺人的创作，翻身歌谣、鼓词快板和故事以及各种诉苦材料，把它们忠实地记录下来。

一切作品不论它的艺术性的高低，主要看它对当前的运动有无意义，只要它有意义，我们一定发表，如篇幅过长，不宜于在日报上发表，只要写得好，我们当设法予以出版的机会。来稿请寄《晋察冀日报》编辑部。

此致

敬礼！

《晋察冀日报》编辑部

（《晋察冀日报》1948年2月2日）

晋察冀中央局宣传部关于成立边区出版局的决定

【本报讯】晋察冀中央局宣传部关于成立晋察冀边区出版局做出下列决定：

一、为加强与统一边区出版工作的领导，成立晋察冀边区出版局，并改组与扩大晋察冀新华书店，作为出版局统一对外发行的机构。各地公营书店及所属印刷厂，概由新华书店接收，按照需要与条件，在各地设总分店、分店、支店，统一由总店领导管理。原冀中新华书店，改为晋察冀新华书店冀中总分店，冀中各地分店、支店概由冀中总分店领导。原边区西北印刷局，划归军区司令部政治部管理，不属新华书店系统。

二、出版局局长由周扬同志兼任。下设编辑部与出版发行部二部。王子野同志任编辑部长，李长彬同志任出版发行部长兼晋察冀新华书店经理，王剑同志任出版发行部副部长兼冀中总分店经理。

三、出版局应掌握全区出版方针、计划，领导编审、出版、发行工作，通过新华书店建立广大深入的发行网。在书店营业上，贯彻企业化方针，厉行精简节约，切实减低成本、扩大销数，同时保持出品的一定质量。

一九四八年一月三十日

（《晋察冀日报》1948年2月2日）

河间有些村庄真人真事宣传平分

农民自编自演效果很好

【新华社冀中二十七日电】河间有些村庄平分中宣传工作很活

跃。北石槽、西诗经、南北马滩、龙华店等村，都自编自演《穷人翻身》等剧本，剧本都是贫农团和小学教师合着编的。北石槽演《穷人翻身》，都是真人真事，戏词净是土话，挺好懂，比方上场诗中，积极分子出场的几句话说："平分力量大，什么也不怕，有真就说真，有假就说假。"有情面的人出场几句话说："当场不敢言，都是闹情面，小组去讨论，真情就发现。"有顾虑的人上场就说："不说不彻底，说明惹不起，只怕得罪人，反正脑筋死。"地主出场就说："地多日子旺，吃租又放账，专门剥削人，这回可够呛。"说得入情入理，当中还穿插上一些快板、梆子、二黄，演了四点钟，农民很欢迎。北马滩还随着工作发展，做什么编什么。贫农王贵荣，演到他自己有病要饭吃时，哭了，全场都很感动。各村秧歌、小调、霸王鞭也很活跃，在本村演了还到外村演。葛楼、马滩等村，学校也以平分材料为主要教育内容。黑板报大部分村都有，民校每天讲报识字。二区三十五个村，就有一千三百四十五个人入民校，并在民校里宣传平分政策，消除了中农的顾虑。如四公村中农高黑瞎，寻思着这回该出大乱子了，在民校听了贫农中农是一家后，便放心了。城关经营工商业的，起初怕平分动着工商业，经过民教馆座谈会后，也安心了。

【又电】河间有些村，贫农团用本村的真人真事编成戏剧、歌曲，创造了宣传工作的新方法。一区北石槽，按着本村的平分情形，编写了《穷人翻身》十二幕戏。戏里头有梆子、二黄，也有顺口溜，演起来敲着鼓，挺热闹，大伙听得懂，也爱看。在东村演了两三回，群众还要求再演一回。北马滩也用这个方法编出了《全家乐》《中农贫农是一家》《五更天》《苦去甜来》和洋片、双簧等节目，受到了全村农民的欢迎。老雇工王贵荣，从十五上就扛活，扛了一辈子，在牲口棚里学会了打落子，他参加了贫农团，把自个的苦，一节挨一节地编了个《王贵荣诉苦》小调。他自个打着竹板，在本村唱了到外村唱，唱到顶苦的时候，他就哭了，听的人也就跟着哭起来，对农民的教育很大。河间市区十豇把地主欺负穷人的实事，编成大洋片，宣传的时候，把地主打扮成欺负人的模样，唱的人指画着他，一段段地唱来，大伙挺爱看。特别是雇贫农们，越看越恨地主，大家把这个宣传方法叫作"拉活洋片"。八区龙化店，找了一间宽处房子，成立了个农民教育馆，摆列着许多《群众报》《导报》，贴着农民翻身漫画、歌谣、顺口溜，还有人讲话，谁愿去就去，愿看什么就看什么。北马滩贫农团领导的夜学，上学挺自由，愿去就去，愿走就走，不受限制。每天夜里先把要讲的事情，简单地广播出去。夜学里有念报的，有讲平分的，大伙闷得慌了，就把新编的梆子、皮黄唱上几段，每天人总是挤得满满的。

（《晋察冀日报》1948年2月2日）

任河县委检查"客里空" 加强汇报真实性

【新华社冀中二十七日电】一月二十日，任河县委召集各区整理汇报的干部联席会，检查出各区汇报工作中存在着严重的"客里空"。如五区有一次报告说区干崔俊山开了小差，县委根据这个报告，将崔俊山开除党籍，并在通报上发表。但后来查明，崔俊山是向一个区干部告了假，回家去取衣服。二区报告区干部于化龙私自回家，实际上于化龙回家是经过小区委准许的。三区报告区干部李志忠是富农成分，放下枪回了家，现在又报告是贫农成分，仍回区里工作。四区区委报告小店贫农团是假的，可是该区第二天报告又说不像假的。区干张冲同志报告，将卧佛堂大地主牛子□扣起来了，实际上是报告以后才扣的。八区区干部对崇村的了解，八个人了解的八样。

类似这样的事还不少,到会干部一致认为过去对汇报不负责任,有的是道听途说,有的是估计着写的,有的夸大,有的写汇报不研究、不分析,写了送县就算交代了。最后县委对这种对党、对人民不负责任的"客里空"作风,提出了尖锐的批评,号召大家检举这种坏作风。并指出今后汇报工作要有阶级性,要多研究分析,弄清来源,保证真实。

(《晋察冀日报》1948年2月2日)

冀中新闻机关讨论重视培养工农通讯员

【新华社冀中廿七日电】冀中分社、冀中导报社、群众报社,在本月十三日,开会讨论"怎样使用工农通讯员稿件"问题。大家检讨出过去对工农通讯员同志写的稿件,存在着很多不正确的观点。认为工农通讯员的稿件不是缺这就是缺那,不如文化高的写得齐全,怕费工夫,一看写得不清楚,就放在一边。土地会议后,工农同志来稿很多,但采用的却很少,正如清苑宋平同志来信批评编辑时说的:"工农干部写了稿,不是长了就是短了,不是早了就是过晚了,总是不登,好像穷人的衣裳一样,没个对了节气。"在检查分社退稿工作上,也发现了严重的马虎现象,写退稿信件老一套,开头先说人家写得不错,接着就说没新内容,什么写得长了、过时了,甚至"花言巧语"地"打发"出去。在会上大家对处理工农同志来稿上,引起了重视,一个同志说:"工农同志写的稿今后应当照顾。"大家批评了这种意见,认为这不是"照顾"问题,而是"立场和作风"问题,是党报的方向问题。最后朱社长指出这个会开得很好,并对处理工农同志稿件提出以下几点意见:(一)首先必须从思想上解决。这是办报的方针问题，报纸是给冀中人民办的，不能存在"照顾"观点，只有大量使用工农稿件，报纸只有依靠群众才能提高报纸质量。一方面提高培养工农干部，同时也给知识分子提供了改造的方向。（二）从组织上解决。今后处理工农稿件，必须经常检讨研究。开始时期，必须确定专人更多负责整理工农通讯员的稿件。报纸上要求一定数量登载工农通讯员的稿件。（三）从加强指导上解决。分社必须把对工农写作的指导当成主要业务。退稿要具体，经过"读者信箱""通讯往来"等帮助工农同志提高一步。为慎重处理工农通讯员稿件，退稿一律由各科长，甚至经总编审查。

（《晋察冀日报》1948 年 2 月 2 日）

工人宣传队下乡演戏　　教育农民也教育自己

马化民

【本报讯】××公司组织了包括二十三个工人三个职员的宣传队，赶排了《别上当》《农民当家》《全家忙》等四个剧到阜平各地进行宣传。从十二月十四日起，共出去了二十四天，走了三百多里路，演出十九次，很受农民的欢迎。农民看了戏说："心眼里可痛快啦！可不怕地主、坏干部啦！"龙泉沟一个贫农看了戏在第二天诉苦斗争大会上说："呀呀！我过去可不敢说话呀，我看过咱们剧团演的戏，我今个儿才敢说话啦。"下乡宣传的同志也受到很大教育，从张家口出来的工友赵春茂说："过去我爱这个工作（指文娱），主要是自己爱洋相，高兴干才干，不知道是宣传的武器。这次下乡又看到共产党的政策受广大人民的拥护和实行，我才相信咱们报上登的都是实在事。过去我不了解穷人的苦，这会儿我才明白穷人是被封建压迫剥削穷的，以后我要好好干。"

（《晋察冀日报》1948年2月2日）

不堪蒋匪压迫　郭沫若茅盾到香港

痛斥美帝侵略和蒋匪卖国

【新华社陕北十三日电】蒋匪报纸消息：名作家郭沫若、茅盾，不堪蒋匪压迫，已于年前十一月中旬，由沪抵港。在文化界的欢迎会上，郭氏论到美帝国主义扶植日本侵略中国及其文化思想侵略时，他说："这样的'美'是用心投毒、用力最深、化装最美的'美'，它不但在'美化'殖民地化中国，还在'美化'日本，用日本搞我们，所以要注意日本的危险，反对美国培植日本。日本本来是个可怕的鬼，这个鬼后面又站着一个鬼'美国'，它前面还有不少小鬼（指卖国贼蒋家匪帮），日本是不能让他起来的。"谈及奉蒋匪命令最近在香港筹备分版的《大公报》时，郭氏将该报比作《聊斋志异》上的"画皮"，明明是一个个青面獠牙的鬼，却用民间的招牌装成"摩登美女"，我们必须揭开它的皮来。

（《晋察冀日报》1948年2月15日）

加强通讯工作　反对"客里空"

一地委宣传部发出指示

【本报讯】为及时真实地反映平分运动发展的真实情况，以便交流经验、推进工作。一地委宣传部于近日接连发出关于"加强通讯工作"与反"客里空"的指示。指示的开头说：自土地会议后，各县来稿，不仅数量减少，且质量亦大为降低，追其原因，主要是各县均对通讯工作的领导放松。另外旧通讯组织垮台，新的又未及时建立，也是通讯工作消沉的原因之一。为加强通讯工作，现提出下列意见：

（一）各县各区各工作组的负责同志，除自己积极地亲自下手写稿外，并应认真地推动和组织其他同志写稿，各县应根据本地运动发展的具体实情，随时提出报导重点。

（二）建立新的通讯组织，各县委应适当地使用通干，各区、各小区、各工作组应由县委指定专人组织报导。各县应有重点地在村贫农团及新农会中组织通讯小组，使通讯工作真正在群众中扎下根，各地可先培养典型，取得经验后，再行推广。

（三）大量培养工农通讯员，望各地知识分子干部，切实热情地帮助工农干部写稿，提倡知识分子与工农干部合作集体写稿。

（四）对稿件质量不做过高要求，只要保证真实具体就行，文字能做到通俗简练更好。

（五）稿件寄发要求迅速，一般稿件只要经过当地工作组负责同志审阅盖章，就可直寄总分社，以免返绕延误时间。

（六）各县对经常积极写稿的同志，可提出名单，在各县小报上表扬，不写稿的应给予推动和适当的批评。

（七）各工作组对上级的报告、通信，有的可整理为通讯或新闻稿件。有的重要具体的通讯稿件，也可以做成汇报材料，使汇报与通讯结合起来。

另在反"客里空"的指示中提道：

（一）最近《晋察冀日报》，连续发表了反"客里空"的文章，望各县区及工作组负责同志，认真领导干部深入讨论（特别是彭真、周扬二同志的文章），并随着大胆地揭发自己的与别人的"客里空"。

（二）除干部自己揭发与互相揭发外，并应发动村贫农团、新农会和广大群众揭发"客里空"（要着重揭发自土改以来的假报告、假通讯等）。

（《晋察冀日报》1948年2月16日）

晋察冀边区行政委员会　中国共产党晋察冀中央局

为征集与保管文物古迹通告

中国文化艺术的遗产必须保护，各地土改中，发现与接受了许多有历史价值与学术价值的图书、古物、美术品等，为统一保管，避免散失，现正筹备成立文物保管委员会，并规定征集办法如下：

一、贵重文物开列清单妥为包装运送边区文物保管委员会筹备处周扬同志收（其中特别贵重者派专人负责运送）。其种类为：（一）古版书籍、抄本、宗教经典、县志、风土志等；（二）古物、古字画、雕刻及其照片；（三）贵重图书资料，包括外文书刊、图表等。

二、上述文物为土地改革胜利果实之一部，任何机关或个人不得任意加以损坏，不得归私人所有。

三、各地名胜古迹及建筑，应妥为保护，不得破坏，并望将其情形报告。

各级党政领导机关接到本通告后，应即遵照执行并指定专人负责办理为要。

二月六日

（《晋察冀日报》1948年2月16日）

向部队文艺工作同志征稿

部队文艺工作同志们：

前些日子我们在报上登了一个向文艺工作者征稿的启事，那个启事是专向参加土改的文艺工作同志说的，目的是希望及时反映土改，以配合运动的进展，而没有同时向部队文艺工作同志征求反映战争的稿件，以致引起部队方面的文艺工作同志一种感觉，是否我们把他们撇到脑后了。这里我们应加以说明，我们并没有忘掉部队的文艺工作同志以及他们的艰苦努力。

还在自卫战争开始的第一天，反映战争、写战争便成为我们创作的首要任务，而尤其是在目前自卫战争已达到转折点，我军在全国发动大规模的进攻之后，这个任务更是迫切和重大了。我们热烈地希望部队中每一个能动笔写东西的同志，从指挥员到每一个普通战士，特别是部队文艺工作同志赶快拿起笔来写，写下我军作战的英勇机智、军民关系的密切无间、官兵之间的团结一致，写下我们的英雄战士的模范事迹，写出我们人民的军队对敌人的恨和对人民的爱。总之，要从各个方面来反映这一伟大神圣的正义战争。

写作的体裁不拘形式，不限长短，新闻报导也好，文艺通讯也好，剧本也好，小说也好，诗歌也好，木刻图画也好，你感到怎样表现方便就怎样表现好了。第一要求真实，第二要力求大众化，采用士兵群众的语言与群众所喜爱和容易接受的形式。

此致

敬礼！

本报编辑部

（《晋察冀日报》1948年2月18日）

获鹿县委决定开展"一篇稿运动"

由沙可夫、艾青、丁玲等组评委会

萧殷

【获鹿讯】此间县委于本月六日为开展"一篇稿运动"发出指示，号召全县参加土地改革的各级干部积极给党报写稿。过去有好些干部借口工作忙不愿写，还有些干部借口写不好不愿写。指示指出："实际上，这是轻视交换经验，不关心党报的具体表现。""一篇稿运动"的意义与目的，除责成每个干部经常给党报写稿外，更重要的目的，"在于引导干部如何去总结工作与深入工作；县委并通过稿件内容来检查干部工作的深度与强度"。因此指示强调说："稿件的评定，主要是内容，而不是技术，更不是数量。我们反对零碎散乱与完成数目字的观点。"同时号召集体讨论集体写作，号召知识分子与工农干部亲密合作。在写稿内容上，指示强调必须写出各种地区（新区、老区或半老区）的特点："因为每种地区各有各的特殊环境与条件，因而各有各的不同的工作方式方法。"运动决定从本月十五日开始，至三月十五日截止。现已请沙可夫、艾青、丁玲、曹维屏、陈冷、江丰等八位同志组织评委会，决定选出内容最好的给以奖励（暂定物质奖五名，名誉奖十五名），如□置身运动以外的，要受到批评。

（《晋察冀日报》1948年2月23日）

检查不真实的新闻

王世贤妻变成王世贤

二月三日本报刊载通信员柳志腾同志写的《阜平槐树庄贫农团,选代表经过小组会大会讨论,好的代表连选连任》的消息,王快市公所王世贤同志来信说:"其中有'×××立场不□,富农王世贤要到雷堡取他存着的粮食,他就给王世贤写介绍信,雷堡贫农团不给,世贤回来骂雷堡贫农团,他也跟上说贫农团不好'一段,我有些怀疑。因为,槐树庄就我一个王世贤,去年九月我就到王快市公所工作,在这次(去年□一月中)参加了阜平土地会议后,始终就在二区北果园村工作,北果园距槐树庄五十里远近,隔着大沙河、鸽子河,我又没到过雷堡去,怎么知道的,写了这一大□,说我取粮食呀,骂贫农团呀等。现在,我们到处反'客里空',我看这个同志,不是实事求是。"

现接写稿人柳志腾同志复信,说:"关于王世贤到雷堡取粮一节,确是其妻王清荣所为,并非本人,雷堡也确实存有他的小米一□和十八只羊,她到雷堡没取到东西。回村后,确实说了一些不满意雷堡贫农团的话。写这个稿子时因初到此地工作,因口音□,误为其本人了。(这里群众说谁家女人,不说谁家女人或她的名字,只简称谁谁呀,如王世贤呀,因不熟本地情况,便以为是王世贤□□,特此说明,并致。)"

编者按:柳志腾同志把王世贤的妻误写为王世贤是不应该的,柳同志说因口音不对,没听清楚。我们认为这不能成为报导失实的借口。今后写稿,要调查清楚再动笔,不可以耳朵代替眼睛,要听也要听清楚。

不过，王世贤的老婆王清荣打算从雷堡取回粮食，究竟目的何在？王世贤同志事前是否知道？如果确是王清荣做的，王世贤同志对这件事情，又怎样认识？还请王同志表明态度。

阜平石猴村贫农团要求更正

日报社编辑同志转□山同志：

一月十六日日报第一版《边区土改剪影》、第二版《"化形"地主显原型》说："阜平石猴村有个'化形'地主王仁……上次复查，他儿子混进贫农团并当了贫农代表……这次追出了二百多块白洋的浮财。"按本村现在并没有一个叫王仁的，根本就没有'化形'地主混进贫农团，不知你是从什么地方调查的？□□见报这篇文章后，曾马上给七区区委董瑛同志反映过，希见信更正为盼！

致以

敬礼！

阜平七区石猴村贫农团
二月十八日

(《晋察冀日报》1948年2月28日)

晋绥土改中收集古物珍品很多

【新华社晋绥廿六日电】中共晋绥分局及吕梁区党委遵照土地法大纲之规定，发出《珍重与搜集历史文化遗产》的指示，数月来各图书馆已陆续接获各地翻身农民及各机关部队赠送之大批名贵古书、画及各种古物。晋绥图书馆收到书籍、字帖、画帖达数万种，并有汉代铁器及唐代瓷瓶等珍品。吕梁图书馆亦收到古书达两万种,古代美术品一百零七件,内有汉□四块,汉末铜雀台瓦一块,北魏及明代之红色大罐、□瓶、铜器多种,宋代之米南宫、明代之董其昌、清代之郑板桥等书画家之亲笔字画一百余幅。

(《晋察冀日报》1948年3月3日)

石庄旧艺人解放前后的生活

石庄市在解放前只有五个戏班,解放时只"新新"一家还在唱着,到现在戏班增至九个,共有艺人四百余人。这些人在蒋匪统治下,受尽了侮辱、压迫、讹诈、剥削,压得他们喘不过气来。官府明令公布的三种捐税,娱乐捐、印花税、所得税,只娱乐捐一项要在他们每天总收入抽百分之五十(后经要求降到百分之二十五),印花税再抽百分之十,所得税是分到唱戏手里钱再抽一回。这还不算,最大一项是每天"弹压老爷"及官老爷来了的招待费,及暗里给他们钱,不然就找岔子。我们拿解放前最好的新新戏班作例:平均每天收入一百三十万元(蒋币)捐税要抽去百分之三十五,再加上招待费、花黑钱等等,每天实际收到不过五十万元,再除了班主的花销,最后才轮到真正卖力气唱戏的头上,就寥寥无几了。由于以上的情形,所以班里就尽量地少用人,一人当两人使唤。那时班主多半是用"包银"的办法,与地主雇长工一样,最好的底包(戏班的话,即唱配角的),一天包银才拿到一万七八千元,买米二斤多点(那时八千元一斤小米),坏点的一万二三,龙套每天才给二千元合小米四两,下雨阴天不开戏,还没有钱。还有他们最害怕的是叫"三十六天",即一月三十天(挣钱)白唱六天无钱(慰劳蒋家官府,或班主卖钱)。此外，保里的捐税也不能幸免，团员捐（即保里办公人员的吃喝办公用费）、雇夫捐、雇兵税、士兵的口粮、马的草料费等等临时的慰劳无法统计，每月下来最穷户也要十斤米左右，艺人们一样也不能少。

这些艺人们受着三层的剥削，又担负着五六种以上的捐税，不但吃不饱饭，连捐税也交纳不起。革新剧社一个较好的底包，并且是一个很好的教师——万宝坤一天才拿一万八千元，合二斤小米，不用说养家，连个人一顿饱饭也不够，结果逼得拉家带口卖了估衣。他说："像我这样的人多得很，不操副业（女的卖淫，男的卖自己的东西），谁凭唱戏也得饿死。"

石家庄解放后，政府把他们看成艺术人才，不但不给他们抽捐要税，并且尽力组织、扶持、救济他们，取消了那种雇工式的"包银制"，建立了"分红制"，为照顾各等角色每天每人还有几斤米的饭份，这样一来，挣的钱直接到了艺人手里（挣得多每个人分得多）。政府还帮助他们排新戏，每次排出新戏要比演他们的旧戏多卖一半的钱。如中华评戏班，年前每天只卖三四百张票，演出《白毛女》可以卖到七八百张，革新剧社演出《三打祝家庄》的情形也是一样，所以各班在年前都赶排新戏，艺人们说："演新戏名誉好了，替人民宣传了，还多挣了钱，政府替咱们想得真周到。"

从过年到现在（正月十五日），好些角每天可以分到两三个整份（合十万元左右），最次的角（龙套）每天也可以拿到两三万元，最高戏份定的每天三万两万不等（按技术好坏），最低的五千元（每人还有饭份）。有的是分股子，共有多少人，按技术高低，定出大小股子来分，三天或五天分一次（丝弦、山口班即是如此分，与分份子相似）。革新剧社过年以来，每天平均收入五百万元左右，他们都说："这是空前现象，往年只能保持四五天好座。"（其余如中华过年后每人每天也能分到两三份，别的班也差不多，只是杂技联合会差些。）这四百多艺人，现在每人手里除吃外，都有了存钱，现在他们的生活按最次的龙套来比："解放前每天只能挣到小米四两，现在每天要高出解放前二十来倍，其他角也就可以推想到了。"

政府现在帮助他们建立合作社，让他们投资，或把余存起来的钱买成米，做到永远保持一定的生活水平。由于解放后旧艺人的新生，他们常常聚谈说："八路军保卫团子的来了，不叫招待，对人和气，军人来了，先买票，这么多人看戏没有一个人不买票，门口不出一点事，真是古来罕有，我们今天过好日子，不是八路军来，'打黄粱子'（即做'梦'，戏班里忌讳说'梦'字），也看不到。"在一个座谈会上杂技联合会王书林谈："不怕同志们笑话，我过去叩头割肉挣来的钱才够吃红萝卜稀饭，我还吃了多日豆饼（即压过油的豆饼，一般的当肥料用），饿得眼里冒火花。现在我们肚里由稀饭豆饼变成白面猪肉，喝上隔年酒，小孩穿上新衣（过年），现在我们是从心里笑到脸上，只有多排演新戏来感谢政府。"

(《晋察冀日报》1948 年 3 月 11 日)

浑源张庄小区创办流动小报

周□清

浑源张庄小区最近办了一个流动小报，名为《分地小报》，现在已出了第二期。其稿件内容主要是反映分地和动员春耕的事情，表扬运动中好的，批评坏的。形式有歌谣、快板、新闻，办报方法是由工作组和新农会写稿，由新农会找到一块布（约三尺宽四尺长），将所有的稿件贴在布上，白天挂在街头墙上，晚上有专人收回，负责保管，并在小区内各村轮流转阅，这报每天能吸住数百人看。一个农民看了后便说："咱们今后可得确实自报（报土地和产量），不然叫人家查出来登在报上可羞咧！"同时写稿的人，见了登出自己的稿子也很高兴，如该村新农会主席李贵年看到登出自己的稿子后，高兴得又自动地挑选了一块好布送给编者，叫编者再出第二期。这报的主要好处有四：（一）能帮助培养农村通讯员及建立农村通讯小组。（二）能使小区内各村相互交换经验，并帮助小区代表会了解了各村情况与小区代表会对各村的指导推进。（三）能发挥农民自己的文艺创作。（四）能起一定的宣传鼓动教育作用。

（《晋察冀日报》1948年3月18日）

苏联各地纪念高尔基八十诞辰

【新华社陕北二十八日电】莫斯科讯：今天是革命文豪高尔基八十岁诞辰，莫斯科、高尔基城、列宁格勒及苏联其他城市各工厂俱乐部、教育机关，日来纷纷举行纪念会、座谈会与高尔基生活及作品展览会。莫斯科纪念展览会，系在郊外高尔基晚年卜居的住宅举行。其中陈列着他关于《苏联内战史》的书稿。在莫斯科各界廿五日举行的高尔基纪念会上，苏联科学院语言部及文学部与高尔基世界文学研究院，曾以《高尔基和俄罗斯古典文学与苏联文学》《高尔基与苏联人民文学》两题，检讨对高尔基作品的研究成果。五十年前高尔基在其中工作的铁路工厂，也举行了座谈会。年老的工人们，回忆当年与高尔基在一起的生活，描述他的作品对他们的深刻影响。今年莫斯科将出版高尔基的作品二百万本，他的小说《母亲》，即将印行第一百一十一版。十月革命三十年以来，高尔基的作品，在苏联已以六十六种语言，印行了四千五百万本，超过革命前三十年出版的高尔基作品四十五倍,《高尔基全集》十五卷,今年将全部编竣问世。

(《晋察冀日报》1948年3月31日)

阳高城内秩序良好　商店已经开始营业

街头又唱起《没有共产党就没有中国》的歌子

【新华社晋察冀前线二十九日电】记者张帆报导：我军进入平绥中段之阳高后,对城内古迹教堂及公私建筑妥加保护,市内社会秩序良好,商店开始营业。前年我军在时,城中有一百五十家商店,自傅作义匪帮侵占后,捐税繁重,多数商店倒闭,现仅剩二十家勉强支持门面。记者随军于解放阳高之次日,巡行全市,街头居民争看我重申宽大政策之布告。阎傅匪帮逃窜时,造谣说八路军政策改变了,入城后要大杀,但群众看到布告及我军行动后,阎傅匪之欺骗宣传完全破产。一些孩子又在街头欢唱起《没有共产党就没有中国》的歌子,许多人在街头张望着,看有没有自己的亲友回来。有两个小女孩在南街飞跑叫喊："哥哥,哥哥!"当她们看着别后一年多的哥哥时,高兴得跳起来了。有的说："解放军这次回来,比那回力量大了!"傅匪侵占一年四个月黑暗的日子里,人们都坚信解放军一定会回来,连孩子们也保留着解放区出版的教科书。我军解放阳高前数日,物价飞涨,一夜小米长了十万,当时大家就暗暗传说,解放军快来了,等着吃贱的米吧。

(《晋察冀日报》1948年4月1日)

火光剧社在前线

帆 民

一、"为兵服务的榜样"

阴历年节，边区新大公司的工人同志，派遣了自己的业余剧社"火光剧社"共二十六个同志，排演了四个戏（《农民当家》《别上当》《全家忙》《贺山参军》），带四百万慰劳款，冒寒风大雪，长途跋涉，到前线慰问某野战纵队。

火光剧社到前方半个多月，演出十一次，几乎每天转移，每天演出，他们没有伙夫，有时还要自己做饭，抓紧时间召开战士功臣座谈会，了解部队情况，他们工作非常紧张认真。指战员看过戏后，一致地说："演员们真卖力气！""越看越爱看！""再让他们演一次吧！""演技很好，不像个业余剧团。""教育意义很大，给部队上了一课。""看了这回戏后，一辈子也忘不了工人慰问团。"看过《农民当家》《别上当》两剧之后，某部九连新补充的解放战士齐振献（富农出身）说："在那边净看旧戏，看不到这个戏，这回我明白了我的错误。"第二天，他给本村贫农团写信表示拥护土改。在某团演出时，阴天很黑，一个部队同志不小心掉到坡下，工人同志马上拿汽灯很快请人把他抬回去，第二天又买了六十多个鸡蛋慰问摔伤的同志。这种崇高的阶级友爱，深深地教育了部队。在某部演完后，指战员们普遍要求"再来一个！"在另一部队演出时，指战员看完不走。在这种情况下，火光剧社想尽各种办法，满足大家要求，在纵队直属队两次演出，都遇大风，第二次风更大，把汽灯已摔了，两个幕布也刮得在舞台上乱飞。但战士们稳坐不走，要求演下去，工友们就接受大家的要求，把幕条用手拉住，用脚踩住，挂着剩余的一个汽灯，继续演下去。风越刮越大,直到演员嘴张不开、眼睁不开的时候,才停演。没完成任务,他们心里总是不安,最后从某旅回来后,终于完成在纵直的演出任务。一个女演员杨金声同志病得直说胡话,但战士们不知道,仍要看戏,她不顾一切地带病坚持演出。这种高度的为兵服务的工作热忱,不但说明工人阶级对自己部队的关怀与热爱,而且更表现了工人阶级认真负责艰苦朴素的优良作风。战士们称他们是"边区工人慰问团",纵队特送他们一面"为兵服务的榜样"红色锦旗,并建议行政上给他们记一功。

一个团长看戏之后,说:"这次演出,不但调剂了精神,并且沟通了前后方的精神意志和行动,提高了部队阶级觉悟。"某团孟主任送他们到村外——握手告别,恋恋不舍,他说:"大家都希望你们今后常到前方部队来演出,我们今后将以战斗的胜利,来回答你们的慰问!"纵队宣传部蓝部长在直属座谈会上对火光剧社的同志们为兵服务的精神,深加赞扬,他说:"火光剧社的艰苦、朴素、积极、认真的工作作风,最值得表扬,他们外出演戏,不带伙夫,自己做饭。来我们这里半月多,几乎天天出演,天天转移,还开座谈会,一个小同志还带病出演。他们没有架子,做到了有求必应,不仅用演出教育了部队,而在实际的行动上也给部队上了一课。这说明单纯的艺术观点是不行的。什么是大众化呢?这就是榜样。如果我们学习的话,两年也学习不完。"

二、"战士们也给我们上了一大课"

火光剧社同志回到后方时,自己检讨了工作,他们说:"我们工人来慰问自己的部队是应当做的事情,也是为战争服务和支前工作应尽的义务。我们过去做得太差,这次到了某纵队后,每个工友都深深地体会到子弟兵对我们的热爱,比亲兄弟们还亲。战士们的英勇事迹和吃苦耐劳的优良作风,给了我们全体同志很大的启发和教育。"事实也确是如此。□□杨金声同志在某团的座谈会上,听到战士们打元氏的英勇故事,受到很大的感动,在思想上起了变化,第二天生病了,坚决要求带病出演,来满足战士们的要求。工友赵春茂同志,从张家口出来一年多,从没有见过自己的野战军,这次看到部队生活练兵都非常紧张,士气饱满,作风优良,印象很深。在座谈会上听到战士们在战场上有的没有烟抽拾些干白菜叶来吸,他非常感动,自我检讨说:"战士们拿白菜叶来当烟叶抽,真艰苦!看咱们太享福啦,抽一千五一盒的还不行,要抽两千的。这还不足,有时还想买盒灯塔的,看到战士们这样苦,我可得好好节省着点来劳军。就拿过去劳军来说:我到合作社里去买慰劳品,毛巾本来有六千一条的有八千一条的,究竟我给战士们买哪一种呢?于是就打起了小算盘,算来算去,还是买便宜的一条毛巾,能剩下一盒烟钱,今天想起来真太对不起战士们!今后一定要好好改这些毛病。"另一个也是从张家口出来的,过去对支前劳军工作认识不够,没有减过工资米。这次劳军回来后,他做很好的检讨,并且马上减了几十斤米,还有不少的同志现在买了烟斗改抽旱烟,或把纸烟剩头也抽了,不随便丢掉。他们说:"战士们也给我们上了一大课。"他们检查自己还有不少毛病:"首先我们为人民服务的精神,比起战士们相差得很远。我们准备的节目不多,不精彩,还满足不了战士们的要求,我们还没有深入到连队中去,给战士们一些具体帮助和慰问,这是今后需要加强的。"

(《晋察冀日报》1948年4月2日)

苏联科学院讨论中国革命文学

【新华社陕北三十一日电】莫斯科讯:苏联科学院太平洋学院,开会讨论中国问题三日之后,已于二十七日结束。讨论的主要问题,是中国大众文学和语言学的历史及其现代发展。苏联学者对这问题的研究，有很大成就。十九世纪俄国学者编著的《中俄字典》，列入全世界汉学界最重要的著作之林，语言学家埃伦曾做报告，论述中国大众文艺的新人物。指出受高尔基及其他苏联作家影响的中国民族文学的新作家，已成为争取中国自由、独立的战士，而以社会主义的现实主义为其写作方法。中国最杰出的革命文学家鲁迅，受到中国广大人民的热爱，被称为"中国的高尔基"。大会还有其他学者，做中国革命斗争历史、中国经济与主要哲学思潮等报告。

（《晋察冀日报》1948 年 4 月 3 日）

《新洛阳报》创刊

新华社洛阳支社开始发稿

【新华社豫陕鄂前线十二日电】《新洛阳报》九日在洛阳市创刊，创刊号仅半个早晨，就被市民争购一空。又本社洛阳支社亦已成立，开始发稿。

（《晋察冀日报》1948 年 4 月 14 日）

前进部文工团战时鼓动生动活泼

【新华社冀中电】冀中解放军前进部，组织鼓动棚，进行生动活泼的战时宣传鼓动工作。该部文工队，于此次攻克北大冉以前，在部队必经的道口上组织鼓动棚，街头上、大树上张贴大字标语，如"给死去的爹娘报仇""打下北大冉立下头一功"等，在鼓动棚附近，并组织当地贫农团小学生夹道呼口号，欢送上前线。当部队通过鼓动棚时，即大起锣鼓，化装的同志，有的表演唱新编的歌，还有的说书说快板等。在战斗连队通过时即喊："人民功臣人民敬，功劳本上留美名，爆破投弹捉俘虏，多缴枪炮打冲锋，只要大胆沉着和勇敢，战场之上准立功。"在连排指挥人员通过时，即唱："指挥员计划强，带领部队上战场，机动灵活掌握好，战场爱兵更重要，北大冉的钉子拿下来，为民除害立功劳。"在电话员通过时，即唱："扛着肩扒线撞撞向前行，到了目的地架线快如风，保证很快通电话，战场以上显威风。"见机枪射手通过时，即唱："你这机枪真是沾，打得蒋兵们叫奶奶。""这小伙真是棒，扛着机枪往前钻，你看他一点不显累，紧走紧跟不掉队。"他们随机而变，表演形式群众化，战士同志很快地便接受了，而且成了大家互相勉励的口头语。在第二天（九号）发现了保定敌人的援兵到来时，战场部二营一个机枪射手端着机枪说："这机枪真是沾，打得顽军叫奶奶，我非打得他叫爷爷不行！"很多同志谈这个方式好，战士武申连、李□山、赵仓珍说："这次打仗非立功不行。"战场部宋亮同志说："听见唱《解放军进行曲》，我真有了立功的劲了。"五连九班的左利民同志说："一见这，不知怎么来了一股劲。"

（《晋察冀日报》1948 年 5 月 3 日）

西北中央局召开文艺工作座谈会

习仲勋同志提出：今后文艺工作方针是配合恢复农业建设，解放大西北，争取全国革命战争的胜利。

【新华社西北二十七日电】西北中央局于五日召开陕甘宁边区文艺工作者座谈会，到会有张季纯、马健翎、李季等四十余人，会上对过去一年来的边区文艺活动及今后如何配合解放大西北战争的问题，均做了详细讨论。大家认为过去一年边区文艺工作者随军转战千里，充分发扬了文艺为工农兵服务的精神。但在实际工作中有计划地组织与指导创作工作，做得不够，因此反映边区军民丰富的战斗生活的创作还太少。会议并做了以下决定：（一）西北文工团一、二两团及联政宣传队出发新区工作。（二）充实各文工团和剧团的创作小组。（三）筹办全区的文艺刊物，加强与各方面的联系，开展文艺战线上的批评与自我批评。七日，座谈会结束时，西北局书记习仲勋同志讲话，指出一年来边区文艺创作反映实际不够和未展开批评与自我批评等缺点，提出文艺界今后工作的方针是配合恢复农业建设，解放大西北，争取全国革命战争的胜利。因此文艺工作者要多反映老解放区各阶层人民生活，并将新解放区人民在蒋胡暴政下的痛苦，他们对于人民解放军的热爱和参加革命进行土改的实际斗争表现出来。最后他号召文艺工作者配合西北人民解放军，枪杆到哪里，笔杆到哪里，动员广大人民为反蒋胡反封建而斗争。西北局副书记马明方同志对于边区文艺工作者与实际结合一点，深加赞许。他说这种实际生活的经历，一点一滴的积累，就是创作智慧的源泉。希望边区文艺工作者以实事求是的精神，从各方面反映经过长期革命斗争的陕甘宁边区。他着重提出边区文艺事业的生根在于更多地培养边区本地的文化干部。最后宣传部长李卓然同志做了总结，他说边区文艺工作者经过一年来参加实际斗争的锻炼，希望大家根据毛主席一九四二年在文艺座谈会的讲话来总结一年来工作，以便更好地贯彻为工农兵服务的文艺方针。他说目前戏剧方面的提高，除了加强创作者与演员对群众生活的体验及进行有关业务的政策学习外，采取集体创作与专门钻研结合，极为重要。过去大多为了急于求成，使内容与艺术上常常不够充实，因而比较好的剧本也不过起了一时的作用，过后似乎都"吃不开了"，这是很可惜的。至于批评问题，卓然同志并指出缺乏批评与自我批评，在文艺战线上由来已久，而至今仍未改正，没有批评与自我批评就等于闭塞门户，不让新鲜空气进来。我们的报纸自开展反"客里空"反个人主义的思想作风以来，进步显著，这种精神应当贯彻到文艺的各方面去。卓然同志就最近土改中及此次座谈会上所反映的情况，特别指出目前文艺工作方面的主要缺点是领导上缺乏具体指示，工作者的本位主义个人突出，作风上的急躁、散漫，因而不耐烦在曲折的群众斗争中学习，在实际生活中钻研问题、整理材料，甚至瞧不起现实等等的资产阶级错误观点，这些都必须坚决批评克服。最后关于配合发动新解放区人民翻身斗争的文艺形式问题，卓然同志完全同意充分利用当地民间形式，及大量从事多样的小型文艺活动。

(《晋察冀日报》1948年5月4日)

民众剧团等即将随军出击蒋管区

【新华社西北二十七日电】陕甘宁边区大批文艺工作者，即将赶赴前线随解放军出击蒋管区，民众剧团、西北文艺工作团，第一、二区联政宣传队等，已在整装待发。当去年胡匪进攻延安时，文协工作组即向陕甘一带出发，西北文艺工作团向关中出发，联政宣传队向陇东出发，民众剧团和洋片工作组亦先后出发各地，他们与地方和部队中的文艺工作者结合，以他们创作的歌曲图画和各种宣传品为人民服务。一年来，西北文艺工作团第一团随军出演《无敌民兵》《红布条》等戏剧，辗转前线，行程达五千二百多里。第二团（原绥德文工团）在绥德分区农村中演出《双报仇》《你看我是谁》等十余个反映战争与战勤的剧本。民众剧团从战争初期中，一直在部队中巡回演出最受战士欢迎的《血泪仇》《保卫和平》与《穷人恨》等剧本。洋片工作组创制了《高彦喜枪毙投敌罪魁》《胡匪暴行》《解放英雄》等二十多个洋片，最好的一套达四十余幅，在部队与农村群众中演唱，受到热烈欢迎。西北文艺工作团第二团于演出《你看我是谁》时，没有服装，演员们就把自己身上穿的衣帽翻过来穿，出场再借助在旁的说明，帮助群众了解剧情，极端缺乏文化食粮的游击队和农村群众，因而得到了鼓舞与娱乐。在紧急转移时，二团同志除自背行李外，还背上汽灯布幕等。民众剧团在洋马河战斗中，就成了担架队，抬运伤员，搬运战利品。一团在关中领导群众麦收，虽炮弹在近旁炸开，也未停工。二团帮助疏散粮食，制造地雷，更实际参加战斗而缴获机枪。边区文艺工作者不论在前方后方，都受到了实际的教育和锻炼，最近又经过土改学习和短期整训，他们将以新的步伐向新区出发。

(《晋察冀日报》1948 年 5 月 4 日)

洛阳文化教育动态

【新华社豫陕鄂二十七日电】（一）洛市解放后出版的第一册书是毛主席的报告《目前形势和我们的任务》。（二）解放军各剧团组织联合剧社，十七日起连续为市民公演六天，剧目有《血泪仇》《白毛女》《军民互助》《报功单》《傻瓜》等。某部文工团十一日假军民俱乐部公演《还驴》时，观众中有一位老先生感慨地说："上次'中央军'抓我小夫扣了毛驴，我花了三十万元才要回来，哪里还还驴？"（三）市府文教局以原有之洛中、洛市、农艺三校为基础，成立联合中学，内设中学、师范、职业三部，现正积极准备开学。（四）《新洛阳报》印刷工人原多在蒋匪官办报社工作，现生活改善，并已成立自己的工会，工作情绪很高。

(《晋察冀日报》1948 年 5 月 11 日)

苏联庆祝出版节

全国拥有报纸七千家

【新华社陕北八日电】莫斯科讯：五月五日为苏联出版节，亦是《真理报》出版三十六周年纪念日，全苏出版界热烈庆祝。塔斯社于是日发表统计说，现全苏有中央和地方报纸七千家，总发行额达三千一百万份，以苏联国内八十种民族语言（其中二十个民族在革命前还没有自己的文字）出版。苏联报纸的巨大增加，最生动地证明了社会主义的民主与真正的新闻自由。据塔斯社称，青年书报刊物的总销路，为一九一三年的五倍，为一九四〇年的二倍，三十年来共出版了八十八万九千种书籍，计一百一十五亿册，二十年来共印行文学创作七万种，计十余亿册，其中三分之一是属于俄罗斯以外各民族的作家著作，苏联特别注意年青一代的教育教科书，占苏联全部出版物的四分之一。

【新华社陕北八日电】莫斯科讯：据苏联图书出版局统计，去年苏联出版三万种书籍，共印行了五亿册以上，比前年多了一亿册。小说的出版特别多，现代苏联和外国作家的著作，以及世界古典著作，出版了一亿一千一百万本。在苏联作家的著作中，法捷耶夫的小说《青年近卫军》销路最广，已发行到七版，总数在一百万本以上。获得斯大林奖金的爱伦堡的《暴风雨》，被认为一九四七年小说中的杰作，也发行了好几版。各种科学的著作，出版了一亿本。农业著作比前几年大增，其中有《集体农庄积极分子工作经验谈》。去年出版了一千种儿童读物，共印行四千万册。

【新华社陕北九日电】莫斯科讯：苏联新闻工作者于五日聚集此间职工会大厦欢庆出版节。联共中央委员会宣传鼓动部助理部长伊利契夫在会上做报告，指出列宁和斯大林创办的布尔塞维克新闻事业，在苏联人民的革命斗争中起了伟大作用。他说："我们新闻工作的特点，即群众性真实性，以及与人民的联系，这是由于它的性质决定的。我们消息中相当大的部分，用于报导组织与发展全国性社会主义竞赛，争取四年完成战后五年计划。"他强调指出："批评应当成为布尔塞维克新闻事业不可分离和永远使用的武器。"

《劳动报》论苏维埃报纸为劳动人民忠诚服务

【新华社陕北九日电】莫斯科讯：《劳动报》在五日苏联出版节社论中指出，斯大林□苏维埃报纸是我们党最尖锐最有力的武器，无论在国内外，苏维埃报纸的言论，都很受重视，并很有权威。苏维埃报纸无情地撕下战争贩子的假面具，坚决而英勇地为持久的民主和平及大小国家的平等而斗争。世界各国的成千成万老百姓，衷心欢迎苏维埃报纸的呼声，因为它反映了指示人类走向幸福前途的共产主义理想的伟大真理。苏维埃报纸在人民中有深厚的根基，它真正反映了劳动人民的切身利益，并忠实地为它服务。因此苏维埃工人农民与知识分子，对苏维埃报纸非常热爱及注意。在资本主义国家中，没有也不可能有这样的报纸与这样的人民与报纸之间的关系，因为资本主义国家的报章通讯及宣传工具，都操纵在财政及工业寡头手中，同时他们办报的目的，是要在精神上瓦解劳动人民与造成资本家利润的来源。

(《晋察冀日报》1948年5月12日)

鄂豫皖野战分社副社长谢文耀同志光荣殉职

中原前线摄影记者刘保章牺牲

【新华社陕北二十二日电】本社鄂豫皖野战分社副社长谢文耀同

志，于工作中光荣殉职。文耀同志于去年十二月间，奉命建立鄂豫皖解放区地方新闻事业，并离开野战部队暂时在某村参加土改工作，与当地群众亲如骨肉，因此深为国民党匪军忌恨。二月十三日，蒋匪"扫荡"该地时，文耀同志即与当地群众坚持斗争。同月十五日回驻村工作时，被附近匪军与地主武装包围，文耀同志当即英勇抗击，不幸中弹被俘，坚贞不屈，光荣牺牲。当地群众惊闻噩耗，莫不万分悲愤。中原新闻界全体同志，代表痛悼，特电分社致唁，并慰劳中原诸新闻工作同志，继承文耀同志遗志，化悲痛为力量，继续为创建江淮河汉间革命新闻事业而奋斗。文耀同志，湖北汉川县人，今年三十二岁，共产党员。抗日战争中，曾任中原解放区七七日报副社长，革命战争开始后，随新四军第五师突围北上。去夏解放军发动大反攻时，任鄂豫皖野战分社副社长，随刘邓大军南征，参加创立大别山根据地工作，一贯积极负责，待人和蔼可亲，甚为同志同事所敬爱。文耀同志爱人刘同志，现携幼子在总社工作，总社已予慰问，并妥为抚恤。又中原前线摄影记者刘保章同志，于本月上旬二次攻克邓县战斗中光荣殉职。战斗开始时，刘即进入火线摄影采访，积极为战地团报写稿，并参加突击连队，帮助鼓动动员工作。八日下午总攻开始时，刘保章同志随第一梯队攻城，于突破前沿负重伤牺牲，总社已驰电悼唁。

(《晋察冀日报》1948年5月26日)

东北文化拾锦

【新华社东北电】《毛泽东选集》已于"五四"纪念日发行，该书为二十三开本，纸张全系解放区所精造，布面烫金，并镂刻毛泽东同志侧面像，装潢美丽，印刷精良。全书一千页，八十五万余言，共分六卷，包括毛泽东同志著作五十篇。

《民主东北》第五辑已在哈市首次放映，新闻篇有《建设简报》，军事方面有《公主岭大捷》及《解放四平》等。延安光复的捷报传来，电影制片厂赶制的号外新闻《还我延安》，同时在本辑内放映。

文物保管委员会近收到大批历史珍品，其中有宋屏，为岳武穆之遗物，阿城县白城（金之故都上京会宁府）出土之金代遗物伟像、钱币、锅盆等，对历史研究价值极大，清宫宝藏之五代、元书卷，并有清乾隆时代之珍藏《苏州繁华图》，宋元之陶瓷等，历代金石碑拓尤多。东北图书馆亦先后收得重要图书数万种，宋元珍本甚多，该馆已专辟善本室珍藏。

（《晋察冀日报》1948年5月29日）

木刻剪纸展览

石庄民教馆内举行

【石家庄讯】边区文联于四、五两日假石市民教馆举行解放区木刻及民间剪纸展览。该展览包括著名木刻家古元等十九位作家的七十四幅作品，表现新英雄主义的解放军战斗场面、军民关系、民主生活、生产卫生、文化教育等各种内容：其中有古元的七幅，彦涵的《狼牙山五壮士》连环木刻十四幅，马达的《杨家湾小学》连环木刻十四幅，张映雪的《小二黑结婚》插图八幅。在展览中的五十二幅各种剪纸，系收集自陕甘宁、晋绥解放区，出于民间妇女亲手剪出，极富艺术价值。

（《晋察冀日报》1948年6月11日）

本报终刊启事

本报奉命与《晋冀鲁豫人民日报》合并，即日终刊，今后在中共华北中央局统一领导下，另行出版《人民日报》。这是由于晋冀鲁豫与晋察冀两大解放区的内部与外部条件完全成熟而形成了统一的华北解放区的结果；而两大解放区的合并与统一的华北解放区的成立，则是我党中央与毛主席的正确政策在实践中获得光辉的成功和我国人民解放战争胜利发展的结果。目前在华北四千四百万人口的广大区域内，已开始建立统一的党、政、军的领导机构，以便更有效地领导全华北人民从事各种建设，并以一切力量支援内线与外线各路解放军的胜利进攻，以达到解放全华北和全中国的伟大目的。在此新的形势下，本报过去作为晋察冀一个地区的报纸，现在结束它的历史任务，是极为光荣的。

本报自一九三七年十二月十一日创刊迄今，历时十年又六个月零三天，随着晋察冀解放区的创造、发展和它今天在人民解放战争胜利发展的局面下合并为华北解放区的全部过程，本报始终成为党领导人民并与人民结合的战斗武器，即使在过去日寇最残酷的"扫荡"时期，亦能坚持出版，这只有在党的坚强领导和人民的热烈支持下才有可能。晋察冀人民之所以爱护本报，也正反映和说明了人民爱护我党，一时一刻不能离开我党的领导。本报对于晋察冀人民在十余年来的抗日战争与人民解放战争中的伟大贡献，致以崇高的敬意，并望继续为今后华北的建设和全国的胜利做更伟大的贡献。只要我们愈努力，胜利就愈快，对人民切身的利益也就愈大。

晋察冀与晋冀鲁豫两大解放区的党和人民，过去斗争的经验都是极为丰富、极为可贵的。这些经验都必须在今后工作中加以总结和吸取，转化为新的力量。我们相信今后依靠华北中央局的统一领导，一定会使华北解放区的各种工作，在原有的基础上，更加提高一步，全面正确实现我党中央的政策方针和毛主席的思想，完成中央所给予的任务亦即华北人民的要求，更有力地领导全体人民，建设华北，使之成为今天支持全国人民解放战争的一个战略基地和将来建设新民主主义国家之一坚强基础。

  本报因终刊在即，对各地通讯员与读者垂询问题，不及一一致答，深表歉意。除有关政策与业务问题者移在《人民日报》解答外，更望各地同志今后积极向《人民日报》投稿、通讯、商讨问题，使报纸与群众的联系更加密切起来。

一九四八年六月十四日

（《晋察冀日报》1948年6月14日）